04103

D0926187

NORA ROBERTS

Corazón del mar

punto de lectura

Título: Corazón del mar
Título original: *Heart of the Sea*
© 2000, Nora Roberts
Traducción: Juan Larrea
© De esta edición: julio 2002, Suma de Letras, S.L.
Barquillo, 21. 28004 Madrid (España) www.puntodelectura.com

ISBN: 84-663-0725-7
Depósito legal: M-22.573-2002
Impreso en España – Printed in Spain

Cubierta: MGD
Fotografía de cubierta: STONE
Diseño de editorial: Ignacio Ballesteros

Impreso por Mateu Cromo, S.A.

NORA ROBERTS

Corazón del mar

Traducción de Juan Larrea

Uno

El pueblecito de Ardmore descansaba apaciblemente en la costa sur de Irlanda, en el condado de Waterford, bañado por el mar. Lo rodeaba un rompeolas de piedra que seguía la curva de una playa de arena dorada.

En sus alrededores había unos magníficos acantilados tapizados de hierba y un hotel que se aferraba a ellos. Si uno se sentía con ánimo, el paseo alrededor del promontorio era muy agradable, aunque también un poco cansado. En la cima de la primera colina estaban las ruinas del oratorio y el pozo de San Declan.

La vista merecía el esfuerzo; desde allí podían divisarse el cielo, el mar y el pueblo. Era tierra bendita, y aunque había personas enterradas, sólo una tumba tenía la lápida tallada.

Las calles del pueblo estaban bien cuidadas, con sus casas de colores, algunas con el típico tejado de paja, y una serie de cuestas bastante empinadas. Se veían flores por todos lados: las había en macetas, cestas y jardineras y también adornaban los patios. Era una imagen encantadora para verla por dentro o desde las alturas, y sus habitantes estaban orgullosos de haber ganado dos años consecutivos el premio al pueblo más pintoresco.

En la cima de Tower Hill podía apreciarse una muestra preciosa de una torre cilíndrica, que conservaba la cubierta cónica, y las ruinas de la catedral del siglo XII construida en honor de San Declan. Si acaso se les preguntara, los lugareños contarían que Declan había llegado treinta años antes que el bueno de San Patricio.

No lo harían por presumir, sólo querrían que se supiera cómo habían sucedido las cosas.

Aquellos que estuviesen interesados también podrían encontrar ejemplos de piedras talladas con caracteres *ogham* que se guardaban en la catedral, y arcadas romanas erosionadas por el tiempo y el viento, pero que seguían siendo muy interesantes.

Sin embargo, el pueblecito no tenía esas pretensiones. Se conformaba con ser un lugar agradable con una tienda o dos y con unas cuantas casas diseminadas por el campo que daban la espalda a unas preciosas playas de arena.

En la señal de la entrada al pueblo se podía leer FAILTE, es decir: Bienvenido.

Lo que atrajo a Trevor Magee fue esa mezcla de historia antigua, carácter sencillo y hospitalidad.

Su familia provenía de Ardmore y Old Parish. Su abuelo había nacido allí, en una pequeña casa muy cerca de la bahía. Durante los primeros años de su vida habría respirado ese aire húmedo y habría ido de la mano de su madre mientras compraba en las tiendas o caminaba por el rompeolas.

Su abuelo dejó el pueblo y se llevó a su mujer y a su hijo a Estados Unidos. Que Trevor supiera, nunca había regresado ni había vuelto la vista atrás. Entre el anciano y su país de nacimiento siempre había habido distancia, una distancia llena de amargura. Era rara la ocasión en que Denis Magee hablaba de Irlanda, de Ardmore o de la familia que se había quedado.

Por todo ello, la imagen que tenía Trevor de Ardmore estaba teñida de sentimientos y curiosidad, y los motivos para elegirlo tenían mucho de personal.

Sin embargo, podía permitirse los motivos personales.

Trabajaba en la construcción y lo hacía bien y con inteligencia, como habían hecho antes su padre y su abuelo.

Su abuelo se ganó la vida poniendo ladrillos e hizo su fortuna especulando con terrenos durante y después de la Segunda Guerra Mundial, hasta que la compraventa se convirtió en un negocio próspero y la construcción la dejó para sus empleados.

Al viejo Magee sus orígenes obreros le inspiraban la misma emoción que su tierra natal. Trevor no podía recordar que hubiese demostrado sentimientos hacia nada.

Trevor había heredado el corazón y las manos del albañil y la frialdad y rigor del hombre de negocios, y había aprendido a utilizar esas cualidades.

Las utilizaría allí, junto con un ligero toque de sentimentalismo, para construir el teatro, una es-

9

tructura tradicional para música tradicional con la entrada por un pub llamado Gallagher's. Antes de programar el tiempo que pasaría en el pueblo, ya había alcanzado un acuerdo con los Gallagher y se había empezado con el movimiento de tierras. Sin embargo, ya estaba allí y se proponía hacer algo más que firmar cheques y mirar.

Quería participar plenamente.

Un hombre que pasara la mañana mezclando cemento se pegaría una buena sudada incluso con la temperatura que hacía en mayo. Esa mañana, Trevor había salido de la casa de campo que había alquilado, llevando consigo una chaqueta vaquera y un tazón humeante de café. Unas horas después se había quitado la chaqueta y una leve sombra de humedad le recorría el pecho y la espalda.

Habría pagado cien libras por una cerveza fría.

El pub estaba a la vuelta de la esquina, al otro lado de la obra. Lo sabía porque el día anterior, a mediodía, había entrado, pero un hombre no podía saciar su sed con una Harp helada cuando tenía prohibido que sus empleados bebieran durante el trabajo.

Balanceó el cuerpo y giró el cuello mientras echaba un vistazo. El estruendo de la hormigonera, los gritos de los hombres, unos daban órdenes y otros se daban por enterados: era la música del trabajo y él no se cansaba de escucharla.

Era un legado de su padre. El lema de Dennis Magee Junior había sido conocer el proceso de principio a fin, y eso era precisamente lo que hacía la tercera generación de Magees. Durante más de diez años, quince si se incluían los veranos que había pasado en las obras, había aprendido todo lo relativo al negocio de la construcción.

Los músculos y la espalda doloridos, incluso la sangre.

A los treinta y dos años se dedicaba más a los consejos de administración y a las reuniones que a los andamios, pero nunca había perdido el gusto y la satisfacción por trabajar con las manos.

Se proponía darse ese gusto en Ardmore, en su teatro.

Observó a la pequeña mujer con gorra desteñida y botas gastadas que daba vueltas por todos lados, moviéndose como el hormigón que caía por el canalón. Mezclaba la arena con las piedras y utilizaba la pala para avisar al operario con un golpe, luego se metía en el barro con los demás trabajadores para alisarlo.

Brenna O'Toole, pensó Trevor, contento por haber hecho caso de su instinto. Contratarla junto con su padre como capataces había sido un acierto. No sólo por sus conocimientos de construcción, que eran muchos, sino porque también conocían el pueblo y a sus habitantes; el trabajo se hacía con fluidez y los hombres estaban contentos y daban lo mejor de sí mismos.

En estos proyectos, las relaciones públicas eran tan importantes como unos cimientos sólidos.

No se podía negar que estaban haciéndolo bien. Durante los tres días que llevaba en Ardmore había comprendido que O'Toole y O'Toole habían sido una elección muy acertada.

Cuando Brenna se disponía a salir, Trevor se acercó, alargó una mano y la ayudó.

—Gracias —Brenna se apoyó en la pala. Parecía un duendecillo, a pesar de la gorra desteñida y de las botas llenas de mugre. Su piel era blanca como la pura leche irlandesa y unos rizos rojizos se escapaban de la gorra—. Tim Riley dice que no lloverá en dos o tres días, y suele acertar. Creo que las zapatas estarán listas antes de que tengamos que preocuparnos por el tiempo.

—Habíais avanzado mucho antes de que yo llegara.

—Ya lo creo, una vez que nos dio la salida ya no había porque pararse. Le haremos unos cimientos sólidos, señor Magee, y dentro del plazo.

—Trev.

—Claro, Trev —Brenna se echó la gorra hacia atrás y levantó la cabeza para poder mirarlo a los ojos. Calculó que mediría por lo menos treinta centímetros más que su metro cincuenta y cinco, incluidas las botas—. Los hombres que mandaste de Estados Unidos forman un buen equipo.

—Estoy de acuerdo, por algo los elegí.

A ella el tono le pareció algo distante, pero no antipático.

—¿Y nunca eliges mujeres?

Trevor sonrió despacio, de tal forma que parecía como si el humor se fuera apoderando del rostro hasta alcanzar los ojos color humo.

—Claro que lo hago, siempre que puedo. Tanto dentro como fuera del trabajo. He metido a una de mis mejores carpinteras en este proyecto, llegará la semana que viene.

—Me alegra saber que mi primo Brian tenía razón en este sentido. Decía que contratabas a las personas por su destreza, no por su sexo. Es una buena mañana de trabajo —añadió asintiendo con la cabeza—. El ruido de ese maldito camión nos va a hacer compañía durante un rato. Darcy volverá mañana de vacaciones, y te aseguro que nos va a poner a parir por el jaleo.

—Es un ruido precioso, suena a construcción.

—Siempre he pensado lo mismo.

Se quedaron un rato observando cómo el camión arrojaba el resto de hormigón.

—Te invito a comer —dijo Trevor.

—Acepto —Brenna dio un silbido para llamar a su padre e hizo un gesto de ir a comer. Mick respondió con una sonrisa y volvió al trabajo.

—Está en el paraíso —comentó Brenna mientras se limpiaban las botas—, nada hace tan feliz a Mick O'Toole como estar en medio de una obra, y cuanto más se pringue mejor —Brenna estaba contenta, golpeó los pies contra el suelo y se dirigió a la puerta de la cocina—. Espero que tengas tiempo de conocer la zona mientras estás aquí, no te irás a encerrar en el trabajo...

—Mi intención es visitar los alrededores.

Tenía todo tipo de información: atracciones turísticas, estado de las carreteras, caminos para ir a las ciudades más importantes, pero quería conocerlo por sí mismo.

Necesitaba conocerlo, reconoció Trevor para sí. Desde hacía más de un año, algo le atraía en sueños hacia Irlanda, hacia Ardmore.

—Ahí tenemos a un hombre bien plantado haciendo lo que mejor sabe hacer —dijo Brenna mientras abría la puerta de la cocina—. ¿Qué nos has preparado, Shawn?

El hombre que estaba a los fuegos de una cocina enorme se volvió. Era grande, con pelo negro despeinado y ojos de un color azul brumoso.

—Para los íntimos tenemos sopa de algas y emparedados de carne. Buenos días Trevor. ¿Te hace trabajar más de lo que debería?

—Nos tiene ocupados a todos.

—Y es lo que tengo que hacer, ya que el hombre de mi vida es un lento. Me pregunto, Shawn, si has elegido algunas melodías para que las oiga Trevor.

—He estado muy ocupado dando de comer a mi mujer. Es muy exigente —tomó el rostro de Brenna y la besó—, y ahora, fuera de mi cocina, desde que no esta Darcy esto es un lío.

—Volverá mañana, y a estas alturas del día ya la habrás maldecido una docena de veces.

—¿Por qué crees que la echo de menos? Decidle a Sinead lo que queréis —dijo a Trevor—. Es una buena chica y Jude le echa una mano. Sólo necesita un poco de experiencia.

—Sinead es una amiga de mi hermana Mary Kate —le comentó Brenna a Trevor mientras empujaba la puerta que separaba la cocina del pub—. Una chica con buenas intenciones aunque con

14

una cabeza de chorlito. Su única ambición en este momento es casarse con Billy O'Hara.

—¿Y qué opina Billy O'Hara?

—Como no es tan ambicioso como ella, no dice nada. Buenos días, Aidan.

—Buenos días —el mayor de los Gallagher se ocupaba de la barra y los miró mientras tiraba unas cervezas—. ¿Coméis con nosotros?

—Nos gustaría, pero estás liado.

—Dios bendiga a los autobuses turísticos —Aidan, con un guiño, acercó dos pintas a unas manos anhelantes.

—¿Quieres que comamos en la cocina?

—No hace falta, si no tenéis mucha prisa —sus ojos, de un azul más profundo que los de su hermano, echaron un vistazo al pub.

—El servicio es un poco más lento de lo habitual, pero hay una o dos mesas libres.

—Que decida el jefe —Brenna se dirigió a Trevor—. ¿Cómo lo ves?

—Nos sentaremos en una mesa —era la mejor forma de ver cómo marchaba el negocio.

Siguió a Brenna y se sentaron en una de las mesas con forma de seta. Había un murmullo de voces, una neblina de humo y un olor a levadura de cerveza.

—¿Tomarás una pinta? —le preguntó Brenna.

—No hasta que termine la jornada.

Brenna frunció los labios y se balanceó en la silla.

—Es lo que me han contado algunos hombres. La expresión exacta es que eres un tirano en esa cuestión concreta.

No le importaba la palabra «tirano». Significaba que dominaba la situación.

—Es una expresión acertada.

—Te diré una cosa, puedes tener algún problema si quieres imponer esa norma. Muchos de los hombres que trabajan aquí se amamantaron con Guinness, y para ellos es tan normal como la leche materna.

—A mí también me gusta, pero si un hombre o mujer trabaja para mí, se tendrá que conformar con la leche materna.

—¡Ah!, eres un tipo duro, Trevor Magee —lo dijo entre risa—. Cuéntame, ¿qué te parece tu casa?

—Me encanta, es cómoda, funcional, tranquila y tiene unas vistas sobrecogedoras. Es lo que buscaba, así que te agradezco que me la proporcionaras.

—No hay de qué. Es de la familia. Creo que Shawn envidia la cocina que tiene. Todavía falta mucho para que la casa que nos estamos haciendo esté terminada. Siquiera habitable —añadió como si fuese uno de los temas de discusión—, pero me concentraré en la cocina durante mis días libres, así estará más contento.

—Me gustaría verla.

—¿En serio? —Brenna inclinó la cabeza con un gesto de sorpresa— Puedes venir cuando quieras. Te daré la dirección. ¿Te importa que te diga que no esperaba que fueses un hombre tan simpático como pareces?

—¿Qué esperabas?

—Un tipo más... tiburón. Espero que no te ofenda.

—No me ofende, y depende de las aguas en las que nos movamos —levantó la mirada y su rostro se animó al ver a la mujer de Aidan acercarse. Se dispuso a levantarse, pero Jude lo detuvo.

—No, no me quedo, pero gracias —apoyó una mano en la tripa de embarazada—. Hola, soy Jude Frances y hoy seré vuestra camarera.

—No deberías estar llevando bandejas en ese estado.

Jude suspiró mientras sacaba la libreta.

—Me recuerda a Aidan. Me siento cuando me canso y no llevo nada pesado. Sinead no puede hacerlo todo sola.

—No te preocupes, Trevor. Mi queridísima madre estaba recolectando patatas el día que nací, y volvió para asarlas después del parto —Brenna se rió al ver la cara de Trevor—. Bueno, a lo mejor no fue así, pero me jugaría lo que fuese a que podría haberlo sido. Si no te importa, Jude, tomaré la sopa del día y un vaso de leche —añadió con una sonrisa burlona dirigida a Trevor.

—Yo tomaré lo mismo —dijo él—, y el emparedado.

—Una magnífica elección. Volveré en un instante.

—Es más fuerte de lo que parece —dijo Brenna cuando Jude se dirigió a otra mesa—. Y más cabezota. Ahora que ha conocido a su director, por decirlo así, trabajará más para demostrar que puede hacer lo que le has dicho que no haga.

Aidan no dejará que se pase, te lo prometo. La adora.

—Ya me he dado cuenta. Parece que los hombres Gallagher quieren mucho a sus mujeres.

—Será mejor que lo hagan, o sus mujeres les pillarían —Brenna se sentía tranquila, se reclinó en la silla y se quitó la gorra. Los rizos rojos cayeron como una cascada—. Entonces, no te parece todo demasiado... rústico. Después de vivir en Nueva York...

Trevor se acordó de las obras en las que había trabajado: derrumbamientos de tierra, inundaciones, calor sofocante, gamberrismo y sabotajes.

—En absoluto. El pueblo es exactamente como me lo esperaba después del informe de Finkle.

—¡Ah!, Finkle —Brenna recordaba muy bien al enviado de Trevor—. Ése sí era un hombre que prefería las comodidades de la ciudad. Pero tú no eres tan... especial.

—Puedo ser muy especial. Por eso he aprovechado la mayoría de tus diseños para el proyecto del teatro.

—Vaya, eso es un piropo encubierto y muy bonito —nada le habría podido complacer más—. Supongo que me incliné más por lo personal. Me gusta especialmente la casa de campo de Faerie Hill, donde vives, y no estaba muy segura de que te fuese a gustar. Me imaginaba, supongo, que un hombre con tu formación y recursos preferiría el hotel del acantilado, con servicio y restaurante.

—Las habitaciones de los hoteles se hacen opresivas y me pareció interesante quedarme en la

18

casa donde nació, vivió y murió la mujer que estuvo prometida con uno de mis antepasados.

—La vieja Maude, era una mujer excepcional, una mujer sabia —Brenna no separaba los ojos de Trevor mientras hablaba—. Su tumba está cerca del pozo de San Declan, ahí la puedes sentir. No es la que está en la casa ahora.

—Entonces, ¿quién es?

Brenna arqueó las cejas.

—¿No conoces la leyenda? Tu abuelo y tu padre nacieron aquí, aunque tu padre era un niño cuando se fueron a Estados Unidos. Sin embargo, volvió después de muchos años. ¿Ninguno de los dos te contó la historia de Lady Gwen y el príncipe Carrick?

—No. ¿Así que es Lady Gwen quien se aparece en la casa?

—¿La has visto?

—No —a Trevor no le habían contado leyendas y mitos cuando era un niño, pero tenía suficiente sangre irlandesa como para interesarse por ellos—, pero hay un aire femenino, casi una fragancia, así que apostaría por ella.

—Y acertarías.

—¿Quién era?, creo que estoy compartiendo residencia con un fantasma y que debería de saber algo sobre ella.

Brenna se dio cuenta de que no despreciaba el asunto ni mostraba una indulgencia burlona hacia lo irlandés y sus leyendas.

—Me vuelves a sorprender. Primero déjame que mire una cosa. Vuelvo enseguida.

«Fascinante», reflexionó Trevor, «tengo mi propio fantasma».

Ya había sentido cosas otras veces, en viejos edificios, en solares vacíos, en campos desiertos. No era el tipo de cosas que se comentan en un consejo de administración o cuando te tomas una cerveza con tus empleados después de una jornada agotadora. Sin embargo, este sitio era distinto, tenía un aire diferente. Quería saber más.

En ese momento le interesaba todo lo relacionado con Ardmore y sus alrededores. Una buena historia de fantasmas podía atraer a tanta gente como un pub bien gestionado. Era una cuestión de ambiente.

Gallagher's era el ambiente exacto que estaba buscando como antesala de su teatro. La vieja madera oscurecida por el tiempo, el humo y la grasa combinaban perfectamente con las paredes crema, el hogar de piedra y las mesas y bancos.

La barra era preciosa. Era de castaño envejecido y los Gallagher la mantenían limpia y encerada.

La edad de los clientes oscilaba entre un niño de meses hasta el hombre más anciano que Trevor creía haber visto en su vida. Se sentaba en un taburete en el extremo de la barra.

Había algunos más que tomó por lugareños por la forma de fumar y beber a sorbos, y otros, el triple aproximadamente, que sólo podían ser turistas, con la bolsa de la cámara debajo de la mesa y los mapas y guías encima.

Las conversaciones eran una mezcla de acentos, pero predominaba el delicioso tono que había oído a sus abuelos hasta que murieron.

Se preguntaba si ellos mismos no habrían añorado el oírlo y por qué no habían sentido el deseo irrefrenable de volver a Irlanda. ¿Qué recuerdos amargos los mantuvieron alejados? Sin embargo, la curiosidad se había saltado una generación y le había llevado a él a comprobarlo por sí mismo.

Más aún, se preguntaba por qué habría *reconocido* Ardmore y la vista que tenía desde la casa de campo, incluso sabía lo que vería cuando subiese al acantilado. Era como si tuviese guardada en su mente una imagen del lugar, una imagen que le hubiesen arrebatado y más tarde ocultado.

No tenían fotos que enseñarle. Su padre había estado de visita cuando era más joven que Trevor en ese momento, pero sus descripciones se podrían calificar, en el mejor de los casos, como esbozos.

También estaban los informes. Los informes que Finkle había llevado a Nueva York estaban llenos de fotografías y descripciones minuciosas, pero le habían resultado conocidas, ya las conocía antes de abrir el primer informe.

¿Sería memoria heredada?, pensó, aunque él no hacía mucho caso de ese tipo de cosas. Podía haber heredado los ojos de su padre, el color gris claro y los párpados un poco rasgados, también decían que tenía las manos como las de su abuelo y su misma cabeza para los negocios, pero ¿cómo se podía transmitir un recuerdo?

Siguió dándole vueltas a la idea mientras echaba un vistazo a la habitación. No se le ocurrió pensar que, vestido con la ropa de trabajo y con el pelo rubio oscuro despeinado, parecía más un lugareño que un turista. Tenía un rostro estrecho y huesudo, más propio de un guerrero o un erudito que de un hombre de negocios. La mujer con la que estuvo a punto de casarse decía que debía haberlo esculpido o tallado un genio extravagante. La sombra de una cicatriz le desfiguraba la barbilla, se la hizo al clavársele un cristal durante un huracán en Houston, y le daba cierto aire de hombre duro.

Era un rostro que apenas expresaba algo. Salvo que fuese en beneficio de Trevor Magee.

En ese momento el gesto era frío y perdido, pero se tornó en amistoso cuando Brenna volvió a la mesa con Jude. Se dio cuenta de que Brenna llevaba la bandeja.

—Le he pedido a Jude que se tome un momento para contarte la historia de Lady Gwen. Es una *seanachais*.

Jude agitó la cabeza al ver la cara de sorpresa de Trevor.

—Es la palabra gaélica para el contador de historias. En realidad no lo soy, sólo soy...

—¿Y a quién van a publicar un libro y está escribiendo otro? El libro de Jude saldrá a finales de verano —continuó Brenna—. Sería un regalo muy bueno, así que tenlo en cuenta cuando vayas de compras.

—Brenna... —Jude puso los ojos en blanco.

—Lo buscaré. Algunas de las letras de las canciones de Shawn son historias. Es una tradición antigua y muy respetable.

—¡Oh!, esta te gustará —Brenna estaba radiante y recogió la bandeja—. Yo me ocupo de esto, Jude, y le daré a Sinead algo de trabajo de tu parte. Vete empezando, yo ya la he oído un montón de veces.

—Tiene más energía que veinte personas juntas —Jude, un poco cansada, levantó la taza de té.

—Me alegro de haberla encontrado para el proyecto, o de que ella me encontrase a mí.

—Creo que debió de ser un poco de todo, ya que los dos sois negociantes —hizo una mueca—. No lo digo en el mal sentido de la palabra.

—No me lo he tomado en ninguno. ¿Te da patadas el bebé? Se te pone una mirada especial —explicó Trevor—. Mi hermana ha tenido su tercer hijo.

—¿El tercero? —Jude lanzó un silbido—. A veces me pregunto cómo podré con el primero. Es activo, pero va a tener que esperar un par de meses más —se pasó la mano por toda la tripa mientras daba un sorbo—. No lo sabrás, pero viví en Chicago hasta hace poco más de un año —él emitió un sonido que no significaba nada. Claro que lo sabía, sus informes eran muy minuciosos—. Mi idea era venir a pasar seis meses en la casa donde vivió mi abuela después de que perdiera a su familia. La había heredado de su prima Maude, quien murió poco antes de que yo llegara.

—La mujer con la que estuvo comprometido mi tío abuelo.

—Sí. El día que llegué estaba lloviendo. Pensé que me había perdido, no sólo en el sentido geográfico. Todo me desanimaba.

—¿Viniste sola a otro país? —Trevor ladeó la cabeza—. No pareces una mujer fácil de desanimar.

—Es lo mismo que diría Aidan —eso hizo que se sintiera más cómoda—. Supongo que más bien era que no sabía hasta dónde llegaba mi ánimo. En cualquier caso, entré en la calle, en el camino de entrada a esa pequeña casa de campo con tejado de paja y vi a una mujer en la ventana del piso de arriba. Tenía un rostro triste y hermoso y un pelo rubio blanquecino que le caía sobre los hombros. Me miró y nuestros ojos se encontraron. Entonces llegó Brenna con su coche. Era como si me hubiese encontrado por casualidad con mi propia casa de campo; la mujer que vi en la ventana era Lady Gwen.

—¿El fantasma?

—Exactamente. Parece imposible, ¿verdad? O por lo menos irracional. Sin embargo, puedo decirte exactamente cómo era, la tengo grabada, y no sabía de la leyenda más de lo tú pareces saber de ella.

—Me gustaría oírla.

—Entonces, te la contaré —Jude se calló mientras Brenna se sentaba y daba cuenta de su comida.

Sabía contar una historia. El ritmo era sereno y fluido y el relato absorbía al oyente. Le habló de una joven doncella que vivía en la colina de las hadas, que es el significado de Faerie Hill;

de una mujer que cuidaba de su padre, ya que la madre había muerto al dar a luz, que se ocupaba de la casa y el jardín y que se conducía con orgullo.

Al pie de la verde ladera de la colina estaba el paraíso para todas las hadas: el palacio en el que Carrick gobernaba como un príncipe. Él también era orgulloso y guapo, y tenía una melena negra como el ala de un cuervo y los ojos de un azul abrasador. Esos ojos se fijaron en la doncella Gwen y los de ella también se fijaron en él.

El amor los atrapó, un amor de fantasía y mortal, y por la noche, mientras los demás dormían, él la transportaba a lomos de su caballo alado. Jamás hablaron de su amor; el orgullo no se lo permitía. Una noche, el padre de Gwen se despertó y la vio bajarse del caballo. Temeroso por ella, la prometió en matrimonio con otro y la obligó a casarse inmediatamente.

Carrick cabalgó en dirección al sol y guardó los ardientes destellos en una bolsa de plata. Cuando Gwen salió de su casa para verlo por última vez antes de la boda, él abrió la bolsa y derramó diamantes a sus pies, eran joyas regaladas por el sol.

«Tómalas, ya que son la pasión que siento por ti».

Le prometió la inmortalidad y una vida plena de riquezas y gloria, pero nunca, ni siquiera en ese momento, le habló de amor.

Ella lo rechazó y le dio la espalda. Los diamantes se convirtieron en flores.

Él volvió a verla otras dos veces. La primera cuando llevaba a su primer hijo en su seno. Derramó perlas que había recogido de las lágrimas de la luna. Representaban, le dijo, la añoranza que sentía por ella. Sin embargo, la añoranza no significaba amor, y ella se debía a otro.

Al retirase ella, las perlas se convirtieron en flores.

Pasaron muchos años antes de que él volviera a verla por última vez, años durante los que Gwen vio crecer a sus hijos, cuidó de su marido enfermo y lo enterró cuando era una anciana. Años durante los que Carrick deambuló por su palacio y vagó por el cielo montado en su caballo. Se zambulló en el mar para arrancarle del corazón el último regalo para ella. Lo volvió a derramar a sus pies, eran zafiros que resplandecían entre la hierba. Eran la prueba de su constancia. Entonces, cuando por fin le habló de amor, ella sólo pudo enjuagarse unas amargas lágrimas, ya que su vida tocaba a su fin. Le dijo que era demasiado tarde, que nunca había necesitado ni la riqueza ni la gloria, que tan sólo había querido saber que él la amaba, que la amaba lo suficiente como para hacerla olvidar el temor a cambiar su mundo por el de él. Esta vez, cuando ella se volvió y los zafiros se convirtieron en flores, el dolor y la cólera de Carrick estallaron en un sortilegio. Gwen no tendría descanso sin él, ni volverían a verse hasta que tres parejas de enamorados eligieran el amor por encima de todo lo demás, aceptándose el uno al otro y poniendo en peligro sus corazones.

Trescientos años, pensó más tarde Trevor mientras entraba en la casa donde Gwen había vivido y muerto. Una larga espera. Había escuchado cómo contaba Jude el relato con su voz tranquila de contadora de historias. No la había interrumpido, ni siquiera para decirle que ya conocía algunas partes, no sabía cómo, pero las conocía.

Las había soñado.

Tampoco le dijo que él también podría haber descrito a Gwen, desde el verde mar de sus ojos a la curva de sus mejillas. Él también la había soñado.

Se dio cuenta de que estuvo a punto de casarse con Sylvia porque le recordaba a la imagen del sueño. Una mujer delicada, de costumbres sencillas. Todo debería de haber funcionado bien entre ellos, pensó mientras subía al piso de arriba para darse un baño. Todavía le irritaba pensar que no había sido así. En definitiva, no había funcionado bien.

Ella lo supo antes y, con suavidad, lo dejó marchar antes de que él mismo reconociera que ya estaba buscando la salida. Quizá fuera eso lo que más le molestaba. No había tenido la cortesía de poner un punto final. Si bien ella lo había perdonado, él no se lo había perdonado a sí mismo.

Captó la fragancia en cuanto entró en el cuarto. Delicada y femenina, como pétalos de rosa sobre la hierba húmeda por el rocío.

«Un fantasma que usa perfume», murmuró extrañado y divertido. «Si no eres una descarada, date la vuelta.» Se desnudó y se metió en el baño.

Pasó el resto de la tarde solo: puso al día algunos papeles, echó un vistazo a los faxes y los contestó. Se premió con una cerveza y se la tomó fuera mientras el día se desvanecía, escuchando el doloroso silencio y observando cómo las estrellas cobraban su parpadeante vida.

Fuera quien fuese el tal Tim Riley, parecía tener razón. No iba a llover. Los cimientos se asentarían sin problemas.

Al darse la vuelta para entrar, un resplandor en movimiento le llamó la atención. Una mancha blanca y plateada cruzó el cielo. Sin embargo, cuando la buscó sólo vio estrellas y una luna creciente que empezaba a hacerse visible.

Una estrella fugaz, pensó. Una cosa era un fantasma, pero un caballo volador montado por el príncipe de las hadas era otra completamente distinta.

Sin embargo, mientras cerraba la puerta, le pareció que en el silencio se podía escuchar el alegre ritmo de las gaitas y de las flautas.

Dos

Darcy Gallagher soñaba con París. Paseaba por la Orilla Izquierda una maravillosa tarde de primavera sin nubes en el azul intenso del cielo y con el aroma de las flores inundando el ambiente...

Y, quizá lo mejor de todo, sintiendo el peso de las bolsas de las tiendas en las que había estado ese día.

En sus sueños, Darcy era la *dueña* de París, no sólo durante unas breves vacaciones de una semana, sino durante todo el tiempo que se le antojaba. Podía estarse una hora o dos en una terraza bebiendo una deliciosa copa de vino y observando cómo pasaba el mundo por delante de ella, porque en realidad parecía que era el mundo entero el que paseaba por las calles de París.

Mujeres con piernas interminables y unos vestidos elegantísimos y hombres de ojos oscuros que la miraban. Una anciana montada en una bicicleta roja con las barras de pan asomando por una bolsa y niños perfectamente uniformados que caminaban en fila.

Todo le pertenecía, al igual que el ruidoso tráfico y el carro lleno de flores que estaba en la esquina. No le hacía falta subir a la torre Eiffel para tener París a sus pies.

Escuchaba a la ciudad que tenía a su disposición mientras disfrutaba del vino y de un queso perfectamente curado. Todo era música a su alrededor: los arrullos de las palomas omnipresentes y su aleteo al remontar el vuelo, los pitidos constantes de las bocinas, el sonido de los tacones de aguja sobre las aceras, las risas de los enamorados.

No pudo reprimir un suspiro de felicidad, pero aun así se oyó un trueno en la lejanía. Darcy miró al cielo. Unas nubes negras y espesas se acercaban por el oeste. El resplandeciente día de sol se tornó oscuro, con esa falsa oscuridad que precede a las tormentas. El lejano retumbar se convirtió en un estruendo y Darcy se levantó de un salto, aunque los demás siguieron sentados, charlando o paseando, como si no hubiesen visto u oído nada especial.

Cogió sus bolsas y se marchó en busca de refugio. Un rayo de un azul cegador cayó justo delante de sus pies.

Se despertó asustada y jadeante.

Estaba en su habitación encima del pub y no en París en medio de una tormenta. Las paredes conocidas y la luz tenue la tranquilizaron. También la tranquilizó ver esparcidas por el cuarto la ropa y las baratijas que había comprado en París.

En fin, de vuelta a la realidad, pensó, pero por lo menos se había hecho con algunos trofeos que había traído a casa.

Había pasado una semana deliciosa, un regalo de cumpleaños a sí misma perfecto. Reconocía que había sido muy indulgente al quitarle ese pellizco a sus ahorros. Sin embargo, para qué servían los ahorros si una mujer no podía utilizarlos para celebrar como es debido su primer cuarto de siglo de existencia.

Los recuperaría. Ahora que había sentido por primera vez el placer de viajar de verdad, estaba dispuesta a repetirlo con cierta frecuencia. El próximo año iría a Roma o a Florencia. O quizá a Nueva York. Fuera donde fuese, sería maravilloso. En ese preciso instante empezaría a reunir fondos para las vacaciones de Darcy Gallagher.

Había anhelado salir. Ver algo, casi se conformaba con cualquier cosa que no fuese lo que veía todos los días. Estaba acostumbrada a sentirse inquieta, era algo que incluso apreciaba de sí misma, pero en esa ocasión había sentido una pantera en su interior que estaba dispuesta a saltar sobre las personas a las que quería.

Marcharse había sido la mejor decisión, para ella y, estaba segura, para todos los que la rodeaban. La inquietud siempre estaría dentro de ella, pero la había domado.

Estaba contenta de haber vuelto a casa y deseando ver a su familia, a sus amigos y a sus seres queridos. También estaba deseando contarles todo lo que había visto y hecho durante esos siete días inolvidables.

Sin embargo, tenía que levantarse y ordenarlo todo. La noche anterior había llegado muy tarde y se había limitado a tirar las bolsas abiertas y a contemplar las compras que había hecho. Tenía que poner orden y apilar los regalos porque era una mujer que no podía soportar el desorden durante mucho tiempo.

Había echado de menos a su familia. Los había echado de menos incluso en medio del vertiginoso trajín de ver, hacer cosas, simplemente de *estar* en París. Se preguntaba si no debería darle vergüenza no haberlo previsto.

No podía decir que hubiese echado de menos el trabajo, el peso de las bandejas y el servir cervezas sin parar. Había sido un placer que le sirvieran a ella, para variar. Sin embargo, estaba ansiosa por bajar al pub para ver cómo se habían apañado sin ella. Aunque significase pasar de pie el resto del día.

Se estiró, levantó los brazos y dejó caer la cabeza hacia atrás, disfrutando del placer que le producía ese movimiento. Era una mujer que creía que no se podían malgastar los sentidos más de lo que se podía malgastar el dinero.

Cuando por fin se levantó, se dio cuenta de que el estruendo no era un trueno.

La obra, recordó. Vale, ¿no iba a ser delicioso, acaso, sentir ese jaleo todas las benditas mañanas? Se puso una bata y se acercó a la ventana para comprobar los avances que habían hecho durante su ausencia.

No sabía nada de construcción, pero lo que vio le pareció un desorden absoluto organizado por un equipo de juerguistas medio idiotas. Montones de cascotes, zanjas, una superficie enorme de hormigón en el fondo de un agujero. En las esquinas se levantaban una especie de torres color ceniza con unas barras metálicas que asomaban por la parte superior, y un camión espantoso hacía la mezcla con un ruido insoportable.

La mayoría de los obreros, con ropas toscas y botas sucias, se ocupaban de crear una sensación de desorden todavía mayor.

Se fijó en Brenna, con su gorra y sus botas que le llegaban casi hasta las rodillas. Al verla se sintió invadida por una sensación muy placentera, era su amiga desde niña y ahora también su cuñada.

Se avergonzaba por tener que reconocer que, en parte, la razón por la que había sentido la necesidad de marcharse fue la boda de Brenna y Shawn y el que Aidan, su hermano mayor, y Jude esperaran un hijo para finales de verano. Estaba encantada por ellos, nada le hacía tan feliz como lo que habían conseguido, pero cuanto más felices y asentados los veía, más descontenta y desequilibrada se encontraba ella.

Quería elevar los puños al cielo y exigir su parte, ¿dónde estaba?, ¿cuándo llegaría? Era egoísta y escandaloso, pero no podía evitarlo.

Bueno, ya había vuelto y esperaba encontrarse más tranquila.

Darcy observó cómo se movía su amiga entre los obreros y les ayudaba en sus tareas. Está en su elemento, meditó. Feliz como un cachorrillo con una mama para él solo. Pensó en abrir la ventana y llamarla, pero luego comprendió que si lo hacía vestida como estaba, podría organizarse un revuelo mayor todavía.

La idea de causar un revuelo le divirtió y se dispuso a hacerlo. Tenía la ventana medio abierta cuando se fijó en un hombre que la observaba.

Era alto, observó. Siempre le habían gustado especialmente los hombres altos. No llevaba sombrero y el viento agitaba su pelo color ámbar. También llevaba ropa de trabajo, pero en su opinión le sentaba mejor que a los demás. Su estatura y delgadez ayudaban, aunque Darcy creía que también era una cuestión de confianza. O de arrogancia, reflexionó en voz alta al ver que no apartaba de ella su fría mirada.

No le impresionaba la arrogancia, ella misma la tenía de sobra.

Podría ser una diversión interesante, pensó. Un rostro atractivo y una mirada descarada. Si puedes pronunciar cuatro palabras seguidas y mantener una conversación, podría merecer la pena dedicarte algo de tiempo. Siempre que no estés casado, naturalmente.

Decidió que, casado o no, un poco de coqueteo no le hacía daño a nadie, puesto que no pensaba pasar de ahí con un hombre que, probablemente, vivía preocupado por el jornal diario.

Le sonrió. Lenta y cálidamente. Luego se puso un dedo en los labios y le envió un beso. Él sonrió mostrando todos los dientes y ella volvió al interior de la habitación.

Darcy pensaba que lo mejor era dejar a un hombre no sólo queriendo más, sino también, desconcertado.

Esa mujer impacta, pensó Trevor. Y él todavía sentía el impacto. Si era Darcy Gallagher, y suponía que así era, empezaba a comprender por qué al siempre discreto Finkle se le trababa la lengua y le brillaban los ojos cuando hablaba de ella.

Era una maravilla, de acuerdo, y agradecería verla más de cerca. Se había quedado con la impresión de una bella durmiente, con una cabellera oscura y revuelta, la piel pálida y unos rasgos muy delicados. Y sin falsa modestia. Le había aguantado la mirada y lo había sopesado, como él a ella. Con aquel beso lanzado con indiferencia definitivamente había ganado un punto.

Pensó que Darcy Gallagher sería un entretenimiento muy interesante mientras estuviera en Ardmore.

Como quien no quiere la cosa llevó unos ladrillos a la zona de Brenna.

—¿Te parece buena la mezcla? —preguntó Trevor señalando con la cabeza hacia la argamasa recién hecha.

—Sí. Tiene buena consistencia. La estamos gastando rápidamente, pero creo que tenemos suficiente.

—Si crees que falta, pide la que necesites. Creo que tu amiga ha vuelto de vacaciones.

—Humm —Brenna sacudió la paleta para retirar la argamasa y miró hacia la ventana—. ¿Darcy?

—Abundante pelo negro y una sonrisa pícara. Fantástica.

—Ésa es Darcy.

—La... vi un segundo en aquella ventana. Si quieres ir a verla, puedes tomarte un descanso.

—Lo haría —echó más argamasa en la paleta—, pero me miraría de arriba abajo y me cerraría la puerta en las narices. Darcy es muy especial con sus habitaciones. No le haría ninguna gracia que me presentase allí tan sucia. La veré a mediodía —Brenna extendió la argamasa con destreza y puso un ladrillo—. Te diré algo, Trevor, tus hombres están a punto de saber lo que es un corazón roto. Son pocos los que la conocen y salen indemnes.

—Mientras mantengamos los plazos, el corazón de cada uno es un asunto propio.

—Oh, yo me ocupo de los plazos, y Darcy de proporcionarles unos sueños felices, aunque irrealizables. Hablando de plazos, creo que podríamos instalar la fontanería de esta zona a finales de semana. Las cañerías no han llegado esta mañana como estaba previsto. ¿Quieres que papá o yo vayamos a ver qué ha pasado?

—No, iré yo mismo.

—Entonces, espero que les des una buena patada en el culo. Puedes llamar desde la cocina del pub. El número está en la agenda.

—Gracias, pero lo tengo. Tendrás las cañerías hoy mismo.

—No tengo la menor duda —murmuró Brenna mientras Trevor se alejaba hacia el pub.

La cocina estaba inmaculada. Era algo que Trevor siempre observaba y exigía cuando entraba en un negocio. Se imaginaba que los Gallagher no considerarían que él tuviese una participación en el pub, pero para Trevor era un negocio que ahora le afectaba mucho.

Buscó la agenda en el bolsillo. En Nueva York su secretaria habría conseguido el número y hecho la llamada. Habría localizado a la persona responsable y, sólo si era necesario, habría pasado el asunto a Trevor.

Tenía que reconocer que, aunque ese método le ahorraba tiempo y disgustos, también le gustaba meterse hasta el fondo y poder ser él quien diese esa patada en el culo.

Durante los cinco minutos que le costó llegar hasta el responsable no dejó de mirar el frasco de galletas. Sabía que cuando había galletas en el frasco eran caseras y eran impresionantes. Tomó una de avena y miel y fulminó al supervisor de suministros sin levantar el tono de voz. Anotó el nombre por si tenía que hacer alguna reclamación y le garantizaron que tendría las cañerías a mediodía.

Colgó y se disponía a comer una segunda galleta cuando oyó pasos en las escaleras. Trevor, que esta vez eligió una de mantequilla de cacahuetes, se apoyó en la encimera, preparado para echar el primer vistazo a Darcy Gallagher.

Era impresionante, como las galletas de Shawn.

Darcy se detuvo al pie de las escaleras y enarcó una ceja. Tenía los ojos azules, como los de su hermano, de un color brillante que contrastaba con la blancura inmaculada de su piel. El pelo, suelto y ondulado, le caía seductoramente sobre los hombros. Iba vestida con una elegancia más propia de Madison Avenue que de Ardmore.

—Buenos días. ¿Un descanso para tomarse un té?

—Una llamada telefónica —Trevor dio un mordisco a la galleta mientras miraba a Darcy. Tenía una voz irlandesa y profunda como un fuego de turba, que era tan seductora como el resto de ella.

—Voy a hacer un poco de té, a mí se me ha acabado y me pone de mal humor empezar el día sin tomar una taza —echó una ojeada a Trevor mientras ponía agua a calentar—. ¿Quieres una para mojar la galleta?, ¿o tienes que volver al trabajo?

—Puedo tomarme un minuto.

—Tienes suerte de que tu jefe no sea muy estricto. He oído que Magee tiene una mano muy firme.

—Así es.

Ese hombre estaba mucho mejor visto de cerca. Le gustaban las facciones angulosas y la pequeña cicatriz de la mandíbula. Le daba un aire peligroso y ella estaba harta de hombres sin riesgo. Se dio cuenta de que no llevaba anillo, aunque eso no siempre significara algo.

—¿Has venido desde Estados Unidos para trabajar en el teatro?

—Efectivamente.

—Un viaje muy largo. Espero que hayas podido traer a la familia.

—No estoy casado, si te refieres a eso —partió la galleta por la mitad y le ofreció un trozo a Darcy.

38

Ella, divertida, lo aceptó.

—Eso te da libertad para viajar por trabajo, ¿no? ¿Qué haces?

—Lo que haga falta.

Sí señor, pensó ella mientras mordisqueaba la galleta, lo suficientemente peligroso.

—Me imagino que será muy útil tenerte cerca.

—Estaré cerca durante una temporada —se detuvo mientras ella echaba el agua en la tetera—. ¿Te gustaría cenar?

Ella lo miró de reojo y esbozó una sonrisa.

—Claro, me encanta comer bien de vez en cuando y en buena compañía, pero acabo de llegar de vacaciones y estaré ocupada durante algún tiempo. Mi hermano Aidan tiene un orden del día muy complicado.

—¿Y desayunar?

—Podría ser divertido. A lo mejor me lo vuelves a pedir dentro de un día o dos, cuando me haya asentado.

—A lo mejor lo hago.

Darcy estaba levemente sorprendida y un poco decepcionada porque él no hubiese insistido con la invitación. Estaba acostumbrada a hacerse de rogar. Se giró y agarró un tazón para el té.

—¿De que parte de Estados Unidos eres?

—De Nueva York.

—¿Nueva York...? —se volvió con una expresión radiante—. Es maravilloso...

—Tiene cosas que sí lo son.

—Tiene que ser la ciudad más apasionante del mundo —tomó el tazón entre las dos manos mientras se imaginaba la ciudad, como había imaginado un millón de veces—. Quizá no sea la más hermosa. París me pareció preciosa; femenina, sigilosa y sexual. Nueva York me parece masculina; exigente y temeraria, y con tanta energía que tienes que correr para seguir el ritmo. A ti no te impresionará porque estás acostumbrado.

—No creo que a ti Ardmore te parezca un lugar mágico... —Darcy levantó una ceja—. Un rincón del mundo pequeño y casi perfecto donde puedes adaptar el tiempo a tu conveniencia. Aquí la energía viene con calma, así que no tienes que correr para seguir el ritmo.

—Es interesante ver cómo los demás pueden enseñarte lo que para uno es cotidiano —se sirvió el té—. Creo que un hombre capaz de filosofar tan fácilmente mientras toma el té desperdicia sus talentos poniendo ladrillos.

—Lo tendré en cuenta. Gracias por el té —se dirigió hacia la puerta y pasó lo suficientemente cerca de ella como para comprobar que también su olor era delicioso—. Devolveré el tazón.

—Más te vale. Shawn controla hasta la última cucharilla de la cocina.

—Asómate a la ventana de vez en cuando —dijo él mientras abría la puerta—. Me ha encantado mirarte.

Darcy sonrió para sí cuando él se marchó. Ya somos dos, pensó. Estaba dándole vueltas a la respuesta que le daría la próxima vez que le propusiera salir, cuando se abrió la puerta de golpe.

—¡Has vuelto! —Brenna entró como un torbellino dejando un rastro de trocitos de cemento seco.

—¡Ni te acerques! —Darcy esgrimió la tetera como si fuese un escudo—. Por Dios, Brenna llevas tanta porquería de esa encima como la que pones en los ladrillos.

—No te preocupes, no voy a abrazarte.

—Puedes estar segura de que no.

—Pero te he echado de menos.

Aunque la conmovió, Darcy soltó un bufido.

—Estás demasiado ocupada siendo una recién casada como para echarme de menos.

—Puedo hacer las dos cosas. ¿Podrías ponerme un té?, tengo diez minutos.

—De acuerdo, pero pon un periódico en la silla antes de sentarte. Yo también te he echado de menos —reconoció Darcy mientras servía el té.

—Sabía que lo harías. Todavía mantengo que fue aventurado que te fueses a París sola. ¿Te gustó? —preguntó Brenna mientras ponía cuidadosamente un periódico en la silla—. ¿Es como te lo imaginabas?

—Sí. Todo: los sonidos y los ambientes, los edificios, las tiendas y los cafés. Me podría haber pasado un mes sólo mirando, si supiesen hacer el té como Dios manda, pero me apañé con el vino. Todo el mundo viste elegantemente, incluso cuando no lo pretenden. Me he comprado una ropa maravillosa, aunque los dependientes son muy distantes y parece que te hacen un favor al aceptar tu dinero.

—Me alegro de que lo hayas disfrutado. Pareces más descansada.

41

—¿Descansada? Apenas he dormido en toda la semana. He... cargado las pilas. Había pensado dormir como una marmota hasta la hora de trabajar, pero ese follón despertaría a un muerto.

—Tendrás que acostumbrarte. Estamos avanzando mucho.

—No es lo que me ha parecido desde el cuarto. Parece un montón de escombros lleno de zanjas.

—Hemos terminado los cimientos e instalaremos la fontanería a finales de la semana. Es una cuadrilla muy buena, la gente que ha venido de Nueva York está muy bien preparada y los de aquí los hemos elegido papá y yo. Magee no acepta gandules y conoce cada paso para construir un edificio, de modo que hay que andarse con cuidado.

—Lo que quiere decir que estás disfrutando.

—Muchísimo. Y será mejor que vuelva al trabajo.

—Espera, tengo un regalo para ti.

—Contaba con ello.

—Subiré a buscarlo, no quiero que pongas un pie en mi habitación.

—También contaba con eso —replicó Brenna mientras Darcy subía corriendo las escaleras.

—No lleva caja —gritó Darcy desde el piso de arriba—. Era más fácil de embalar si lo dejaba en la bolsa. Jude tenía razón al decirme que llevara una maleta de más. Pero tu regalo no ocupa mucho sitio.

Darcy bajó con una bolsita y entrecerró los ojos al ver la mano de Brenna.

42

—Yo lo abriré.

Sacó un paquete muy fino envuelto con papel de seda, lo abrió con mucho cuidado y se lo dio. Brenna se quedó boquiabierta.

—Creo que a Shawn le va a encantar —afirmó Darcy.

Era un camisón muy corto con tirantes finos y de un color verde brillante casi transparente.

—Tendría que ser un tarado para que no le gustara —confirmó Brenna cuando consiguió recuperar el habla—. Intento imaginarme con esto puesto —un brillo burlón apareció en sus ojos—. Creo que a mí también me encanta. Es precioso, Darcy.

—Te lo guardaré hasta que estés limpia y preparada para irte a casa.

—Gracias —Brenna besó a Darcy en la mejilla con mucho cuidado de no mancharla lo más mínimo—. No te diré que me acordaré de ti cuando lo use, ni creo que quieras que te lo diga.

—No, gracias.

—Que no lo vea Shawn —añadió Brenna—. Quiero darle una sorpresa.

A Darcy le resultó casi demasiado fácil adaptarse a la rutina. Si bien Shawn renunció a discutir con ella, porque le había regalado un libro de cocina francesa, todo lo demás transcurrió como de costumbre. Como si no se hubiese marchado. No estaba segura de si eso le agradaba o la desesperaba.

El turno de la comida la mantuvo muy ocupada. Además de los clientes habituales, estaban los turistas que empezaban a llegar en grupos y los trabajadores de la obra.

Son sólo las doce y media y no hay ni una mesa libre, pensó Darcy. Agradecía a Aidan que hubiese contratado a Sinead para echar una mano, pero ¡válgame Dios! Era más lenta que un caracol cojo.

—¡Señorita!, estoy esperando para pedir.

Darcy captó el acento: británico, de colegio privado. Le molestó, pero puso la mejor de sus sonrisas. Era la zona de Sinead, pero ella había desaparecido.

—Lo siento, ¿qué querrán tomar?

—Tomaremos el especial del día y un vaso de Smithwick's.

—Les traeré las bebidas inmediatamente —se fue hacia la barra y atendió otras tres mesas de camino. Pidió las bebidas a Aidan y entró en la cocina.

Elegante incluso bajo presión, pensó Trevor. Había entrado con algunos de sus hombres y se había sentado en una de las mesas del fondo. Era el observatorio perfecto para ver en acción a la atractiva señorita Gallagher.

Darcy salió de la cocina con un brillo de furia en los ojos, que conservó aunque charlara animadamente con los clientes. Derrochaba amabilidad, pero Trevor se dio cuenta de que esos ojazos azules buscaban algo. Cuando cayeron sobre Sinead, que volvía del cuarto de baño, echaron chispas.

Lo siento, corazón, pensó Trevor, estás perdida, va a comerte cruda. Que es exactamente lo mismo que habría hecho él con un empleado vago.

Le admiró que Darcy mantuviese la compostura y se limitara a dirigir una mirada fulminante a Sinead y a darle unas órdenes muy precisas. La hora de la comida no era el momento de acicalarse. Trevor pensó que cuando terminase el turno de la comida Sinead escucharía unas cuantas cosas más.

También pensó que era su día de suerte. Darcy se dirigía hacia su mesa.

—¿Qué puedo ofrecer a unos hombres tan guapos y distinguidos? —sacó la libreta y miró directamente a Trevor—. Parecen hambrientos.

—Para no equivocarse lo mejor es el especial de Gallagher —dijo Trevor.

—Así es. ¿Una pinta de cerveza para acompañar la comida?

—Té, helado.

Darcy puso los ojos en blanco.

—Ésa es una forma muy yanqui de destrozar un té bien hecho, pero le daremos gusto. ¿Y ustedes, caballeros?

—Seguro que me encanta la forma que tienen de preparar el pescado con patatas.

Darcy sonrió a un hombre muy flaco y con una cara más bien fea.

—Mi hermano se lo agradecerá. ¿De dónde es usted?, si no es indiscreción, tiene un acento precioso.

—De Georgia. Me llamo Donny Brime, de Macon, Georgia. Pero, si me lo permite, nunca había oído hablar a nadie como a usted. Por cierto, a mí también me gusta el té helado, como al jefe.

—¡Y yo que pensaba que tenía algo de irlandés...! ¿Qué tomará usted?

—Tomaré pastel de carne con patatas fritas y... —el hombre, que tenía una barba negra muy cerrada y era fuerte como un toro, miró a Trevor con cara de pena— té helado.

—Les traeré las bebidas lo antes posible.

—Caray... —dijo Donny con un suspiro interminable mientras se alejaba Darcy—. Es la criatura más hermosa que he visto en toda mi vida. Hace que te alegres de ser hombre, ¿verdad, Lou?

Lou se rascó la barba.

—Tengo una hija de quince años y si veo a algún hombre mirándola como me imagino que yo he mirado a ese bombón, te aseguro que lo mato.

—¿Piensan venir tu mujer y tu hija? —le preguntó Trevor.

—En cuanto Josie termine el colegio. Dentro de un par de semanas.

Trevor se recostó mientras sus hombres hablaban de la familia. Él no tenía a nadie, nadie le esperaba en casa ni esperaba el momento de reunirse con él. Tampoco era algo que le preocupara. Era preferible vivir solo a cometer un error, como había estado a punto de hacer.

Vivir solo le permitía ir y venir según las exigencias de su trabajo sin que ello supusiese una tensión para la relación con otra persona. Echó una ojeada a una mesa cercana ocupada por una familia joven. La mujer hacía todo lo posible por distraer a una niña mientras el padre recogía como podía el refresco que acababa de derramar el otro hijo, que gemía desconsolado.

Muy poca eficiencia, pensó Trevor.

Darcy les trajo el té, indiferente al hecho de que el niño hubiese pasado de los gemidos a los aullidos.

—La comida estará lista inmediatamente, y si necesitáis más té, hacedme una señal.

Con la sonrisa en los labios, se volvió y le dio un montón de servilletas al hombre de la mesa de al lado que se deshacía en disculpas.

—No pasa nada, ¿verdad? —se agachó hasta ponerse a la altura del niño—. Se puede secar, pero esas cosas ahuyentan a las hadas. Podrías volver a atraerlas si no tuviesen miedo de ahogarse en tus lágrimas.

—¿Dónde están las hadas? —preguntó el niño con una voz incrédula y somnolienta.

—¡Ah! Ahora están escondidas, pero volverán cuando estén seguras de que no les harás ningún daño. A lo mejor bailan alrededor de tu cama la próxima vez que te acuestes. Estoy segura de que tu hermana las está viendo —dijo Darcy señalando con la cabeza a la niña que se había dormido—. Por eso sonríe.

El niño sorbió las lágrimas y miró a su hermana con recelo e interés.

Eso sí ha sido eficiente, pensó Trevor mientras Darcy se dirigía a otra mesa.

47

Tres

—Vamos a ver Sinead, ¿podemos repasar las cosas que te dije cuando te contraté?

El pub se había vaciado después del turno de la comida. Darcy se sentó frente a la nueva camarera. Era cierto que Aidan dirigía el pub y que Shawn era el amo y señor de la cocina, pero se daba por supuesto que cuando se trataba del servicio la cuestión pasaba a manos de Darcy.

Sinead no paraba quieta en la banqueta e intentaba concentrarse.

—Bueno, me dijiste que tenía que tomar los pedidos con amabilidad.

—Es verdad —Darcy dio un sorbo al refresco que se había servido—. ¿De qué más te acuerdas?

—Eh...

Por Dios bendito, pensó Darcy, ¿no podía hacer nada un poco más rápido?

—Bueno... —Sinead se mordía el labio inferior y hacía dibujos con la uña sobre la mesa—. Que tenía que estar segura de que servía a cada persona lo que había pedido, también con amabilidad.

—¿Te acuerdas de que también te dije algo sobre atender a los clientes rápida y eficientemente?

—Sí, me acuerdo —Sinead bajó la mirada y clavó los ojos en su vaso—. Todo es tan complicado, Darcy. Todo el mundo quiere algo a la vez.

—Es posible, pero verás, el asunto es que la gente suele venir a los pubs porque quiere algo y nuestro trabajo consiste en facilitárselo. No puedes hacer tu trabajo si te encierras en el cuarto de baño durante la mitad del turno.

—Jude me dijo que estaba progresando —Sinead levantó los ojos, llenos de lágrimas.

—Eso no te va a servir de nada conmigo —Darcy se inclinó hacia ella—. Las lágrimas sólo funcionan con los hombres y los corazones débiles y yo no soy ninguna de las dos cosas. De modo que enjúgatelas y escucha. Viniste a pedirme trabajo y prometiste que trabajarías mucho. Apenas han pasado tres semanas desde ese día y ya estás haciendo el vago. Te lo voy a preguntar muy claro y quiero que me contestes igual. ¿Quieres este trabajo?

Sinead se restregó los ojos y se le corrió el rímel que acababa de comprar con la paga de su primera semana de trabajo. Algunos podrían encontrarlo triste y lamentable. Darcy pensaba que todavía tenía que aprender a lloriquear con más estilo.

—Sí, lo necesito.

—Necesitar un trabajo y hacerlo bien son cosas muy distintas —y lo vas a comprobar enseguida, pensó Darcy—. Te quiero de vuelta dentro de dos horas para el turno de la tarde.

Las lágrimas de Sinead se secaron de repente.

—Pero es mi tarde libre.

—Ya no lo es. Si quieres conservar el puesto, vendrás dispuesta a hacer el trabajo por el que se te paga. Quiero verte con la mejor de tus sonrisas de mesa en mesa, de las mesas a la cocina y vuelta a empezar. Si hay algo que no entiendas o de lo que no te acuerdes, puedes venir a preguntármelo y te ayudaré, pero... —se detuvo hasta que Sinead volvió a mirarla a los ojos— no permitiré que dejes desatendidas tus mesas. Si tienes que ir al baño no pasa nada, pero cada vez que desaparezcas durante más de cinco minutos te descontaré una libra.

—Tengo un problema de vejiga.

Darcy se habría reído si no resultase tan patético.

—Eso es una majadería y las dos lo sabemos. Si tuvieses algún problema con tus cañerías lo sabría, porque tu madre se lo habría contado a la madre de Brenna y yo me habría enterado.

Sinead, acorralada, pasó a las quejas.

—¡Pero una libra...!

—Lo que oyes. Así que piénsatelo antes de desaparecer —Darcy pensó que además ese dinero iría a su hucha, ya que era ella quien tenía que soportarla—. En Gallagher's tenemos una reputación desde hace varias generaciones. Tú trabajas para nosotros y tendrás que seguir las pautas que marcamos. Si no quieres o no puedes, ya sabes donde está la puerta. Sinead, es tu segunda oportunidad, no habrá una tercera.

—Aidan no es tan estricto.

Darcy levantó una ceja.

—Me parece muy bien, pero ya no te las tienes que ver con Aidan. Te doy dos horas, si no estás puntual daré por supuesto que has decidido que no quieres este trabajo.

—Estaré aquí —Sinead se levantó claramente enfadada—. Puedo hacer el trabajo. No es más que llevar bandejas, no se necesita mucho cerebro.

Darcy sonrió de oreja a oreja.

—Tú lo has dicho.

—Cuando haya ahorrado lo suficiente para casarme con Billy, me olvidaré de todo esto.

—Me parece muy bien, pero piensa en el día de hoy. Ve a darte un paseo y cálmate antes de que digas algo de lo que puedas arrepentirte.

Darcy se quedó sentada mientras Sinead atravesaba la habitación. Puesto que ya se esperaba que la chica daría un portazo, se limitó a poner los ojos en blanco al escuchar el fuerte sonido. Si empleara la mitad de esa energía en hacer su trabajo, no habríamos tenido esta charla tan agradable, pensó Darcy.

Se encogió de hombros y se levantó. Recogió los vasos y los llevó a la barra. En ese momento, Trevor salió por la puerta de la cocina.

Darcy pensó que ése era un buen ejemplo de lo que buscaba Dios cuando ideó al hombre. Podía parecer un poco sucio después de un día de trabajo, pero eso no le restaba ningún atractivo.

—Está cerrado —dijo ella.

—La puerta de atrás está abierta.

—Somos muy hospitalarios —Darcy ordenaba los vasos detrás de la barra—. Pero me temo que no puedo servirte una cerveza.

—No he venido a tomar una cerveza.

—¿Ah, no...? —sabía lo que buscaba un hombre que la miraba de esa forma, pero había que seguir el juego—. ¿Qué quieres, entonces?

—Cuando me levanté esta mañana no quería nada —Trevor se apoyó en la barra. Pensó que los dos sabían a lo que estaban jugando. Es mucho más fácil bailar cuando los dos saben los pasos—. Hasta que te vi.

—Muy halagador, señor de Nueva York.

—Trevor. Ya que tienes un par de horas libres, ¿por qué no las pasas conmigo?

—¿Cómo sabes que tengo tiempo libre?

—Entré cuando le estabas poniendo los puntos sobre las íes a tu empleada. Está equivocada, ¿sabes?

—Sobre qué.

—Se necesita cerebro, y saber utilizarlo. Como tú.

Darcy se quedó sorprendida. Era muy raro que un hombre se diese cuenta de su capacidad, y mucho más raro que se lo comentase.

—Entonces... te atrae mi cerebro, ¿no?

—No —ella sintió un ligero escalofrío al ver un asomo de sonrisa en el rostro de Trevor—. Me atrae el envoltorio, pero me interesa el cerebro.

—Casi siempre me gustan los hombres sinceros —volvió a estudiarlo. Naturalmente, no pasaría de ser un coqueteo agradable—. No me importaría dar un paseo por la playa, pero ¿no tendrías que estar trabajando?

—Mi horario es flexible.

—Tienes mucha suerte —Darcy salió de detrás de la barra—. Y puede que yo también.

Trevor se colocó delante de ella.

—Una pregunta.

—Intentaré darte una respuesta.

—¿Por qué no hay nadie a quien tenga que matar antes de poder hacer esto? —Trevor se inclinó y rozó los labios de Darcy con los suyos.

—Soy selectiva —se dirigió a la puerta y le lanzó una mirada divertida por encima del hombro—. Y si decido dejarte intentarlo otra vez te lo haré saber con algo más de entusiasmo, Trevor de Nueva York.

—Me parece justo —salió y esperó a que Darcy cerrara la puerta.

El aire olía a mar y a flores. A Darcy le encantaba ese olor de Ardmore. Los olores, los sonidos y la extensión de mar. También rompería en otras costas, con otra gente. Le hacía soñar. También se sentía cómoda allí, pensó mientras saludaba con la mano a Katy Duffy.

—¿Es la primera vez que vienes a Irlanda? —le preguntó Darcy mientras se acercaban a la playa.

—No, he estado en Dublín algunas veces.

—Es una de mis ciudades favoritas —echó una ojeada a la playa y vio que estaba llena de turistas. Cambió de dirección y fue hacia los acantilados—.

Tiene unas tiendas y restaurantes maravillosos. En Ardmore no tienes eso.

—¿Por qué no estás en Dublín?

—Mi familia está aquí; bueno, parte de ella. Ahora nuestros padres están instalados en Boston. Tampoco es que tenga unas ganas irresistibles de vivir en Dublín cuando hay tantos sitios en el mundo que no conozco.

—¿Cuáles conoces?

Darcy lo miró. Era un tipo singular, sin duda. Casi todos los hombres que ella conocía querían hablar de sí mismos.

—Acabo de volver de París. Dublín, claro, y gran parte de mi país, pero trabajar en un pub complica bastante el poder viajar —se dio la vuelta y miró hacia el pub protegiéndose los ojos con la mano—. Me pregunto cómo quedará cuando todo haya terminado.

Trevor se paró y también miró hacia el pub.

—¿El teatro?

—Sí. He visto el proyecto, pero no tengo mucho ojo para esas cosas. La familia está muy contenta, y eso que son muy especiales.

—También lo está la Magee Enterprise.

—Me lo imagino, aunque es difícil de entender por qué elegiría un pueblecito del sur de Irlanda. Jude dice que hay algo de sentimentalismo.

Trevor se quedó sorprendido al oír la verdad tan claramente.

—¿Eso dice?

—¿Conoces la historia de Johnnie Magee y Maude Fitzgerald?

—Me la han contado. Estaban prometidos, él se fue a la guerra y lo mataron en Francia.

—Ella nunca se casó y vivió toda su vida sola en la casa de campo de Faerie Hill. Una vida muy larga, porque tenía ciento un años cuando murió. La madre de Johnnie Magee murió de pena a los pocos años. Se dice que él era su favorito y que no pudo encontrar consuelo ni en su marido, ni en los otros hijos, ni en la fe.

Era extraño estar dando un paseo por allí mientras comentaba esa parte de la historia de su familia con una mujer a la que apenas conocía. Era más extraño todavía darse cuenta de que estaba enterándose de más cosas por ella de las que le habían contado hasta ese momento.

—Creo que perder un hijo tiene que ser el mayor dolor imaginable.

—Estoy segura de que lo es, pero ¿qué pasa con los que seguían vivos y la necesitaban? Cuando te olvidas de lo que tienes por lo que has perdido... El dolor inspira indulgencia.

—Estoy de acuerdo, ¿qué paso con ellos?

—Su marido empezó a beber demasiado. Se ahogaba en el whisky como lo hacía en el dolor. Sus hijas, creo que tenía tres, se casaron en cuanto pudieron y se dispersaron, y el otro hijo, que era diez años más joven que Johnnie, acabó llevándose a su mujer y a su hijo a Estados Unidos, donde hizo fortuna. Nunca volvió ni, según dicen, volvió a tener contacto con la familia o amigos que se quedaron —se dio la vuelta y miró hacia el pub—. Hay que tener el corazón muy duro para no volver a mirar hacia atrás, ni siquiera una vez.

—Desde luego —murmuró Trevor.

—De forma que la semilla de la Magee Enterprise se sembró en Ardmore. Al parecer el Magee que lleva la empresa ahora quiere emplear su tiempo y dinero en ver como crece esa semilla.

—¿Tienes algún inconveniente?

—Claro que no. A nosotros nos viene muy bien, y a él también, probablemente. Los negocios son los negocios, pero hay cabida para un poco de sentimentalismo si no te aparta del objetivo final.

—¿Cuál es?

—Los beneficios.

—¿Sólo los beneficios?

Darcy se giró y señaló hacia la bahía.

—Es el barco de Tim Riley. Salió antes del amanecer. La vida de los pescadores es muy dura. Salen un día tras otro a echar las redes, a machacarse la espalda, haga el tiempo que haga. ¿Por qué crees que lo hacen?

—¿Por qué no me lo dices tú?

—Porque lo adoran —se apartó el pelo de la cara—. Da igual lo que se quejen y lo maldigan, adoran esa vida. Tim se ocupa de su barco como lo haría una madre de un recién nacido. Vende el pescado a un precio justo para que nadie pueda decir que no se puede confiar en él. Hay amor al trabajo, tradición y reputación, pero al final de todo están los beneficios. Si no fuese una forma de ganarse la vida sería un entretenimiento, ¿no?

—Es posible que al final me atraiga tu forma de pensar.

Darcy se rió y empezó a caminar.

—¿A ti te gusta mucho lo que haces?

—Sí, muchísimo.

—¿Qué es lo que más te cautiva?

—¿Qué viste cuando miraste por la ventana esta mañana?

—Bueno, te vi a ti, ¿no? —Darcy se sintió recompensada por el buen humor que se reflejó en el rostro de Trevor—. Aparte, vi un desorden.

—Eso es. Disfruto con un solar vacío o con un viejo edificio en ruinas. Con las posibilidades que ofrecen.

—Posibilidades —murmuró Darcy con la mirada fija en el mar—. Lo entiendo perfectamente. Entonces, disfrutas más construyendo a partir de la nada, o a partir de algo abandonado.

—Sí, lo cambio sin dañarlo. Si cortas un árbol, ¿merece la pena el sacrificio a cambio de lo que pones en su lugar?, ¿trasciende a largo plazo?, ¿o es un capricho?

—Otra vez el filósofo —tenía un rostro que encajaba perfectamente con esa imagen, aunque el pelo despeinado por el viento y la cicatriz de la barbilla también sugerían un lado más oscuro—. ¿Eres la conciencia de Magee?

—Me gusta creer que lo soy.

Un sentimiento muy extraño para un obrero, pensó Darcy, pero le gustaba. En realidad, no había nada que no le gustara de él.

—Encima de aquellos acantilados, más allá del

hotel, los hombres hicieron construcciones grandiosas una vez. Las estructuras están en ruinas, pero el espíritu permanece y mucha gente va para sentirlo. Los irlandeses entendemos el sacrificio y cuándo y por qué hay que hacerlo. Deberías ir a verlo.

—Lo incluiré entre mis planes, pero preferiría que buscases un hueco para enseñarme el camino.

—Es una posibilidad —miró el reloj y se dio la vuelta para regresar.

—Hagámoslo —la tomó de la mano para detenerla. Le hizo gracia la sombra de irritación que cruzó los ojos de Darcy—. Quiero volver a verte.

—Lo sé —inclinó la cabeza y esbozó una sonrisa burlona, era un gesto que nunca le había fallado—. Todavía no tengo una idea clara sobre ti. Una mujer debe tener cuidado cuando trata con un hombre guapo y desconocido.

—Una mujer con tu arsenal utiliza a los hombres para ejercicios de tiro, querida.

Darcy, furiosa, apartó la mano.

—Sólo si se ponen por delante. Que tenga una cara agradable no quiere decir que no tenga sentimientos.

—No, pero tener una cara agradable y un cerebro brillante es una combinación muy potente, y sería un desperdicio que no supieses utilizar ambos.

Pensó apartarlo de un empujón y marcharse de allí, pero tenía que reconocer que le intrigaba.

—Desde luego. Y ésta es una conversación muy extraña. No sé si me gustas o no, pero a lo mejor me interesas lo suficiente como para encontrar un hueco. Sin embargo, por el momento, tengo que volver al trabajo. No quedaría muy bien si me retrasase después del sermón que le he soltado a Sinead.

—Te infravalora.

—¿Cómo dices?

—Te infravalora —repitió Trevor mientras caminaban por la playa—. Se queda en la superficie. Cree que eres una mujer hermosa a la que le gusta la moda y que pasa el tiempo trabajando en el negocio familiar que dirige su hermano. Que está en el peldaño más bajo y que se limita a atender a los clientes.

Darcy entrecerró los ojos.

—¿Eso piensas?

—No, eso piensa Sinead. Pero es joven y no tiene experiencia. No sabe ver que eres tan fundamental como lo son tus hermanos. Parece que no haces nada para crear un ambiente, pero te he observado —la miró a los ojos—. No perdiste la compostura en ningún momento, ni cuando estabas furiosa; siempre mantuviste el ritmo de trabajo.

—Si intentas conquistarme con halagos... Es mi trabajo. Aunque tengo que reconocer que no recuerdo que ningún hombre me haya dicho algo así.

—No, todos te dicen que eres la mujer más hermosa que han visto en su vida. Es una perdida de tiempo confirmar lo evidente, y tú estarás aburrida de oír siempre lo mismo.

Ella se paró al llegar a la carretera, lo miró fijamente un instante y se rió.

—Eres un tipo curioso, Trevor de Nueva York. Creo que me gustas, y no me importaría pasar un rato contigo de vez en cuando. Si fueses rico me casaría contigo sin pensarlo, para que me mantuvieses entretenida y bien provista toda la vida.

—¿Es lo único que te importa, Darcy?

—¿Por qué no? Tengo gustos caros y quiero satisfacerlos. Me apaño sola hasta que encuentre un hombre que pueda hacerlo y esté dispuesto —le acarició la mejilla—. Lo que no quiere decir que mientras tanto no pueda salir de vez en cuando con otro.

—Eso también es sinceridad.

—Cuando me conviene. Y puesto que me da la impresión de que te darías cuenta inmediatamente hasta de la mentira mejor maquinada, ¿para qué perder el tiempo?

—¿Ves?, otra vez.

Darcy lo miró desconcertada.

—¿Qué?

—Eficiencia. Me parece muy atractivo en una mujer.

—Dios mío, eres el tío más raro que he conocido. Y puesto que me divierte resultarte atractiva tan fácilmente, acepto lo del desayuno.

—¿Mañana?

Darcy jugueteó con las llaves en el bolsillo y se preguntó por qué le parecía tan apetecible la idea.

—A las ocho, en el restaurante del hotel.

—No me alojo en el hotel.

—Bueno... si estás en la pensión podemos...

—Estás aquí, Darcy —dijo Aidan, que había llegado por detrás con las llaves en la mano—. Jude pensaba que ibas a venir a casa.

—Me he entretenido.

—Ya veo que has conocido a mi hermana —le dijo a Trevor—. ¿Por qué no entras a tomarte una cerveza?

—La verdad es que yo también me he entretenido y tengo trabajo —contestó Trevor con la mirada puesta en Darcy—. Pero aceptaré la oferta más tarde.

—Cuando quieras. Tus hombres nos están dando mucho trabajo. Espero que ahora que ha vuelto Darcy nos den más todavía. Esta noche seguramente haya un *seisiun*. Si vienes, tendrás la oportunidad de hacerte una idea de lo que ofreceremos a los clientes que pasen hacia tu teatro.

—Lo intentaré.

—Darcy, ¿has hablado con Sinead?

Ella no podía apartar la mirada de Trevor.

—Está resuelto. Te lo contaré dentro de un minuto.

—Perfecto. Buenas tardes Trevor.

—Hasta luego.

—Tus hombres —dijo Darcy cuando se cerró la puerta—. Tu teatro.

—Así es.

—Lo que significa que eres Magee —respiró profundamente, aunque sabía que sólo la calmaría un momento—. ¿Por qué no me lo dijiste?

—No me lo preguntaste. ¿Cuál es la diferencia?

—Creo que hay mucha diferencia en la forma en que te presentaste. No me gusta que me engañen y jueguen conmigo.

Trevor se apoyó en la puerta para evitar que la abriera.

—Hemos tenido un par de conversaciones —dijo Trevor con tranquilidad—. Y no creo que haya habido nada de engañoso en ellas.

—Entonces tenemos criterios distintos sobre ese asunto.

—A lo mejor te fastidia que sea rico y que tengas que casarte conmigo.

Sonrió de la forma más encantadora que supo, pero sólo recibió una mirada fulminante.

—Tu humor no me hace ninguna gracia. Apártate de la puerta, todavía no está abierto al público.

—¿Es nuestra primera discusión?

—No —Darcy consiguió abrir la puerta y casi lo arrolla—. Es la última —entró y volvió a cerrar la puerta con llave.

No lo creo, se dijo Trevor con un aire de felicidad que ningún otro hombre sentiría en esas circunstancias. No, no lo creo. Se dirigió a su coche y pensó que sería una buena oportunidad para ir a ver las ruinas de los acantilados.

* * *

Ésta era la Irlanda que había venido a ver. La antigua y sagrada, la salvaje y la mística. Le sorprendió encontrarse solo, ya que le parecía que cualquiera que fuese a esa zona estaba obligado a pasar por ahí.

Rodeó los impresionantes contrafuertes de piedra del oratorio que se construyó en honor al santo. Se levantaban sobre un suelo irregular y descuidado y estaban vigilados, suponía él, por las almas de quienes yacían allí. También había tres cruces de piedra y un pozo con agua cristalina. Le habían dicho que el paseo desde allí hasta el promontorio era precioso, pero él se sentía con ganas de quedarse un rato en ese lugar.

Darcy tenía razón, era posible que la estructura se hubiese desmoronado, pero el espíritu permanecía.

Trevor retrocedió respetuoso, o quizá supersticioso, para no pisar las tumbas. Supuso que las pequeñas lápidas eran tumbas. Al mirar hacia abajo vio la inscripción de Maude Fitzgerald.

Una mujer sabia

—Así que estás aquí —murmuró—. Hay una fotografía tuya con el tío abuelo en uno de los álbumes que mi madre se quedó cuando murió el abuelo. No conservaba muchas fotos de este lugar. ¿No es extraño que conservase una tuya? —se puso de cuclillas para observar de cerca la alfombra de flores que había sobre ella—. Te debían gustar mucho las flores; el jardín de tu casa es precioso.

—Tenía mano con los seres vivos.

Al oír el comentario, Trevor miró hacia el pozo y se levantó. Había un hombre vestido con ropajes plateados que brillaban con el reflejo del sol. Trevor pensó que formaría parte de algún espectáculo organizado por el hotel. Su larga melena negra, su sonrisa burlona y sus resplandecientes ojos azules le daban un aspecto muy teatral.

—No te asustas fácilmente, ¿verdad? Eso dice mucho a tu favor.

—Un hombre que se asuste fácilmente no debería venir aquí. Es un lugar precioso —respondió Trevor.

—A mí me gusta mucho. Debes de ser el Magee que ha venido de América para construir sueños y encontrar respuestas.

—Más o menos. ¿Y tú?

—Carrick el príncipe de las hadas. Es un honor conocerte.

—Vaya, vaya.

El tono divertido de Trevor hizo que Carrick frunciera las cejas.

—Habrás oído hablar de mí, incluso allí en tu América.

—Naturalmente —Trevor pensó que o estaba loco o no quería abandonar el papel que representaba. Probablemente fuesen las dos cosas—. Da la casualidad de que estoy viviendo en la casa de campo que hay en la colina.

—Sé perfectamente donde vives. Y no me importa ese tono condescendiente que empleas. No te he traído hasta aquí para que te diviertas a mi costa.

—Que tú me has traído...

—Mortales —gruñó Carrick—. Les gusta pensar que ellos lo hacen todo. Tu destino está aquí, unido al mío. He tenido que hacer algunas cosas para atraerte hasta aquí.

—Amigo, si bebes desde tan temprano no deberías exponerte al sol. ¿Qué te parece si te acompaño hasta el hotel?

—¿Borracho?, ¿piensas que estoy borracho? —Carrick echó la cabeza hacia atrás y soltó una tremenda carcajada—. Maldito idiota. Borracho... Yo te enseñaré lo borracho que estoy, déjame que me recupere un poco —respiró hondo un par de veces—. Veamos... tiene que ser algo muy evidente, porque eres del tipo de los cínicos. ¡Ya sé!

Sus ojos se tornaron azul cobalto y Trevor habría jurado que soltó destellos dorados por las yemas de los dedos. De repente, apareció una esfera entre sus manos, era transparente como el agua. En ella flotaba la imagen de Trevor y Darcy en la playa.

—Mira cuál es tu destino. Ella es hermosa y tiene una voluntad fuerte y un corazón hambriento. ¿Serás lo suficientemente inteligente como para conseguir lo que te ofrece el destino?

Arrojó la esfera hacia Trevor. Instintivamente, este estiró las manos para agarrarla y notó que los dedos atravesaban algo frío y suave y que la esfera se deshacía como una burbuja.

—Un buen truco —Trevor miró hacia el pozo y observó que estaba solo—. Un buen truco —repitió mientras se miraba las manos más impresionado de lo que hubiera sido capaz de reconocer.

Cuatro

Trevor pasó la noche atormentado por los sueños. Sus sueños siempre habían sido vívidos y fulminantes, pero desde que llegó a Faerie Hill eran nítidos y cristalinos. Como si alguien hubiese enfocado el objetivo de una cámara.

El extraño personaje del cementerio cabalgaba sobre un caballo blanco y alado por encima de un inmenso mar azul. Trevor podía sentir el amplio lomo y notar los músculos del mítico corcel debajo de su cuerpo. A lo lejos, el cielo y el mar estaban claramente separados, como si se hubiese dibujado una línea con una regla.

El mar era de color de zafiro y el cielo plomizo.

El caballo se zambulló, cortó la superficie del mar con sus poderosas patas delanteras y Trevor pudo ver, notar, todas y cada una de las gotas. Pudo paladear el sabor salado en los labios.

Se encontró en un mundo turbulento y gélido con un brillo misterioso. Podía ver el parpadeo de luces iridiscentes, como el batir de alas de hadas, y podía oír las gaitas que sonaban entre el incesante sonido del mar. Estaban a una gran profundidad y se movían en ese medio como si volasen por el aire. Un estremecimiento le recorrió todo el cuerpo.

En el suave lecho del fondo del mar se elevaba un palpitante promontorio de un color azul intenso, era como un corazón anhelante. En su interior, el hombre que se hacía llamar príncipe llevó la mano de Trevor a su hombro. Trevor sintió la resbaladiza textura de esa masa en todo su cuerpo, la onda vibrante de su propio brazo. Cerró la mano, la giró y arrancó el corazón del mar.

Para ella, pensó agarrándolo con fuerza. Es mi constancia. Sólo para ella.

Al despertar seguía teniendo el puño cerrado, pero el único corazón que latía era el suyo. Trevor, desconcertado, abrió la mano. Estaba vacía, por su puesto que estaba vacía, pero pudo notar cómo una sensación de energía se desvanecía entre los dedos.

El corazón del mar.

Era ridículo. No hacía falta ser un biólogo marino para saber que en el fondo del mar de Irlanda no hay una masa azul resplandeciente. Había sido una jugarreta de su subconsciente. Llena de simbolismo, era verdad, que podría analizar hasta el infinito si fuese aficionado a esas cosas.

Pero no lo era.

Se levantó y se dirigió hacia el baño. Se pasó distraídamente la mano por el pelo. Estaba húmedo.

Se paró en seco, bajó la mano y la miró. Se la acercó lentamente a la cara y la olió. ¿Agua de mar?

Desnudo, se sentó en el borde de la cama. Nunca se había considerado una persona fantasiosa. En realidad, alardeaba de tener los pies muy bien puestos en la tierra. Sin embargo, había soñado que volaba a través del mar sobre un caballo alado y se había despertado con el pelo mojado por el agua marina.

¿Cómo podía explicar eso un hombre racional?

Las explicaciones exigen información. Era el momento de empezar a recopilarla.

Era demasiado pronto para llamar a Nueva York, pero nunca era demasiado pronto para mandar un fax. Se vistió y se sentó en el pequeño despacho, que tenía al otro lado del dormitorio, para escribir por primera vez a sus padres.

Mamá y papá:

Espero que estéis bien. El proyecto va cumpliendo los plazos y el presupuesto. Aunque he podido comprobar que los O'Toole podrían hacerse cargo de todo sin mi presencia, prefiero quedarme para supervisarlo, al menos por el momento. También tengo que tener en cuenta las relaciones con la comunidad. Casi todo el pueblo y los alrededores parecen estar de acuerdo con el teatro, pero las obras alteran la tranquilidad de la zona. Creo que lo mejor es que siga por aquí y que me vean participar.

También pienso hacer la publicidad preliminar desde aquí.

Mientras, estoy disfrutando del lugar. Es tan bonito como me habías dicho, papá. Y te recuerdan con cariño. Deberíais venir.

Gallagher's es como tú lo recordabas y como me había informado Finkle. Un negocio bien gestionado, hos-

pitalario y muy concurrido. La idea de conectarlo al teatro fue fantástica, papá. Me quedaré una temporada más para tener una idea más clara de los cambios y las mejorías que podríamos llevar a cabo en provecho del teatro.

Mamá, a ti te gustaría muchísimo la casa de campo en la que vivo. Es como una postal y, lo que es mejor, dicen que tiene un fantasma. A la tía Maggie y a ti no os haría ninguna gracia, aunque todavía no he tenido ninguna visita sobrenatural Sin embargo, ya que estoy intentando empaparme del ambiente local, podíais darme toda la información que tengáis de la leyenda. Trata de unos enamorados desgraciados, naturalmente. De una doncella y un príncipe.

Os llamaré en cuanto pueda.

Un beso, Trevor

Repasó el texto para asegurarse de que la petición no pareciera tener importancia y lo mandó al número privado de sus padres.

El siguiente fax fue para su ayudante e iba directamente al grano.

Ángela, necesito que me proporciones toda la información posible sobre una leyenda de Ardmore. Referencias: Carrick, príncipe de las hadas; Gwen Fitzgerald; Faerie Hill Cottage, Old Parish, Waterford. Siglo XVI.

Trevor Magee

Una vez enviado el fax, miró el reloj. Eran las ocho en punto, demasiado pronto para indagar en su otra fuente. Esperaría una hora antes de visitar a Jude Gallagher.

Sintió la necesidad imperiosa de tomar un café. Era lo suficientemente fuerte como para hacerle abandonar todo lo demás. Lo único que echaba de menos era su cafetera automática, pensaba comprarse una en cuanto tuviese la ocasión.

La mente civilizada de Trevor no podía olvidarse, ni en ese lugar, del aroma del café recién hecho al despertarse.

A llegar al pie de la escalera, oyó unos golpes en la puerta. Abrió mientras todavía pensaba en el primer sorbo de café.

Se dio cuenta de que había algo más civilizado que despertarse ansioso por tomar un café. Ahí estaba ella.

Cualquier hombre inteligente renunciaría a una vida llena de cafés a cambio de una hermosa mujer de ojos azules vestida con un jersey ceñido y escotado que le sonreía seductoramente. Y él era un hombre muy inteligente.

—Buenos días, ¿siempre te despiertas con ese aspecto? —dijo Trevor.

—Hará falta algo más que un desayuno para que lo compruebes por ti mismo.

—¿Desayuno?

—Pensaba que la invitación era para eso.

—Es verdad —su cerebro todavía estaba un poco torpe sin su dosis diaria de cafeína—. Me has sorprendido, Darcy.

Era lo que ella se proponía.

—¿Me vas a dar algo de comer o no?

—Entra —abrió la puerta—. Veremos qué se puede hacer.

Darcy pasó y rozó ligeramente el cuerpo de Trevor con el suyo. Olía a pecado cubierto de caramelo.

Darcy echó una ojeada al salón. Estaba casi como lo había dejado Maude, lleno de cosas maravillosas por todos lados, con la estantería cargada de libros y una vieja y delicada manta extendida sobre la descolorida tapicería del sofá.

—Eres un hombre ordenado, ¿no? —se giró—. Me gustan los hombres ordenados. ¿O es eficiencia?

—El orden es eficiencia; es mi vida —la miró a los ojos y apoyó la mano sobre el hombro de ella. Le complació que Darcy se limitara a devolverle la mirada con una expresión divertida—. Me pregunto por qué no está frío.

—Los hombros fríos son una reacción predecible, y lo predecible es aburrido.

—Estoy seguro de que nunca eres aburrida.

—Quizá en ocasiones excepcionales. Todavía estoy enfadada contigo, pero quiero mi desayuno —lo rodeó y lo miró por encima del hombro—. ¿Vas a cocinar o me llevas fuera?

—Cocinaré.

—Me sorprendes y me intrigas. Un hombre de tu posición que sabe manejarse en una cocina...

—Hago una tortilla de setas y queso que es famosa en el mundo entero.

—Yo seré quien lo juzgue. Y tengo unos gustos muy... especiales.

Darcy se dirigió hacia la cocina y Trevor la siguió dando un profundo suspiro. Se sentó en la pequeña mesa que había en el centro de la habitación, pasando un brazo por detrás del respaldo de la silla. Parecía una mujer muy acostumbrada a ser atendida. Aunque ya no necesitaba café para espabilarse, Trevor fue lo primero que hizo.

—Mientras veo cómo te dedicas a las tareas domésticas —dijo Darcy—, podías decirme por qué permitiste ayer que cotorreara sobre tu familia y antepasados. Parecías muy interesado en una información que deberías conocer.

—Porque no la conocía.

Darcy lo había sospechado. No parecía el tipo de hombre que pierde el tiempo haciendo preguntas cuyas respuestas ya conoce.

—¿Cómo es posible?, si no es una indiscreción.

Normalmente lo sería, pero Trevor tenía la sensación de que le debía una explicación.

—Mi abuelo no hablaba de la familia que se quedó aquí, ni de Ardmore, ni de Irlanda —mientras se hacía el café, fue sacando los ingredientes de la tortilla—. Era un hombre muy especial, tenía un caparazón muy duro. Creo que todo lo que dejó aquí le producía unos recuerdos muy amargos, y no hablaba de ello.

—Entiendo —aunque no del todo, pensó Darcy, que no entendía bien que una familia no hablase de todo. A veces a gritos y otras no—. Tu abuela también es de aquí.

—Sí, y mi abuela se sometía a los deseos de él

—miró a Darcy con unos ojos fríos y distantes—. En todo.

—Me imagino que era un hombre enérgico, y los hombres así suelen ser difíciles de tratar e intimidan.

—Se podría decir que mi padre es enérgico y no es difícil de tratar ni intimida.

—Entonces has vuelto en parte para ver dónde se sembraron las semillas de los Magee.

—En parte.

Darcy notó el tono desdeñoso. Había tocado hueso, y aunque le habría encantado seguir indagando, decidió que lo dejaría, por el momento.

—Bueno, ¿qué te parece la casa de campo? Ya que estas aquí...

La tensión, que tanto le irritaba, se alivió un poco. Se sirvió una taza de café y siguió batiendo los huevos.

—Acabo de mandar un fax a mi madre diciéndole que es como una postal.

—¿Un fax?, ¿así os comunicáis madre e hijo?

—Madre e hijo aprovechan la tecnología cuando es útil —recordó que debía ser educado y sirvió una taza de café para Darcy—. Lo mejor de cada mundo, ¿no? Una casa de campo con el tejado de paja en Irlanda y las comodidades de la vida moderna.

—Te olvidas de tu fantasma.

Casi se le cae la sartén.

—Yo no diría que es mío.

—Lo es mientras estés aquí. Lady Gwen es una figura trágica, y, sin embargo, entiendo y percibo lo que tiene de romántica. Es difícil entender que alguien se consuma durante siglos, aunque sea por amor. Lo que importa es la vida, ¿no?, y conseguir que te vaya bien.

—¿Qué más sabes sobre ella?

—Tanto como cualquiera de por aquí, me imagino —disfrutaba viendo cómo cocinaba con sus hábiles manos—. Aunque Jude ha profundizado bastante en la cuestión para el libro. Por lo que sé, la ha visto.

Trevor se volvió y la miró con cautela.

—¿Y tú?

—No soy el tipo de persona con la que pasan el tiempo los fantasmas. A lo mejor tú sí la ves.

—Bastante visión tengo contigo. ¿Qué sabes de la segunda parte de la historia? De Carrick.

—Ah, es listo y astuto. Se encuentra en esa situación por culpa de su orgullo, su cabezonería y su debilidad de carácter. Y es capaz de utilizar sus artimañas para repararlo ahora que es el momento. Quizá no te hayas fijado, pero Brenna lleva los anillos, el de compromiso y el de boda, colgados del cuello mientras trabaja.

—Hace bien. He visto a un hombre a punto de perder un dedo porque se le enganchó el anillo en una palanca —sacó unos platos y repartió los huevos con una soltura que encantó a Darcy—. ¿Qué tienen que ver los anillos de Brenna con la leyenda?

—Su anillo de compromiso es una perla, la segunda de las joyas que Carrick ofreció a Gwen. Las lágrimas de la luna que guardó en una bolsa. Carrick le dio la perla a Shawn.

Trevor enarcó las cejas, pero se volvió para recoger los platos.

—Un gesto muy generoso.

—No sé mucho del asunto, pero Carrick se la dio en la tumba de la vieja Maude y ahora es de Brenna. Primero le ofreció diamantes, las joyas del sol. Si te interesa puedes preguntarle a Jude. La tercera vez, y la última, le ofreció zafiros. Del corazón del mar.

—El corazón del mar —Trevor recordó nítidamente el sueño, tanto que volvió a mirarse las manos.

—Pensarás que es una historia preciosa. Yo también lo pensaría si no formasen parte de ella las personas que conozco. Falta un último paso. Se necesita que otro par de corazones se encuentren y se prometan —dio un sorbo de café y lo miró por encima del borde de la taza—. Las otras personas que vivieron en la casa de campo desde la muerte de la anciana Maude fueron el primer y segundo paso.

Él no dijo nada durante unos segundos. Sencillamente dejó en el plato la tostada que había levantado.

—¿Me estás avisando de que me ha elegido como tercer paso?

—Encaja perfectamente, ¿no? Aunque seas un hombre con los pies en el suelo, Magee, tienes sangre irlandesa en las venas y compartes esa sangre con un hombre que amó a la mujer que vivió aquí. Para mí, tú eres el candidato a romper el sortilegio.

Pensativo, tomó la mantequilla y la mermelada.

—¿Una mujer con los pies en el suelo como tú, cree en sortilegios?

—¿Creer? —se inclinó hacia él mientras se sentaba—. Los hago, querido.

Para Trevor, en ese momento parecía una auténtica bruja. Tenía los ojos brillantes como ascuas y una sonrisa perversa.

—Dejando a un lado tus poderes, ¿me vas a decir que crees en esa historia a pies juntillas?

—Sí —Darcy tomó el tenedor—. Y si yo fuera tú y viviese aquí, tendría cuidado con mi corazón. También hay quien cree que si se pierde el corazón aquí, queda como prenda para siempre.

—¿Cómo el de Maude? —la idea le preocupaba más de lo que estaba dispuesto a reconocer—. ¿Por qué me cuentas todo esto?

—Bueno, eres un hombre atractivo y me gustas. Además eres rico, y no me avergüenza decir que es un además muy a tener en cuenta. Creo que existe la posibilidad de que me guste tu compañía.

—¿Es una proposición?

Ella le lanzó una sonrisa maravillosa.

—Todavía no. Te lo cuento porque me da la impresión de que eres un hombre que puede ver a través de las apariencias con la misma facilidad que un cuchillo atraviesa la mantequilla —tomó el cuchillo y le hizo una demostración con el bloque de mantequilla que acababa de sacar de la nevera—. No soy una mujer que se enamore. Lo he intentado —por un momento se le nubló la mirada. Se encogió de hombros y extendió la mantequilla sobre la tostada—, pero no me sale. Es posible que no seamos lo que el destino tiene previsto para cada uno de nosotros, pero si lo somos, creo que podríamos llegar a un acuerdo satisfactorio para ambos.

Trevor, dadas las circunstancias, decidió que les vendría bien un poco más de café. Se levantó y rellenó las tazas.

—Me he encontrado con todo tipo de gente gracias a mi trabajo, he conocido costumbres muy distintas, pero tengo que decir que ésta es la conversación más extraña que he tenido durante un desayuno.

—Yo creo en el destino, Trevor, en el encuentro de los espíritus afines, en el consuelo y la sinceridad, ¿y tú?

—Creo en la afinidad de los espíritus, en el consuelo y en la sinceridad, pero el destino es otra cosa.

—Hay demasiada sangre irlandesa en tus venas como para que no seas un fatalista.

—¿Ésa es la naturaleza de los irlandeses?

—Naturalmente. Conseguimos combinar un sentimentalismo optimista con supersticiones oscuras y apasionantes. Por ejemplo, la sinceridad —le miró a los ojos—. Es una cuestión de grados y puntos de vista, porque ¿qué hay mejor que una fábula bien contada y adornada con todo tipo de exageraciones? Sin embargo, creo que te gusta la sinceridad y, por lo tanto, ¿qué tiene de malo que te diga que si te enamoras de mí lo más probable es que te lo permita?

Trevor disfrutó del resto del café que le quedaba. Y de ella.

—He intentado enamorarme, pero tampoco he podido.

Por primera vez, el rostro de Darcy reflejó cierta comprensión y tomó la mano de Trevor.

—Creo que es tan doloroso no ser capaz de dar traspiés, como debe serlo enamorarse.

—Qué pareja tan triste somos, Darcy —dijo Trevor mientras miraba sus manos entrelazadas.

—¿No es mejor que cada uno se conozca a sí mismo y sus limitaciones? Podría ocurrir que te fijaras en una mujer hermosa y perdieras la cabeza por ella —Darcy se encogió de hombros—, pero hasta que llegue ese momento, no me importaría que me dedicaras algo de tu tiempo y de tu considerable capital.

—¿Una mercenaria?

—Sí, lo soy —le dio una palmadita en la mano—. Nunca has tenido que contar tu dinero, ¿verdad?

—Ahí me has pillado.

—Además, si alguna vez tienes que ganar algún dinero extra, haces una tortilla muy buena —Darcy se levantó, retiró los platos y los llevó al fregadero—. Agradezco la buena cocina, ya que es una habilidad que no tengo y que no voy a cultivar.

Él se puso detrás de ella y le acarició la espalda, los brazos y los hombros.

—¿Vas a fregar los platos?

—No —Darcy quiso estirarse como un gato,

pero pensó que no era una buena idea—. Pero me podrías convencer para que te los secara.

Permitió que él le diera la vuelta y lo miró a los ojos mientras Trevor inclinaba la cabeza hacia ella. Entonces, y no sin esfuerzo, le puso los dedos en los labios antes de que la tocara.

—Creo —continuó Darcy— que cualquiera de los dos podría seducir al otro con cierta elegancia a nada que se lo propusiera.

—De acuerdo. Lo intentaré yo primero.

—Aunque nos gustara, creo que es pronto todavía. Dejemos la aventura para más adelante —Darcy sonrió levemente.

—¿Por qué esperar? —dijo Trevor, estrechándola contra sí—. Tú eres la fatalista.

—Muy ingenioso. Esperaré porque me parece lo más inteligente —contestó Darcy, dándole un golpecito en los labios con sus dedos.

—A mí también —deliberadamente él se llevó la mano de Darcy hasta la boca, besándola en la palma y los nudillos.

—Me ha gustado eso. A lo mejor en otro momento vuelvo a por más. Tal y como están las cosas, creo que voy a dejarte los platos. ¿Me acompañarías hasta la puerta como un verdadero caballero?

—Cuéntame —dijo Trevor mientras salían de la cocina—, ¿cuántos hombres han caído en tus garras?

—¡Oh!, he perdido la cuenta, pero a ninguno pareció importarle —Darcy se volvió al oír el teléfono—. ¿Tienes que contestar?

—Tengo contestador.

—Contestadores automáticos y faxes, me pregunto qué pensaría la anciana Maude de todo esto —salió—. Encajas aquí —dijo Darcy después de observarlo un rato—. Aunque también me imagino que encajas perfectamente en una sala de juntas.

Él se agachó para arrancar un ramillete de verbenas y se lo dio a Darcy.

—Vuelve alguna vez.

—Seguro que nos volvemos a encontrar —se puso las flores en el pelo y se dirigió hacia la verja del jardín.

Trevor comprendió por qué no la había oído llegar: había ido en bicicleta.

—¡Darcy!, si me esperas un minuto puedo llevarte en coche.

—No hace falta. Que pases un buen día, Trevor Magee —contestó ella, montándose en la bicicleta y pedaleando por lo que los lugareños llamaban carretera. Trevor pudo comprobar que estaba realmente seductora.

Trevor paró en la obra al llegar al pueblo, por lo que eran más de las doce cuando llegó a casa de los Gallagher. Su llamada recibió un ladrido por toda respuesta, un ladrido gutural y nervioso que le hizo retroceder un paso. Él era un hombre de ciudad y tenía un prudente respeto por cualquier criatura que fuese capaz de emitir un sonido como ése. Los ladridos cesaron unos segundos antes de que se abriera la puerta, pero el perro se mantuvo sentado al lado de Jude, agitando la cola sin parar. Trevor lo había visto un par de veces, pero siempre de lejos, y no se había dado cuenta de que fuese tan grande.

—Hola, Trevor, qué alegría verte. Entra.

—Humm... —Trevor miró expresivamente al perro.

—Finn es inofensivo, te lo prometo —se rió Jude—. Le gusta armar un poco de jaleo para que yo crea que me defiende. Dale los buenos días al señor Magee —le ordenó y Finn levantó una pata gigantesca.

—Me gustaría llevarme bien con él —Trevor le estrechó la pata con la esperanza de conservar todos los dedos.

—Si te preocupa, puedo atarlo en su caseta.

—No, no, no pasa nada. Siento interrumpirte. ¿Tienes un minuto?

—Tengo muchos minutos. Pasa y siéntate. ¿Te preparo un té? ¿Has comido? Shawn me ha mandado un guiso estupendo.

—No, nada, gracias. No quiero molestar.

—No es ninguna molestia —empezó a decir, pero se puso una mano en la espalda y la otra sobre el vientre.

—Siéntate —Trevor la tomó del brazo y la condujo al cuarto de estar—. Tengo que reconocer que los perros grandes y las mujeres embarazadas me ponen nervioso.

No era verdad. Lo perros grandes le sacaban de sus casillas, pero las mujeres embarazadas hacían que se le cayera la baba. Sin embargo, el comentario consiguió que Jude se sentara.

—Te prometo que ninguno de los dos va a morderte. Juré que pasaría la experiencia tranquila y garbosa. La tranquilidad la conservé, pero a los seis meses perdí todo el garbo.

—Parece que lo llevas muy bien. ¿Sabes el sexo?

—No, queremos que sea una sorpresa —posó una mano sobre la cabeza de Finn que se sentó a su lado—. Ayer por la tarde di un paseo y eché un vistazo a la obra. Estáis avanzando.

—Sin pausa. El año que viene por estas fechas podrás ver un espectáculo.

—Me apetece mucho. Tiene que ser muy gratificante poder cumplir tus sueños.

—¿No es lo que haces tú con los libros y tu hijo?

—Me caes bien. ¿Estás lo suficientemente cómodo como para decirme qué pasa por tu cabeza?

—Me había olvidado de que eres psicóloga —dijo Trevor después de un instante.

—*Enseñé* psicología —levantó las manos y las volvió a dejar caer en un gesto de disculpa—. El año pasado o así, me curé de ser demasiado tímida para decir lo que pienso. El resultado tiene ventajas e inconvenientes. No quiero ser insistente.

—He venido para preguntarte algo, para hablar de algo contigo. Te lo has imaginado, eso no es ser insistente, es... eficiencia. Carrick y Gwen, mis temas favoritos últimamente.

—Dime —Jude juntó las manos con un gesto de serenidad—. ¿Qué quieres saber?

—¿Crees que existen?, bueno, que han existido...

—Sé que existen —Jude notó que Trevor recelaba y se tomó un instante para poner en orden las ideas—. Nosotros dos venimos de sitios distintos, tú de Nueva York y yo de Chicago. Somos urbanos y refinados, y nuestras vidas se basan en lo tangible, en los hechos concretos de cada día.

—Ya no estamos allí— Trevor sabía dónde quería llegar y asintió con la cabeza.

—En efecto, ya no estamos allí. Este lugar te... «Atrapa» no es la palabra que busco porque no necesito que me atrapen. Este lugar ahora es mi hogar, este lugar te ha atraído para que construyas tu sueño en él, la diferencia con nuestras ciudades no es sólo geográfica o histórica. Es un lugar que abarca cosas que hemos olvidado.

—La realidad es la realidad en cualquier parte del mundo.

—Yo pensaba lo mismo, pero si tú lo crees ¿por qué te preocupan Carrick y Gwen?

—Me interesa.

—¿La has visto?

—No.

—¿A él?

Trevor dudó al recordar al hombre que se le apareció cerca del pozo de San Declan.

—No creo en espectros.

—Me parece que Carrick sí cree en ti —murmuró Jude—. Me gustaría enseñarte algo —empezó a levantarse, maldijo entre dientes, estiró un brazo y agitó la mano cuando Trevor se levantó para ayudarla—. No, maldita sea, tengo que ser capaz de levantarme sola. Es un segundo —se giró, apoyó las manos sobre los brazos de la butaca y se levantó—. Tranquilidad. Ya no soy tan ligera como antes.

Trevor se sentó mientras Jude se marchaba. Él y Finn se miraron estudiándose mutuamente con recelo.

—No voy a robar la plata, así que lo mejor será que nos quedemos cada uno en su rincón —Finn, como si las palabras de Trevor hubiesen sido una invitación, puso las patas delanteras sobre su regazo.

—¡Dios! —cautelosamente apartó las zarpas de su entrepierna—. Una puntería perfecta. Ahora entiendo por qué mi padre no quería que tuviese perros. ¡Abajo!

Finn se sentó y lamió las manos de Trevor.

—Ves, ya sois amigos.

—Puedes estar segura —Trevor miró a Jude y apenas pudo resistir la tentación de retorcerse para aliviar el dolor de sus partes.

—Túmbate, Finn —Jude le dio una palmadita antes de sentarse en un cojín a los pies de Trevor—. ¿Sabes lo que es esto? —Abrió la mano y la extendió. En el centro había una piedra brillante.

—A primera vista parece un diamante, pero dado el tamaño, diría que es un trozo de cristal muy bien tallado.

—Es un diamante, de primera categoría, tiene entre dieciocho y veinte quilates. No lo he llevado a un joyero, pero lo he estudiado con libros y una lupa. Tómalo, míralo de cerca.

Trevor lo tomó y lo miró a contraluz.

—¿Por qué no has querido llevarlo a un joyero?

—Me pareció un poco impertinente, porque es un regalo. El año pasado fui a la tumba de Maude y vi a Carrick que sacaba un montón como éste de la bolsa de plata que lleva en la cintura y los tiraba al suelo. Todos se convirtieron en flores, excepto éste que quedó brillando en medio.

Trevor se quedó mirando la piedra.

—Joyas del sol —dijo pensativo.

—Mi vida cambió cuando llegué aquí. Esto es un símbolo. En realidad no importa si es un trozo de cristal o una joya inapreciable. Todo depende de cómo mires las cosas. Yo vi magia en ello, y me abrió el mundo.

—A mí me gusta mi mundo.

—Cambiarlo o no es algo que debes decidir tú. Viniste a Ardmore por un motivo.

—Para construir un teatro.

—Para construir —dijo Jude en voz baja—. ¿Cuánto?, depende de ti.

Cinco

La decisión de Trevor de pasar la tarde en el pub era lógica. Era profesional. Al menos, eso prefería pensar él, ya que a su ego le costaba reconocer que estaba ahí, sobre todo, para ver a Darcy. No era un adolescente, era un hombre de negocios. En ese momento, el pub de Gallagher era una parte importante de sus intereses. Y prometía ser una parte muy atractiva.

Casi todas las mesas estaban ocupadas por familias, parejas o grupos que se inclinaban sobre pintas de cerveza o vasos con refrescos y charlaban animadamente. Un joven, que no pasaba de los quince años, tocaba una concertina en un rincón. Se había encendido la chimenea, ya que por la tarde refrescaba, y tres ancianos estaban sentados alrededor fumando y llevando el ritmo con los pies. Cerca, un niño de meses saltaba y reía en las rodillas de su madre.

Trevor pensó que a su madre le habría encantado la escena. Carolyn Ryan Magee era irlandesa de cuarta generación, aunque sus padres no habían puesto un pie en esa tierra, como no lo habían puesto los padres de sus padres, y era una sentimental sobre todo lo que concernía a lo que consideraba sus raíces.

Trevor tenía que agradecer a su madre el saber algo de la historia familiar de su padre. Para ella, la familia tenía un significado, independientemente de que llevara años enterrada. Cuando algo le importaba a su madre, ella se encargaba de que le importara a los hombres de la familia. Ninguno de los cuales se le resistía, pensó Trevor.

Su madre tocaba música irlandesa en casa, mientras su padre ponía los ojos en blanco y la toleraba. Ella le había contado historias de *silkies* y *pookas* antes de dormirse.

Y había sido ella, Trevor lo sabía, quien había suavizado los resentimientos y la amargura que sentía su padre hacia sus padres. A pesar de su capacidad, no había conseguido que sintiera cariño por ellos, pero, por lo menos, había tendido un frágil puente que permitió el respeto entre ambas partes. La verdad era que Trevor no sabía si habría sido capaz de darse cuenta de la distancia que había entre su padre y sus abuelos de no ser por el amor y la franqueza que se respiraba en su propia casa. Nunca había conocido una pareja que se quisiera tanto y de forma tan alegre. Era el milagro de una intimidad maravillosa, y Trevor siempre le dio la importancia que merecía.

Se imaginaba a su madre sentada allí, donde él estaba, disfrutando de todo, cantando y charlando con los desconocidos. Al pensarlo, echó una ojeada a la habitación a través de la humareda y pensó en los sistemas de ventilación. Agitó la cabeza y se dirigió a la barra. Supuso que ése era el ambiente que buscaban los que iban al pub, a pesar del riesgo para la salud.

Vio a Brenna al otro extremo, manejando los grifos y manteniendo una discusión que parecía muy seria con un hombre que tenía, por lo menos, ciento seis años.

La única banqueta libre estaba en la otra punta de la barra. Trevor se sentó y esperó a que Aidan terminara de servir vasos y de devolver cambios.

—¿Qué tal va todo? —preguntó Aidan mientras terminaba de tirar un par de Guinness.

—Bien. Hay trabajo, ¿no?

—Y lo habrá hasta el invierno. ¿Quieres beber algo?

—Tomaré una pinta de Guinness.

—Así me gusta. Jude me ha contado que fuiste a visitarla y que te preocupan algunas tradiciones locales.

—No me preocupan. Tengo curiosidad.

—Claro, curiosidad —Aidan comenzó el lento e intrincado proceso de tirar la pinta de Trevor—. Un hombre siempre tiene curiosidad por aquello en lo que se encuentra inmerso. El editor de Jude cree que su libro despertará más interés hacia este pequeño rincón del mundo. Un buen negocio para los dos.

—Tendremos que estar preparados —miró alrededor y notó que Sinead hacía las cosas con más interés esa noche, pero que Darcy no estaba por ningún lado—. Vas a necesitar más ayuda, Aidan.

—Ya lo había pensado —llenó una cesta con patatas fritas y la dejó sobre la barra—. Darcy entrevistará a algunas personas cuando llegue el momento.

Como si les hubiese oído, la voz de Darcy rugió a través de la puerta de la cocina:

—¡No sé para qué necesitas una cabeza tan dura si no tiene nada que proteger! Nunca lo podré entender, tienes menos cerebro que un mosquito, pero eres mucho más molesto.

Trevor hizo un gesto con la cabeza, pero Aidan siguió tirando cervezas.

—Nuestra hermana tiene bastante genio, y la mera existencia de Shawn sirve para provocarlo.

—¿Una arpía? Yo te daré arpías, sapo desdentado.

Se oyó un ruido sordo, un grito y más insultos, hasta que Darcy salió con una bandeja llena, congestionada y con los ojos echando chispas.

—Brenna, le he roto la crisma a tu marido con una cazuela. Nunca podré entender por qué una mujer inteligente como tú se ha casado con un mamarracho como ése.

—Espero que no estuviese llena, hace unos guisos muy buenos.

—Estaba vacía, así suena mucho mejor —echó la cabeza atrás, tomó aire y lo soltó con satisfacción. Dejó la bandeja y, al volverse, vio a Trevor.

La furia desapareció de su rostro como por arte de magia. Sus ojos seguían encendidos, pero enseguida adquirieron un aire sexual inconfundible.

—Vaya, mira a quien nos ha traído esta tarde lluviosa —lo dijo como en un susurro mientras se acercaba al final de la barra—. ¿Te importaría levantar la trampilla, corazón? Tengo las manos ocupadas.

Llevaba toda su vida manejando bandejas con una mano, pero quería darse el gusto de molestar un poco a Trevor. Ronroneó de placer al ver que Trevor se levantaba de la banqueta y hacía lo que le había dicho.

—Es maravilloso que un hombre fuerte y guapo te rescate.

—Ándate con ojo, Trev, esa cara tan atractiva esconde una verdadera víbora —intervino Shawn, algo malhumorado, mientras salía de la cocina a servir un par de platos en la barra.

—No hagas caso de lo que pueda decir un mono de feria —Darcy lanzó una mirada gélida a Shawn—. Nuestros padres, que eran unos santos, lo compraron a una familia de gitanos. Una pena desperdiciar así dos libras y media. —Hizo un movimiento con la cadera y fue a servir los pedidos.

—Ésa ha sido buena —murmuró Shawn—. Debía de estar reservándolo. Buenas noches, Trev. ¿Quieres cenar?

—Creo que tomaré el guiso. He oído que esta noche está muy bueno.

—Ya lo creo —Shawn se pasó la mano por la nuca con una mirada sombría. Luego miró al jo-

90

ven que tocaba en una esquina—. Has tenido suerte. Connor puede tocar como un ángel o como un demonio, depende del humor.

—Todavía no te he oído tocar a ti —Trevor volvió a sentarse en el taburete—. Creo que lo haces bien, como el guiso.

—Bueno, no se me da mal. Como a todos. La música es parte de los Gallagher.

—Un consejo sobre la música, contrata a un agente.

—Vamos —Shawn se volvió para mirar a Trevor—. Me has pagado un buen precio por las canciones que me has comprado hasta el momento. Creo que eres honrado.

—Un buen agente me exprimiría más.

—No necesito más —miró a Brenna—. Ya lo tengo todo.

Trevor agarró la pinta que le había puesto Aidan delante.

—Finkle me dijo que eras un hombre sin mentalidad para los negocios, pero tengo que decirte que me parece que se quedó corto. Sin ánimo de ofender.

—No me ofendo.

—Finkle también me dijo que le mareasteis bastante con otro inversor —Trevor observó a Shawn por encima del borde del vaso—. Alguien con un restaurante en Londres.

—¿Se enteró? —Shawn le miró con unos ojos burlones—. Aidan, ¿conocemos a alguien que tenga un restaurante en Londres y haya estado interesado en el pub?

Aidan hizo una mueca.

—Algo recuerdo del señor Finkle sacando ese tema, aunque yo le aseguré que no había nada de eso. Como se puede comprobar. A todos nos costó mucho convencerle.

—Es lo que me imaginaba —Trevor dio un buen trago a la Guinness—. Muy astuto.

Luego, oyó la brillante risa de Darcy y la vio acariciar la cabeza de Connor, donde dejó su mano, y mirándole a los ojos empezó a cantar.

Era una melodía rápida en la que las estrofas se atropellaban unas con otras. Ya la había oído en pubs de Nueva York o cuando su madre estaba de humor para oír música irlandesa, pero nunca como esa vez. Darcy cantaba como si su voz estuviese empapada de un vino espeso, con matices argentinos.

El informe de Finkle mencionaba la voz de Darcy. En realidad, hacía un auténtico panegírico de ella. Trevor no había hecho mucho caso. Tenía una compañía discográfica como afición y sabía que muchas veces se ponía por las nubes a voces que no merecían más que un respetuoso aplauso. Al escucharla y verla, Trevor tuvo que reconocer que debería haber creído a su enviado.

Cuando llegó el estribillo, Shawn se apoyó en la barra y cantó con ella. Darcy se acercó, puso una mano en el hombro de Trevor y le cantó a su hermano:

—«Le diré a mamá cuando vaya a casa que los chicos no dejan a las chicas en paz...»

No, pensó Trevor, seguro que lo chicos nunca han dejado en paz a ésta. Sentía el impulso de tirarle del pelo, pero no de la forma juguetona que decía la canción. Quería llenarse las manos con él y deleitarse con su tacto.

Suponía que habría miles de hombres que reaccionarían de la misma forma. La idea le hizo ver el aspecto empresarial, aunque le fastidiaba en un plano personal. Como los celos le hacían sentirse ridículo, se concentró en el negocio.

Cuando terminó la canción, Darcy tomó a Shawn por las solapas y le dio un sonoro beso.

—Imbécil —le dijo con un tono claramente afectuoso.

—Arpía.

—Tres pescados con patatas, dos guisos y dos trozos de tarta. Y vuelve a la cocina, que es tu sitio —Darcy pasó descuidadamente la mano por la espalda de Trevor y se dirigió a Aidan—. Tres pintas de Guinness, tres de Harp, un vaso de Smithwick's y un par de Coca Colas. Una Coca es para Connor, así que es gratis. ¿Te importa? —dio un sorbo a la cerveza de Trevor.

—Así que aceptas pedidos...

—No hago otra cosa.

—Canta otra canción.

—Seguramente lo haga antes de que termine la noche —puso las bebidas en la bandeja.

—No, ahora —Trevor sacó un billete de veinte libras—. Una balada.

Darcy lo miró a la cara y luego miró el billete.

—Es una buena propina por una canción.

—Soy rico, ¿lo recuerdas?

—Es algo que no he olvidado —intentó agarrar el billete, pero Trevor lo apartó.

—Primero la canción.

Pensó despreciar la oferta, pero eran veinte libras y cantar no era un esfuerzo excesivo para ella. Le sonrió y elevó la voz mientras se llevaba la bandeja:

Doncellas jóvenes y hermosas/ que en la flor de la vida estáis/ cuidad con celo vuestro jardín/ no permitáis que ningún hombre os robe/ el tomillo que cultiváis.

Connor se hizo con la melodía y se ruborizó un poco cuando ella le guiñó un ojo al servirle el refresco. Sirvió el resto de bebidas mientras cantaba una canción de arrepentimiento y pérdida de la inocencia. Se hizo el silencio y más de un corazón suspiró. Puesto que Trevor era quien pagaba, lo miró mientras se acercaba a él y le dedicaba las últimas estrofas.

La satisfacción se apoderó de ella al recibir el aplauso de todo el mundo. Agitó el billete.

—Por veinte libras cantaré todas las canciones que quieran —tomó las Guinness que Aidan acababa de tirar y se las llevó.

—¡Yo canto por la mitad! —gritó alguien en medio de una risotada.

—Los fines de semana hay música programada —le dijo Aidan a Trevor—. Y Gallagher paga al conjunto.

—Lo veré —vio que Darcy entraba en la cocina—. ¿Cantáis alguna vez juntos los tres?

—¿Shawn, Darcy y yo? De vez en cuando en festivales y aquí para pasar el rato. Yo canté para comer cuando estaba de viaje. Puede ser una vida muy difícil.

—Depende de los contratos.

Trevor se quedó otra hora terminando la cerveza y el guiso y escuchando al incansable Connor tocar una canción detrás de otra. Se levantó una vez para abrir la puerta a una pareja que llevaba un niño cada uno en los brazos. También salió una pareja de hombres con el rostro curtido. Eran familias que se iban a casa o pescadores que se levantarían antes del amanecer para hacerse a la mar. Se dio cuenta de que después de las nueve se servían menos comidas, pero los grifos de cerveza mantenían un ritmo estable. Se levantó para marcharse.

—¿Se retira, jefe? —le gritó Brenna.

—Sí. Hasta que me entere de las vitaminas que tomas para mantenerte activa durante quince horas de trabajo.

—¡Ah!, no son vitaminas —se inclinó para darle una palmadita en la mano al anciano que llevaba horas sentado en un taburete delante de ella—. Lo que me mantiene en pie es estar cerca de mi verdadero amor, el señor Riley.

Riley soltó una especie de cacareo.

—Muy bien, entonces dame una pinta, querida, y un beso con ella.

—De acuerdo, la pinta la pagas, pero el beso te lo regalo —miró a Trevor mientras se lo daba—. Te veré mañana por la mañana.

—Tengo que robarte a tu hermana un minuto —le dijo Trevor a Aidan y agarró la mano de Darcy antes de que pasara de largo—. Te toca acompañarme a la salida.

—Supongo que puedo concederte un minuto —dejó la bandeja, pasó por alto la mirada de Aidan y se dirigió hacia la puerta.

La lluvia era como una neblina que calaba los huesos. Por el suelo reptaban jirones de niebla que subían del mar. De fondo se oía el rítmico batir de las olas y en la lejanía una bocina anunciaba la presencia de un barco pesquero.

—Hace frío —Darcy cerró los ojos y levantó el rostro—. Cuando llega la noche el aire es irrespirable en este lugar.

—Debes de tener los pies hechos papilla.

—Tengo que reconocer que no me vendría mal un masaje.

—Si vienes conmigo prometo prestarles toda mi atención.

Ella abrió los ojos de par en par.

—Estoy segura, y es una oferta tentadora, pero todavía me queda trabajo y tengo que dormir.

Trevor se llevó la mano de Darcy a los labios como había hecho la otra vez.

—Asómate mañana a la ventana...

A ella le agradó el brinco que le dio el corazón y el leve cosquilleo que notó en el estómago. Le gustaba disfrutar de todas las sensaciones y saborearlas con deleite. Sin embargo, tenía que olvidarlo y tener presente las reglas del juego.

—A lo mejor —recorrió lentamente el mentón de Trevor con la yema de un dedo—. Si tu imagen se me pasa por la cabeza.

—Me encargaré de que así sea —la rodeó con los brazos, pero la mano de Darcy en el pecho le impidió el avance.

El corazón de Darcy latía desbocado y tenía una sensación premonitoria. Le gustaba el olor de la lluvia, la piel mojada y notar la fuerza de los brazos de él alrededor del cuello. Hacía mucho que no permitía a un hombre que la rodeara con sus brazos.

En realidad, ésa era la clave. Consentir. Su elección, su acción, su disposición. Era importante tener siempre el control de esa decisión, y del hombre al que le permitía tocarla.

Una vez que pierdes las riendas se te puede olvidar que las sensaciones, por muy agradables que sean, son efímeras.

Decidió que en ese momento se sentía lo suficientemente segura como para aceptar una muestra de él. Y comprobar si quería más. De modo que subió la mano por el pecho de Trevor hasta rodearle la nuca y le bajó la cabeza hasta que sus bocas se encontraron. Él se tomó su tiempo, nada de premuras torpes ni de intentar arrancarle las amígdalas con la lengua. Tenía un estilo delicioso, era firme, seguro de sí mismo, con un ligero toque de agresividad. No era tan peligroso como se lo había imaginado, lo cual, bien pensado, era una lástima.

Él se inclinó más sobre ella y acarició su espalda mientras seguía besándola.

Todo se volvió borroso en la mente de Darcy y pensó: ¡Dios! Luego dejó definitivamente de pensar.

Trevor se la quería comer viva, con mordiscos ansiosos y cortos. Pensó que eso era lo que ella esperaba exactamente de un hombre. Ansiedad, ardor y un deseo irrefrenable. Era lo que ella hacía que bullera en el interior de Trevor. Al acercarse a ella, Trevor había notado cierto desdén en sus ojos. Así que actuó con lentitud y observó su reacción: percibió aceptación, incluso algo de placer, pero también tuvo la sensación de que lo estaban midiendo y eso le molestó. Entonces él necesitó más, sencillamente lo necesitó y lo tomó.

Notó que un remoto rincón de su cerebro captaba un cambio en ella. Una tensión mezclada con una complacencia lenta y delicada, tan apacible como la lluvia que los envolvía.

Cerraron los ojos y abandonaron cualquier cálculo entre ellos.

La mano que tenía Darcy en el cuello de Trevor ascendió hasta enterrarse en el pelo. Arqueó el cuerpo y se estrechó contra él. Trevor avanzó hasta que la espalda de Darcy se pegó al muro de piedra del pub. Sus corazones latían uno contra el otro.

Él se separó con la intención de aclarar sus ideas y de recuperar la respiración. Ella permanecía apoyada en la pared, de repente dio un suspiro largo y felino y abrió los ojos.

—Me ha gustado —estaba segura de que le había gustado más de lo conveniente. Se pasó la lengua por el labio inferior como si quisiera aprovechar los últimos restos del beso—. ¿Por qué no lo repites?

—¿Por qué...? —Trevor tomó el rostro de Darcy entre las manos y le pasó los dedos entre el pelo. Luego, dudó, esperó y sufrió. Sus labios se rozaban con los de ella y apenas podía respirar—. Nos vamos a volver locos el uno al otro.

A Darcy se le escapó un sonido más parecido a un jadeo que a una risa.

—Yo he llegado a la misma conclusión. Empecemos ahora mismo. —Le mordió suavemente el labio inferior y lo atrajo hacía sí.

—Un buen principio —dijo él mientras estrujaba sus labios contra los de ella.

La cabeza de Darcy empezó a dar vueltas en círculos vertiginosos que la dejaron aturdida y encantada. Cada sensación estallaba en su interior: el sabor, sus sólidos contornos, la pared húmeda en la espalda, el tenue resplandor de la lluvia sobre la piel.

Quería provocarle deseo, debilitarlo, oírle suplicar, antes de que lo hiciera ella. Se entregó al beso, al momento, y acabó dándole más de lo que pretendía.

De nuevo, fue Trevor quien se retiró. O se apartaba o terminarían en el asiento trasero del coche como dos adolescentes en celo. Lo había llevado al límite con un beso, en un camino mojado, detrás de un pub lleno de gente.

—Vamos a necesitar algo más de intimidad —decidió Trevor.

—Todo llegará —Darcy apenas podía sostenerse de pie—. Por el momento, ya nos hemos alterado bastante. No creo que esta noche durmamos mucho, pero a mí no me importa —se pasó la mano por el pelo—. ¿Sabes?, la última vez que besé a un yanqui dormí como un bebé.

—Eso es un piropo.

—Desde luego. Disfruto pensando en volver a besarte cuando tenga la más mínima oportunidad, pero hasta entonces tengo trabajo y tú tienes que irte a casa.

Se dio la vuelta para marcharse, pero se detuvo al sentir el brazo de Trevor sobre el suyo. No se sentía con fuerzas para resistir otro ataque, por lo que le lanzó una mirada descarada por encima del hombro.

—Compórtate, Trevor. Si no entro, Aidan va a echarme la bronca y estropeará mi buen humor.

—Quiero la próxima tarde que tengas libre.

—Había pensado concedértela —Darcy le dio una amistosa palmadita en la mano y entró.

Trevor se sentía sorprendido, molesto y agitado. Tuvo que quedarse en el coche a escuchar la lluvia, esperar a que se le enfriara la sangre y a que las manos le dejaran de temblar. Sabía lo que era desear a una mujer, incluso ansiar la sensación de tenerla entre sus manos, bajo su cuerpo. También sabía y aceptaba que el deseo implicaba cierta vulnerabilidad y riesgos.

Sin embargo, lo que deseaba, necesitaba o ansiaba de Darcy Gallagher era distinto a todo lo que había sentido antes. Ella era distinta, admitió, frunciendo el ceño y mirando hacia el pub un instante antes de encender el coche. Era atractiva, egoísta y seductora. Había tratado a otras mujeres con esas características, pero ninguna lo era de forma tan abierta y sincera.

Lo manipulaba y no hacía nada por ocultarlo. Y, por Dios, él la admiraba por ello. Como la admiraba por ser perfectamente consciente de que él jugaba el mismo juego. Iba a ser fascinante comprobar quién resultaría ganador y cuántos asaltos iba a tener el combate.

Se tranquilizó al estar seguro de que podría dominarla y sonrió mientras tomaba el camino a casa. Verdaderamente le gustaba. No podía recordar a otra mujer que le hiciera hervir la sangre, que le obsesionara ni que le alterara el humor como lo hacía ella.

Habría disfrutado con ella aunque no hubiese habido atracción física. Le bastaba con provocar a ese cerebro tan claro y maravilloso. Pensó que estaba a punto de explorar el mejor mundo imaginable, en un sentido romántico. Y era un alivio llegar a la intimidad sabiendo que las dos partes sólo buscaban una compañía interesante y satisfacerse mutuamente.

El aspecto empresarial de su relación no presentaba problemas. El pub era de ella y de sus hermanos, pero Trevor había negociado con Aidan y seguiría haciéndolo.

También estaba el asunto de la voz de Darcy, que era una cuestión aparte. Tenía un par de ideas que quería madurar antes de comentarlas con ella.

Estaba seguro de que Darcy se dejaría guiar por él en ese terreno y de que se sentiría atraída por lo que le podría ofrecer y le ofrecería.

A ella le gustaba el dinero y quería tener el suficiente como para llevar una vida con ciertos lujos. Y él creía que iba a poder ayudarla en ese aspecto.

El día que estuvieron en la playa ella le dijo que el objetivo final eran los beneficios y él tenía algunas ideas sobre cómo podían alcanzar los dos ese objetivo. Con una canción.

Giró hacia su calle, muy contento por cómo le iban las cosas en Irlanda y de los buenos resultados que había conseguido hasta la fecha. Bajó del coche y se guió a través de la niebla gracias a la luz que había dejado encendida.

Sin saber por qué miró hacia arriba, algo le impulsó a dirigir su mirada hacia la ventana. Una sacudida le recorrió todo el cuerpo, como si un relámpago le entrara por la cabeza y le saliera por los pies.

Al principio se acordó de Darcy, de la primera vez que la vio en la ventana de su dormitorio. La sacudida había sido parecida, aunque en aquel caso fue una sacudida de deseo. La mujer que veía en ese momento también estaba en la ventana y era hermosa, pero su cabello era pálido como la niebla que lo rodeaba. Sabía que tenía unos ojos atormentados de color verde como el mar, aunque la oscuridad no le permitiera verlos.

Esa mujer llevaba tres siglos muerta.

No apartó la mirada de ella mientras abría la verja y pudo ver que una solitaria lágrima le rodaba por la mejilla. El corazón se le salía del pecho mientras avanzaba rápidamente por el camino. El aire era espeso y húmedo, casi abrumador.

Abrió la puerta y entró.

El silencio era absoluto. La luz producía unas sombras alargadas que se doblaban en las esquinas. Subió las escaleras con las llaves en la mano. Contuvo la respiración, entró en el dormitorio y encendió la luz.

No esperaba verla allí, los espectros desaparecen con la luz. Cuando la encendió e inundó la habitación, se la encontró de pie mirándolo y con las manos cruzadas sobre el vientre. La cabellera, como finos hilos de oro, caía sobre sus hombros cubiertos por un sencillo vestido gris que llegaba hasta el suelo. La lágrima, brillante como la plata, se le secaba en la mejilla.

—¿Por qué desperdiciamos lo que tenemos en nuestro interior? ¿Por qué esperamos tanto para aprovecharlo?

La voz subía y bajaba con el ritmo característico de los irlandeses y le impresionó todavía más que su presencia.

—¿Quién...? —sabía quién era y la pregunta era innecesaria—. ¿Qué hace aquí?

—Siempre resulta más agradable esperar en casa. He esperado durante mucho tiempo. Él cree que eres el último. Yo me pregunto por qué iba a tener razón si tú no quieres serlo.

Eso era absurdo. Un hombre no tiene una conversación con un fantasma. Alguien, por algún motivo que desconocía, estaba intentando jugar con él, y era el momento de terminar con eso. Se acercó a ella e intentó cogerla del brazo, pero fue como intentar atrapar el humo.

Su mano, paralizada, dejó escapar las llaves, que cayeron a sus pies.

—¿Es tan difícil creer que existe algo que no puedes tocar? —lo dijo amablemente porque sabía lo que era luchar contra las creencias. Ella le podría haber permitido tocar una ilusión de lo que había sido, pero no habría significado mucho más para él—. Tú ya lo sabes en tu corazón, en tu sangre. Sólo es cuestión de que dejes que tu cabeza les haga caso.

—Me tengo que sentar —lo hizo en el borde de la cama—. He soñado contigo.

Ella sonrió por primera vez con una mezcla de compasión y diversión.

—Lo sé. Tu llegada aquí y en este momento estaba decidida hace mucho tiempo.

—¿El destino?

—Es una palabra que no te gusta y que te predispone al enfrentamiento —agitó la cabeza—. El destino nos lleva a ciertos puntos a lo largo del camino. Lo que hagas aquí es asunto tuyo. La elección al final del camino. Yo ya hice la mía.

—¿La hiciste?

—Sí. Hice lo que creía que era correcto —su voz se tiñó de enojo—. No quiero decir que fuese correcto, sino que yo creía y sentía que lo era. Mi marido fue un hombre bueno y generoso. Tuvimos unos hijos que fueron la felicidad de mi vida.

—¿Lo amaste?

—Sí, sí, al cabo del tiempo. Un amor cálido y

estable. Él tampoco esperaba otra cosa de mí. No fue la pasión abrasadora que sentí por otro. ¿Sabes?, eso era lo que yo creía que sentía por Carrick. Un fuego que ardería para no dejar otra cosa que cenizas. Pero me equivoqué —se dio la vuelta para mirar por la ventana—. Me equivoqué. He esperado en este lugar durante mucho tiempo, un tiempo largo y solitario, y todavía siento en mis entrañas la pasión, el dolor y la felicidad de ese amor. Es tan fácil que el amor se oculte bajo la pasión y no se le reconozca.

—La mayoría diría que es fácil confundir la pasión con el amor.

—Ambos son sinceros. Sin embargo, yo temía el fuego tanto como lo anhelaba y el temor y el deseo nunca miraron dentro de las llamas para descubrir los tesoros que me esperaban allí.

—Conozco la pasión, pero no el amor. Y, sin embargo, te he buscado en otra mujer.

Ella lo miró a los ojos.

—No te has dado cuenta de lo que buscas, y espero que lo hagas. Estamos llegando al final, para bien o para mal. No desvíes la mirada de lo que quieres conseguir y haz tus elecciones.

—Sé lo que... —ella se estaba desvaneciendo. Trevor se levantó de un salto—. ¡Espera!

Intentó calmarse, pero los nervios podían con él. ¿Cómo demonios se suponía que tenía que manejar aquello? Sueños, magia y fantasmas. Nada tenía consistencia ni era tangible. Todo era increíble.

Pero el sí creía, y eso era lo que le preocupaba.

Seis

—No tienes muy buen aspecto esta mañana.

Trevor dio un sorbo al café que se había llevado a la obra y lanzó una mirada asesina a Brenna.

—Cállate.

Brenna no intentó disimular un gesto divertido. Se había acostumbrado a él y no se preocupaba por los gruñidos. Cuando quería morder no avisaba.

—Y estás de bastante mal humor. Si quieres le digo a alguien que te traiga una mecedora y te sientas debajo de un paraguas a echarte una siesta.

—¿Has visto alguna vez una hormigonera por dentro? —Trevor dio otro sorbo.

—A pesar de lo arisco que estás esta mañana, podría contigo con una sola mano. En serio, ¿por qué no te vas a la cocina a tomar tranquilamente el café?

—Las obras me animan.

—Y a mí —Brenna miró a los montones de material, las enormes máquinas y a los hombres que, a su alrededor, se gritaban unos a otros—. Somos unas criaturas extrañas. Papá no vendrá hoy, tiene que hacer una serie de reparaciones, así que me alegro de que estés dispuesto a quitarte el mal humor trabajando.

—No estoy de mal humor.

—Bueno, estarás meditando. A mí también me gusta meditar de vez en cuando, aunque la mayoría de las veces prefiero agarrar el toro por los cuernos.

—Shawn debe tener una vida muy interesante.

—Es un hombre adorable y el amor de mi vida, así que procuro que no se aburra.

—El aburrimiento mata —murmuró Trevor.

Brenna asintió con la cabeza. Esa mañana Trevor no parecía frío ni reservado, tampoco tenía ese ligero toque de distanciamiento. Brenna pensaba que era un hombre de los que ponen barreras hasta comprobar que se pueden fiar de la persona con la que tratan.

Ella estaba contenta por haber superado la prueba.

—Esta mañana van a inspeccionar las líneas del pozo nuevo y de la fosa séptica. Todo va sobre ruedas y las enterraremos hoy a última hora.

Señaló los avances con la cabeza. El suelo estaba embarrado por la lluvia de la noche, que seguía cayendo sin interrupción. La visera de la gorra de Brenna goteaba y el hada de plata que llevaba prendida en la visera brillaba con el agua.

A Brenna le encantaba el olor a barro, a hombres y a gasolina.

—Como verás —continuó ella—, hemos empleado el material que nos especificaste y es un magnífico trabajo. Papá y yo tuvimos que vérnoslas con una fosa séptica reventada el invierno pasado y es una experiencia que no me gustaría repetir en un futuro próximo.

—Ésta aguantará.

Trevor se agachó: podía ver perfectamente la amplia curva del teatro, que era de piedra, para combinar con la madera del pub. Sencillo y encantador, pero con la tecnología más avanzada del momento.

Después de todo, ése era el sueño: aprovechar lo que había allí, respetarlo, incluso mostrarlo; utilizar el material y la inventiva que el hombre había desarrollado a lo largo del camino. Para eso estaba allí, para dejar el sello Magee en su lugar de origen. No tenía nada que ver con viejas leyendas ni con fantasmas encantadores.

Volvió a la realidad y se encontró con Brenna que lo observaba pacientemente.

—Siento despertarte de tus sueños —empezó Brenna, dudando. Trevor parecía perplejo y algo enfadado, y en realidad sólo se conocían desde hacía unos días—. Si es algo de la obra lo que te preocupa, espero que me lo digas y que pueda ayudarte. Forma parte de mi trabajo. Si es algo personal, y quieres hablar de ello, puedes contármelo.

—Creo que es un poco de todo. Te lo agradezco, pero creo que reflexionaré un rato.

—Yo reflexiono mejor cuando tengo las manos ocupadas.

—Tienes razón —se levantó—. Manos a la obra.

* * *

Era un trabajo duro y sucio que la mayoría de la gente encontraría desagradable. Trevor no. Había grandes tablones sobre el barro para poder transportar el material. Arrastró maderos para las junturas y se quedó debajo de la carpa impermeable donde trabajaban los fontaneros oyendo la lluvia golpear contra la lona; después de varias tazas de café, empezó a sentirse parcialmente humano.

Decidió que Brenna tenía razón. Las manos ocupadas mantienen la cabeza ocupada y así se disipan las preocupaciones. Analizaría la situación y las soluciones mientras trabajaba.

Eso era mucho más eficaz que darle vueltas a las cosas en la cabeza, pensó Trevor.

Levantó otro tablón, iba empapado y lleno de barro, pero estaba de mejor humor. Sin embargo, los nervios le atenazaban el estómago, la espina dorsal, el cuello. Algo le obligaba a mirar hacia arriba, como le había ocurrido la noche anterior.

Darcy estaba en la ventana, mirándolo a través de la cortina de lluvia.

No sonrió, ni él tampoco. Al encontrarse las miradas, Trevor notó que se establecía una corriente primitiva, erótica y sexual, como el roce de la piel contra la piel. No era el coqueteo frívolo del primer día. Ni el juego ingenioso y seductor que habían mantenido desde entonces.

Un fogonazo abrasador. Sí, lo comprendió perfectamente, mientras estaba bajo la lluvia observando a una mujer que apenas conocía.

Apenas la conocía, pensó, pero tenía que poseerla. Y le importaba un comino si el fuego se apagaba enseguida. Molesto porque el deseo le dominaba, se echó un tablón a la espalda y lo llevó adonde los carpinteros.

No pudo evitar volverse para mirar otra vez a la ventana, pero ella se había ido.

Darcy se comportó como si no hubiese ocurrido nada, como si aquel fogonazo no hubiese existido. Cuando Trevor fue a comer, ella le dirigió una mirada indiferente y siguió tomando nota de los pedidos sin alterar lo más mínimo su ritmo.

Era admirable y desesperante. Ninguna mujer le había provocado dos sensaciones tan opuestas con esa facilidad.

Ese día había menos gente para comer. Seguramente, el mal tiempo había retenido a muchos turistas en el hotel. Aunque sabía que era perverso, eligió una mesa en la sección de Sinead. Sería divertido ver cuál era el siguiente movimiento de Darcy en esa especie de partida de ajedrez que estaban jugando.

Astuto, fue lo que pensó Darcy cuando se dio cuenta de la estrategia. Aunque lo pagaría en cuanto a la velocidad del servicio. Le había dejado la pelota en su tejado. Tendría que ser ella la que diese el paso en una dirección u otra. Sin embargo, siempre quedaba el camino intermedio, pensó mientras recogía una propina.

—¡Menudo día!, Trevor —gritó desde el otro lado de la sala.

—De perros.

—Ah, por eso somos como somos. Seguro que en días como estos preferirías quedarte en tu preciosa oficina de Nueva York.

—Estoy muy bien donde estoy. ¿Y tú? —Trevor, divertido, cruzó las piernas.

—Bueno..., cuando estoy aquí me gustaría estar allí, y viceversa. Soy una criatura voluble —sacó la libreta y se acercó a la mesa de al lado con una sonrisa radiante—. ¿Qué van a querer hoy?

Tomó nota de varios pedidos, se los llevó a Shawn y sirvió las bebidas antes de que Sinead hubiese llegado a la mesa de Trevor. Él vio por el rabillo del ojo que Darcy sonreía satisfecha.

Trevor pidió una sopa y esperó hasta que Darcy estuviese sirviendo la siguiente ronda de comidas.

—Tengo que investigar algunas cosas por la zona y hoy parece el día perfecto. Podías hacerme de guía...

—Eres muy amable al acordarte de mí, pero no tengo tiempo para hacerlo como Dios manda.

—Yo tampoco puedo tomarme más que un par de horas. ¿Qué te parece, Aidan?, ¿puedo robarte a tu hermana entre los dos turnos?

—Dispone de su tiempo hasta las cinco.

—¿Robarme? —Darcy se rió sarcásticamente—. De eso nada, pero si quieres contratarme para hacerte de guía, podemos negociar una tarifa aceptable.

—Cinco libras la hora.

Lo miró con unos ojos penetrantes.

—He dicho aceptable. Diez libras y me voy contigo.

—Avariciosa.

—Tacaño —replicó provocando la risa de algunos clientes.

—Muy bien, diez, pero más te vale hacerlo bien.

—Ningún hombre se ha quejado, corazón —dijo parpadeando.

Darcy se fue a la cocina y Trevor se dispuso a empezar la sopa que Sinead acababa de servirle. Ambos estaban completamente satisfechos con el acuerdo.

Darcy tenía que remolonear un poco. No habría sido ella si no se hubiera tomado su tiempo para pintarse los labios, perfumarse un poco, peinarse y pensar lo que se ponía. Al final decidió que lo ideal para una excursión era una camisa verde, un chaleco negro y unos pantalones del mismo color.

Según lo que había podido comprobar, a los yanquis les encantaba recorrer la carreteras irlandesas lloviera o luciera el sol, como si nunca hubiesen visto un prado.

Antes de bajar las escaleras se recogió el pelo con un lazo negro y se puso una chaqueta.

Estaba acostumbrada a que los hombres la esperaran.

112

Shawn estaba terminando de limpiar la cocina. A ella le sorprendió no ver a Trevor tomando una taza de café, en la cocina, como esperaba.

—¿No está Trevor?

—No lo sé. He oído que le decía a Brenna algo sobre unas llamadas. Eso fue antes de que subieras a recomponerte la pintura de guerra.

Como la observación no merecía respuesta, salió de la cocina y se encontró sólo con Aidan que estaba echando el cierre.

—¿Le habéis echado para que tenga que esperar en el coche?

—¿Humm?, ¡ah!, Trevor. No, creo que dijo que tenía que hacer una llamada.

Darcy sintió que algo se agitaba en su interior.

—¿Se ha ido?

—Me imagino que volverá directamente. Ya que te quedas a esperar te dejo que cierres tú. Y no te retrases, Darcy.

—Pero...

No pudo terminar la frase, Aidan ya estaba en la calle.

Ella nunca esperaba. Las cosas no iban bien si ella estaba preparada y no tenía al hombre deambulando y mirando el reloj una y otra vez. Era un mal principio.

Más desconcertada que molesta, se dio la vuelta para subir a sus habitaciones y olvidarse de todo el plan. En ese momento se abrió la puerta y entraron Trevor y una ráfaga helada.

—Estupendo, estás preparada. Perdona, se me han complicado las cosas.

Trevor estaba de pie junto a la puerta con una sonrisa de oreja a oreja. La irritación y perplejidad de la cara de Darcy se aproximaban bastante a lo que él había esperado. Estaba seguro de que todos los hombres que habían salido con ella habrían tenido que esperar hasta que hiciera la entrada triunfal.

Te toca mover, pensó Trevor.

—Mi tiempo es bastante valioso, aunque el tuyo no lo sea —Darcy le lanzó una mirada furiosa mientras pasaba a su lado y salía.

—El tiempo es parte del problema —él intentaba protegerla de la lluvia mientras cerraba las puertas del pub—. Todo el mundo quiere su porción. Lo que yo quiero es un par de horas lejos de llamadas y de decisiones —la acompañó hasta el coche y sujetó la puerta hasta que ella estuvo acomodada. Dio la vuelta al coche preguntándose cuánto tardaría en reventar—. Había pensado ir al norte, quizá tomar la carretera de la costa y... ver...

—Tú tienes el volante y el dinero.

Trevor arrancó.

—Todo el mundo dice que perderse en Irlanda es parte del encanto.

—No creo que quienes tengan un destino lo encuentren encantador.

—Afortunadamente yo no tengo ninguno, por el momento.

Darcy se acomodó. Era un coche amplio y con el olor inconfundible de las cosas caras, aunque fuese alquilado. Tampoco era un tormento ir en un coche elegante con un hombre atractivo, quien, además, pagaba por el privilegio.

—Supongo que siempre tienes un destino presente antes de dar el primer paso.

—Un objetivo —corrigió él—. No es lo mismo.

—Y tu objetivo de hoy es conocer los alrededores para hacerte una idea de la gente que puede ir a tu teatro.

—Sí, ése es un objetivo. El otro es pasar un rato contigo.

—Y has conseguido cumplir ambos. Si sigues por aquí —continuó ella—, llegarás a Dungarvan. Si tomas la carretera de la costa iremos a Waterford City. Si te diriges al norte acabaremos en las montañas.

—¿Dónde te gustaría ir a ti?

—Bueno, yo voy de pasajera, ¿no? A los turistas les gusta parar en An Rinn, antes de llegar a Dungarvan. Es un pequeño pueblo de pescadores donde todavía hablan el gaélico. No hay mucho más, aparte de unas vistas muy bonitas de los acantilados y las montañas, pero a los turistas les parece pintoresco que la gente hable gaélico cotidianamente.

—¿Tú lo hablas?

—Un poco, pero no como para mantener una conversación.

—Es una pena que se pierdan esas cosas.

—Tú lo piensas porque tienes un visión sentimental del asunto. Cuando la verdad es que el inglés es mucho más cómodo para todo. Cuando estuve en París siempre podía encontrar a alguien que hablase algo de inglés; no pasa lo mismo con el gaélico.

—¿No eres sentimental sobre las cosas irlandesas?

—¿Lo eres tú sobre las americanas?

—No —contestó él después de un momento—. Las doy por sentadas.

—Pues eso —Darcy miraba la lluvia y unos rayos de luz que iluminaban el borde de las nubes—. Va a escampar. A lo mejor ves un arco iris, si te gustan ese tipo de cosas.

—Me gustan. ¿Qué es lo que más te gusta de Ardmore? Del sitio en sí.

—¿Del sitio? —no recordaba que nadie le hubiese hecho esa pregunta y se sorprendió al darse cuenta de que tenía la respuesta—. El mar. Sus estados de ánimo, su olor y notarlo en el aire. Puede ser todo delicadeza o furia desatada.

—El sonido —murmuró Trevor—. Como el latido de un corazón.

—Muy poético. Me parece más propio de Shawn que de ti.

—La tercera parte de la leyenda. Joyas del corazón del mar.

—Es verdad —a Darcy le gustó que la mencionara. Ella también llevaba una temporada acordándose de la leyenda—. Y ella permitió que se convirtieran en flores que no servían para dar de comer a su familia. Respeto mucho el orgullo, pero no a un precio tan alto.

—¿Venderías tu orgullo por unas piedras preciosas?

—No —lo miró con unos ojos astutos—. Encontraría la forma de conservar ambos.

Si había alguien capaz de conseguirlo, pensó, ésa era Darcy. Se preguntaba por qué le molestaba.

Los rayos del sol se abrieron paso entre las nubes desparramándose sobre la lluvia que todavía caía y proyectando una luz iridiscente, como el interior de una concha pulida. Una luz de mágicos colores acabó por formar tres arco iris. A Trevor le pareció que el aire florecía. Era como una flor que se abría pétalo a pétalo.

Encantado, se paró en medio de la carretera para disfrutar de esos tres arcos que se dibujaban sobre el delicado lienzo azul del cielo.

Darcy estaba más interesada en mirarle a él. Podía ver cómo dejaba caer la careta. Y oculto tras ella, tras la sofisticación y la rigidez, había un corazón de una dulzura que no se había imaginado. Le conmovió ver que era capaz de quedarse observando esos maravillosos efectos de la luz y la lluvia y que los ojos le brillaban de puro placer.

Cuando él volvió la cabeza y le sonrió, ella se dejó llevar por un impulso. Se inclinó hacia él, le tomó la cara entre las manos y le dio un beso rápido y amistoso.

—Para que nos dé suerte —dijo Darcy, sentándose de nuevo—. Debe de haber alguna relación entre los besos, el arco iris y la suerte.

—Y si no la hay debería haberla. Ya veremos dónde nos llevan los arco iris —dijo él. Darcy alzó la ceja—. Me gusta pensar que sé dónde llevan los besos, y últimamente no puedo quejarme.

Trevor giró hacia un camino estrecho y sin señalizar. Se apartaba de la costa, pero seguía alejado de la montaña y el campo era verde y húmedo. Las líneas grises de los muros de piedra y el verde oscuro de los árboles le daban al paisaje un aire de ensueño. Trevor vio una casa de campo que le recordó mucho a Faerie Hill. Tenía también las paredes color crema y el tejado de paja. Unas ovejas estaban diseminadas por el prado, pequeñas manchas blancas deambulando sobre una postal. Para completar la escena, aquellas tres pinceladas de color sobre el pálido cielo.

Abrió la trampilla del techo del coche, riéndose cuando Darcy empezó a maldecir porque entró toda el agua que se había acumulado sobre el cristal. El coche se inundó de un olor fresco y limpio que añadió un aroma elemental al de la piel de Darcy.

Fue entonces cuando Trevor lo vio. Se elevaba imponente contra el cielo color perla. Sólo había tres muros en pie, el cuarto formaba un motón de piedras. Las ruinas resultaban desafiantes, se erguían en medio del apacible entorno como un monumento al poder, la muerte y la presunción.

Se apartó de la carretera y paró el coche.

—Vayamos a verlo.

—¿Ver qué? Sólo son unas ruinas. En Irlanda te encuentras con una a la vuelta de cada esquina. Si te interesan, las hay mucho mejores que éstas. Para eso tienes el oratorio y la catedral de Ardmore.

—Ésta está aquí y nosotros también —Trevor

alargó la mano para abrir la puerta de Darcy—. Son el tipo de cosas que atraen a la gente a un sitio.

—A los que no tienen el sentido común de ir de vacaciones a sitios con una buena piscina y un montón de restaurantes de cinco tenedores —Darcy salió del coche renegando—. Es uno de los muchos castillos o fortalezas en ruinas. Seguramente, lo saquearon los seguidores de Cronwell; al parecer sólo les gustaba saquear e incendiar.

La hierba estaba mojada y Darcy agradeció haberse acordado de llevar unas buenas botas.

—No hay carteles ni señales, simplemente está ahí —Trevor posó la mano sobre una piedra—. ¿Cuántos hombres se necesitarían para hacer esto? ¿Cuánto tardarían? ¿Quién ordenaría construirlo y por qué? Cobijo y defensa.

Trevor entró y Darcy lo siguió entre bromas.

La hierba crecía silvestre entre las piedras. El agua de las tormentas recientes chorreaba por los muros expuestos a los elementos. Su ojo de constructor le permitía reconocer dónde habían estado las distintas habitaciones y se maravillaba del tamaño de las vigas de madera.

—Debía de haber muchas corrientes de aire y muchos olores también —comentó Darcy.

La luz era cada vez más intensa, pero los arco iris seguían inalterables en el cielo.

—¿Dónde está tu lado romántico?

—¡Ja! Dudo mucho que las mujeres que tenían que cocinar y limpiar después de cuidar una caterva de niños lo encontrasen muy romántico. Más bien era una cuestión de supervivencia.

—Y lo consiguieron. Esto ha sobrevivido y su gente ha sobrevivido. El país ha sobrevivido. Ése es el misterio que atrae a la gente aquí, el misterio y la magia que no aprecias porque te rodea constantemente.

—Es historia, no tiene nada de mágico.

—Es ambas cosas. Por eso estoy construyendo aquí, por eso he venido.

—Eres muy ambicioso.

—¿Por qué iba a serlo poco?

—Estoy de acuerdo. Y ya que esa ambición incluye Gallagher's, haré todo lo que pueda para ayudarte a cumplirla.

—También quiero hablarte de eso, pero será en otro momento.

—¿Por qué no ahora?

—Porque ahora necesito un poco más de suerte —le tomó las manos, pero en vez de atraerla hacía él, fue él quien se acercó—. Un castillo en ruinas y tres arco iris, eso tiene que ser presagio de mucha suerte.

—Me parece que te confundes de leyenda. La suerte está en una olla en el extremo del arco iris.

—Me conformaré con este sitio —rozó con sus labios los de Darcy, amistosamente, como lo había hecho ella. Le gustó el gesto divertido de ella y repitió el beso, aunque esta vez fue un poco más firme y cálido—. También he oído que a la tercera va la vencida —volvió a besarla. Esta vez fue un beso largo y apasionado. Un cambio deliberadamente brusco para ponerlos a prueba a los dos.

Ella respondió como si lo hubiese sabido, como si lo estuviese esperando. No era sumisión sino exigencia. De igual a igual, con el mismo deseo. Los dedos entrecruzados con fuerza, como si fueran conscientes de que si se soltaban pasarían inmediatamente al paso siguiente.

A Darcy le estremecía pensar que sería tan incontrolable y salvaje como la otra vez. En su interior se gestaba una tormenta y ella no quería eludirla, aunque después quedara desprotegida y al borde del naufragio.

Ahí y ahora, ¿qué importaba dónde estuviesen, o quiénes fuesen, o por qué parecía tan incuestionablemente acertado?

Cuando él separó los labios y le acarició el pelo, el gesto le pareció a Darcy tan delicado después de la pasión que se sintió débil y temblorosa. Y permitió que volviera la prudencia.

—Si estas situaciones traen suerte al darse debajo del arco iris, nosotros seremos afortunados el resto de nuestras vidas —dijo ella.

Él no pudo reír ni encontrar una réplica ingeniosa. Algo se agitaba en su interior, algo complejo que lo arrastraba al simple deseo.

—¿Cuántas veces te has sentido así? —antes de que pudiera responder, Trevor le soltó las manos y puso la suya sobre el hombro de Darcy separándola un poco para poder mirarla a los ojos—. Dame una respuesta sincera. ¿Cuántas veces te has sentido como acabas de sentirte?

Darcy podría haber mentido. Sabía hacerlo cuando se trataba de algo intrascendente. Pensó que la mirada de Trevor era intensa, directa y un poco malhumorada, pero que no podía culparle por ello.

—Tengo que decir que ninguna. Excepto anoche.

—Ni yo. Ni yo. Tenemos que reflexionar.

—Trevor, los dos sabemos que cuanto más intenso es el fuego antes se apaga y se enfría.

—Es posible —se acordó de las palabras de Gwen—. Los dos lo sabemos.

—Lo sabemos —igual que ambos aceptaban ser incapaces de enamorarse. Pensó que Trevor tenía razón: eran una pareja triste—. Lo sabemos, como sabemos que acabaremos acostándonos, pero hay otros asuntos que interfieren. Asuntos de negocios.

—Los negocios no tienen nada que ver con esto.

—No, ni deberían. Pero tenemos una relación profesional que afecta a mi familia y hay una serie de cosas que deberíamos comentar antes de acostarnos. Te deseo y pretendo tenerte, pero tengo condiciones.

—¿Qué quieres, un maldito contrato?

—Nada tan formal, y no emplees ese tono conmigo. Te molesta que todavía te hierva la sangre sin haber pensado en ello antes.

Trevor abrió la boca y la volvió a cerrar. Se dio la vuelta y se alejó. Darcy tenía razón.

—Acordamos mantener separadas nuestra relación personal y profesional —dijo él.

—Así es. Y como has dicho tenemos que reflexionar. A lo mejor crees que me acuesto con todos los hombres que encuentro atractivos o a mi alcance —Darcy hablaba con un tono inexpresivo—, pero la realidad es que no. Soy muy cuidadosa y selectiva, y antes de llevar a nadie a la cama tengo que tener afecto por él y conocerlo.

—Darcy, me di cuenta de eso a la hora de estar contigo. Yo también soy selectivo —se acercó hacia ella—. Me gustas y empiezo a conocerte, y cuando llegue el momento iremos juntos a la cama.

Ella sonrió con alivio.

—Hemos tenido una conversación seria, pero tendremos que tener cuidado de no acostumbrarnos y acabar asustándonos. Y ahora, lo siento, pero tienes que llevarme de vuelta.

—La próxima vez iremos por la costa.

—La próxima vez me vas a llevar a cenar a un restaurante con velas, pedirás champán y me besarás la mano —miró al cielo y comprobó que los arco iris se desvanecían—, pero podemos ir por la costa.

—Suena a trato. Tómate una noche libre.

—Me pondré a ello.

Siete

Pasaron las lluvias y el cielo y el mar recuperaron el azul brillante que presagiaba el verano ya próximo. Las nubes eran blancas e inofensivas, y las flores de Ardmore se esponjaban con la luz como lo habían hecho con la lluvia. La torre circular proyectaba su sombra larga y esbelta sobre las tumbas del cementerio y en lo alto del acantilado el viento encrespaba el agua que había en el pozo del santo.

Los hombres trabajaban en mangas de camisa y sus brazos enrojecían al sol. Trevor comprobaba día a día que la estructura del edificio tomaba forma y con ella sus sueños.

Según avanzaba la obra, más gente acudía a verla. El señor Riley se acercaba todos los días a las diez, hasta el punto de que los relojes se hubieran podido poner en hora cuando él aparecía. Llevaba una silla plegable, una gorra que le protegía del sol y un termo con té. Se sentaba y observaba, echaba una cabezada y, alrededor de la una, se levantaba y se iba a casa de su nieta para comer.

De vez en cuando le acompañaba alguno de sus amigotes. Entonces charlaban de los avances de la construcción mientras jugaban a las damas.

Trevor empezó a considerarlo como una mascota.

A veces también iban algunos niños que se sentaban en semicírculo alrededor de Riley. Observaban, con los ojos muy abiertos, cómo se elevaban las grandes vigas de acero y se colocaban en su sitio. En ocasiones aplaudían cuando todo terminaba bien.

—Son los tataranietos del señor Riley y algunos amigos —le dijo Brenna a Trevor cuando éste le expresó cierta preocupación porque estuvieran tan cerca de la obra—. No pasarán de esa silla.

—¿Tataranietos? Entonces es tan viejo como parece.

—El invierno pasado cumplió ciento dos años. Los Riley son longevos, aunque su padre murió a la temprana edad de noventa y seis años, que Dios lo tenga en su seno.

—Es increíble. ¿Cuántos tataranietos tiene?

—Veamos..., quince. No dieciséis, el invierno pasado nació otro. No todos viven por aquí.

—¿Dieciséis? ¡Qué barbaridad!

—Bueno, tuvo ocho hijos de los que viven seis. Estos le dieron unos treinta nietos que ya no sé cuantos hijos tuvieron. Entre tus empleados hay dos bisnietos suyos y el marido de una nieta.

—Es inevitable.

—Todos los domingos, después de misa, va a visitar la tumba de Lizzie Riley, su mujer. Estuvieron casados durante cincuenta años. Lleva esa misma silla y se sienta durante un par de horas para contarle los cotilleos y la noticias de la familia.

—¿Murió hace mucho?

—Unos veinte años.

Setenta años, más o menos, dedicados a la misma mujer. Era asombroso y conmovedor, pensó Trevor. Algunos lo consiguen.

—Es un hombre adorable —continuó Brenna—. ¡Eh!, Fitzgerald, ten cuidado con ese tablón o le partirás la cabeza a alguien. —Brenna tuvo que agachar la cabeza para esquivar el extremo del tablón.

Trevor había previsto pasar la tarde trabajando. El ruido de los compresores y el constante traqueteo de la hormigonera tenían embelesado al público infantil. Riley, en su silla, bebía té. Trevor se acercó a él.

—¿Qué piensa?

Riley observaba a Brenna.

—Pienso que construye con solidez y contrata bien. Mick O'Toole y su hija Brenna saben lo que hacen —Riley miró e Trevor—. Y creo que tú también lo sabes, joven Magee.

—Si el tiempo acompaña, estaremos bajo techo antes de lo previsto.

El curtido rostro de Riley se arrugó con una sonrisa. Era como papel sobre una roca.

—Todo llegará cuando tenga que llegar, jovencito. Así son las cosas. Te pareces a tu tío abuelo.

Ya se lo había dicho su abuela. Trevor se agachó para que Riley pudiera verle de cerca.

Te pareces tanto a John, Trevor, a su hermano que murió en plena juventud. A tu abuelo le resulta difícil... Le resulta muy difícil.

—¿Sí?, ¿me parezco?

—¡Ya lo creo! Johnnie Magee. Lo conocí, y a tu abuelo. Johnnie era un muchacho muy apuesto, con unos ojos grises y una media sonrisa cautivadora. Era alto y flexible como un látigo, como tú.

—¿Cómo era?

—Era de pocas palabras y profundo. Lleno de pensamientos y sentimientos, casi todos para Maude Fitzgerald. La quería y no necesitaba mucho más.

—Y lo que tuvo fue una guerra.

—Exacto, eso es lo que pasó. Muchos jóvenes cayeron en 1916 en los campos de Francia. Y también aquí, en nuestra pequeña guerra de independencia. Como ocurre en otros muchos sitios. Los hombres van a la guerra y las mujeres se quedan esperando y llorando —posó una mano huesuda sobre la cabeza de un niño que estaba sentado a su lado—. Los irlandeses sabemos que se repite una y otra vez. Los viejos también lo sabemos, y yo soy viejo e irlandés.

—Dijo que conoció a mi abuelo.

—Lo hice —Riley se recostó y cruzó las delgadas piernas a la altura de los tobillos—. Dennis era más musculoso que su hermano y más capaz de tener otras miras. Dennis Magee era un tipo descontento, si no te importa que te lo diga. Ardmore no estaba hecho para él y se fue en cuanto pudo. Me pregunto si encontraría lo que buscaba y si quedaría contento.

—No lo sé —respondió Trevor con franqueza—. No diría que era un hombre especialmente feliz.

—Siento oír eso. Porque, a menudo, es difícil que las personas que rodean a alguien infeliz sean felices ellas mismas. Su novia, si no recuerdo mal, era una muchacha muy apacible. Se llamaba Mary Clooney y su familia tenía una granja en Old Parish.

—Me parece que su memoria es fantástica.

—Conservo bastante bien el cerebro —rió Riley—. Es el cuerpo el que me da más la lata. El hijo, el que luego fue tu padre, era un chico muy guapo. Le vi muchas veces ir de paseo por los caminos agarrado a la mano de su madre —Riley decidió que Trevor quería saber cosas de su familia.

—¿Y de su padre?

—Eso no era tan frecuente, pero sí de vez en cuando. Dennis tenía que ganarse la vida y ahorrar para el viaje a Estados Unidos. Espero que tuviesen una buena vida allí.

—La tuvieron. Mi abuelo quería construir y es lo que hizo.

—Entonces tuvo suficiente. Recuerdo que tu padre, el joven Dennis, vino aquí cuando era lo suficientemente mayor como para tener barba —Riley se detuvo para servirse un poco más de té—. Tenía muy buen aspecto y algunas de las muchachas locales se quedaron prendadas —guiñó un ojo—. Como tú. Sin embargo, él prefirió no dejar nada aquí, salvo el recuerdo. Tú has elegido otra cosa —señaló hacia la obra con la taza—. Tú estás construyendo algo, ¿no?

—Por el momento, eso parece.

—Bueno, Johnnie sólo quería una casa de campo y una mujer, pero la guerra se lo llevó. Su madre murió antes de que pasaran cinco años, tenía el corazón destrozado. Es muy difícil para un hombre vivir a la sombra de un hermano muerto, ¿no te parece?

Trevor miró los ojos descoloridos y perspicaces de Riley. Un anciano inteligente, pensó, y supuso que si pasas la barrera del siglo has tenido que ser inteligente.

—Me imagino que sí, aunque pongas tres mil millas de distancia por medio.

—Es verdad. Es mucho mejor ser independiente y hacerse a uno mismo —asintió Riley con un gesto de aprobación—. Como ya te he dicho te pareces mucho a Johnnie Magee en los rasgos de la cara y en los ojos. Una vez se posaron en Maude Fitzgerald y se convirtió en su amor. ¿Crees en el amor para siempre, joven Magee?

Trevor miró hacia la ventana de Darcy.

—Para algunos.

—Para conseguirlo, tienes que creer en él —Riley parpadeó y le pasó la taza a Trevor—. No todo lo que permanece está hecho de piedra y madera —volvió a posar una mano sobre la cabeza de uno de los chicos que estaban sentados al lado de su silla—. Para siempre.

—A algunos se nos da mejor la piedra y la madera —comentó Trevor y dio un sorbo distraídamente. Se quedó sin respiración y la visión se le nubló—. ¡Dios mío! —consiguió decir mientras la garganta se le abrasaba por el whisky.

Riley se rió tan fuerte que casi no podía respirar y la cara se le congestionó.

—Vamos, muchacho, ¿qué es una taza de té sin un chorro de whisky? No me dirás que en América te han diluido tanto la sangre que no puedes echar un trago.

—No suelo echar tragos antes de la once de la mañana.

—Qué tendrá que ver el reloj...

Ese hombre, pensó Trevor, parecía tan viejo como Moisés y llevaba una hora dando sorbitos de té con whisky. Obligado a salvar el honor, Trevor vació el resto de la taza y recibió una amplia sonrisa como recompensa.

—Me gustas, joven Magee, y por lo tanto te diré algo. Esa preciosa chica de Gallagher's no se irá con un hombre que no tenga la sangre ardiente, un carácter firme y la cabeza en su sitio. Y empiezo a pensar que tú tienes las tres cosas.

Trevor le devolvió la taza a Riley.

—Estoy aquí para construir un teatro.

—Si eso es verdad, entonces te diré algo más: se dice que la juventud desgasta a los jóvenes, pero yo diría que son los jóvenes quienes malgastan la juventud —se sirvió otra taza de té—. Y al final tendré que casarme yo con ella —puso unos ojos burlones—. Ándate con cuidado porque tengo mucha experiencia con todo tipo de mujeres.

—Lo tendré en cuenta —Trevor se levantó—. ¿Qué hizo John Magee antes de irse a la guerra?

—¿Para ganarse la vida? —si a Riley le pareció extraño que Trevor no lo supiera, se lo calló—. Se dedicaba al mar. Su corazón pertenecía al mar y a Maude, a nada más.

Trevor asintió con la cabeza.

—Gracias por el té —dijo y volvió a reunirse con su equipo.

Ese día Trevor no fue a comer. Tenía que hacer muchas llamadas y esperaba algunos faxes. Demasiado como para perder una hora en el pub y luego tener su dosis vespertina de Darcy. Esperaba que ella le buscara. Si la conocía un poco, estaría esperando que él fuera, que *tuviera* que ir. Y le molestaría que no lo hiciera.

Muy bien, pensó Trevor mientras entraba en su casa. Quería desconcertarla un poco. Esa confianza despreocupada de ella era un arma formidable y su arrogancia no se quedaba corta. Y tenía que reconocer que ambas le parecían muy atractivas.

Subió directamente al despacho y pasó media hora dedicado al trabajo. Ésa era otra de sus virtudes: podía desconectar de cualquier pensamiento y concentrarse en lo que hacía en cada momento. Tuvo que echar mano de esa virtud con todas sus fuerzas después del rato pasado con Riley y con Darcy presente en cada resquicio de su cabeza.

Una vez que hubo repasado todos los asuntos pendientes, enviado los faxes y contestado los correos electrónicos, pensó en un proyecto que estaba madurando.

Era el momento de sentar las bases. Descolgó el teléfono y llamó a Gallagher's. Se alegró de que contestara Aidan. Trevor siempre quería tratar con el jefe de la empresa, o de la familia en este caso.

—Soy Trev.

—Vaya, esperaba haberte visto sentado en una de mis mesas a estas horas del día.

Aidan elevó la voz sobre el jaleo del pub. Trevor se lo podía imaginar tirando cervezas con una mano mientras hablaba por teléfono. Oyó la risa de Darcy al fondo.

—Tengo que hablaros de un negocio a ti y a tu familia, ¿a qué hora os parece bien que tengamos una reunión?

—¿Una reunión? ¿Sobre el teatro?

—En parte. ¿Podéis concederme una hora? A lo mejor entre los turnos...

—Bueno, creo que podré organizarlo. ¿Quieres que sea hoy?

—Cuanto antes mejor.

—Perfecto. Pásate por casa, solemos hacer las reuniones de trabajo alrededor de la mesa de la cocina.

—Te lo agradezco. ¿Podrías decirle a Brenna que se acercara?

—Se lo diré —aunque tendrá que abandonar el trabajo, pensó Aidan sin decir nada—. Te veré dentro de un rato.

Alrededor de la mesa de la cocina. Trevor recordó algunas reuniones familiares como ésa. Antes del primer día de colegio, cuando iba a jugar con el equipo de béisbol, cuando se iba a examinar del carné de conducir y en otros momentos parecidos. Todos los momentos importantes de su evolución, y los de su hermana, se habían comentado en la mesa de la cocina.

Era curioso, pensó en ese momento, que cuando rompió su compromiso se lo contó a sus padres sentados en la mesa de la cocina. Allí mismo les contó sus planes sobre el teatro de Ardmore y su intención de ir a Irlanda. Y se dio cuenta, después de calcular la hora en Nueva York, de que allí era donde probablemente estarían sus padres en ese instante. Volvió a descolgar el teléfono y llamó a su casa.

—Buenos días, residencia de los Magee.

—Hola, Rhonda, soy Trev.

—Señorito Trevor —el ama de llaves siempre le había llamado así, incluso cuando la amenazó con aplastarla como a una mosca—. ¿Qué tal lo está pasando en Irlanda?

—Muy bien, ¿recibiste mi postal?

—Sí, ya sabe lo mucho que me gustan. Ayer mismo le decía a Cook que el señorito Trevor nunca se olvida de mandarme una postal para mi álbum. ¿Es tan verde?

—Mucho más. Deberías venir, Rhonda.

—Bueno, ya sabe que no me monto en un avión ni atada. Sus padres están desayunando, les encantará saber que ha llamado. Espere un segundo. Tenga cuidado señorito Trevor, y vuelva pronto.

—Lo haré, gracias.

Trevor esperó. Le divertía imaginarse la escena de la enjuta mujer negra con el delantal almidonado corriendo por los pasillos con suelo de mármol blanco. En ningún caso utilizaría el intercomunicador. Ese tipo de asuntos familiares había que comunicarlos directamente.

La cocina olería a café, a pan recién hecho y a las violetas que tanto gustaban a su madre. Su padre tendría abierto el periódico por la sección económica y su madre estaría leyendo el editorial, furiosa por la situación mundial y la estrechez mental de algunos.

No existiría esa calma tensa, esa crispación soterrada que vivió en casa de sus abuelos. De alguna forma su padre había conseguido escapar a eso, como su abuelo había escapado de Ardmore.

—¡Trev!, hijo. ¿Qué tal estás?

—Muy bien. Casi tan bien como pareces estar tú. Pensé que os encontraría a papá y a ti desayunando.

—Animales de costumbres. Pero es una manera deliciosa de empezar el día. Cuéntame, ¿qué estás viendo?

Era una costumbre de toda la vida.

—La casa tiene un jardín delantero. Es increíble para un sitio tan pequeño. Quienquiera que lo ideara sabía lo que quería. Es como... el jardín de una bruja. De una bruja buena que ayuda a las doncellas a romper sortilegios malignos. Todas las flores están revueltas, sin tener en cuenta el color, la forma o el olor. Detrás hay unos setos de fucsias silvestres más altos que yo. El camino es estrecho como una zanja y lleno de baches. Las laderas de las colinas, de un verde increíble, descienden hacia el pueblo. Veo tejados, casas de campo y unas calles muy cuidadas. Veo el campanario de la iglesia y una torre circular a lo lejos que tengo que visitar. Todo está bordeado por el mar. Hace un día soleado y una luz maravillosa.

—Pareces feliz.

—¿Por qué no iba a estarlo?

—No lo has estado, realmente, durante mucho tiempo. Ahora te paso a tu padre, me imagino que tendréis que hablar de negocios.

—Mamá —la conversación de esa mañana con el anciano le había removido muchas cosas en su interior. Dijo lo que sentía—. Te echo de menos.

—Mira lo que has conseguido —gimió—. Habla un rato con tu padre mientras yo lloro un poco.

—Bueno, por lo menos le has apartado la cabeza de los editoriales y las pistolas —la voz de Dennis Magee rugió en el auricular—. ¿Qué tal va la obra?

—Dentro de los plazos y el presupuesto.

—Me alegro de oírlo. ¿Se mantendrá así?

—Más o menos. Tú, mamá, Doro y su familia podéis ir reservando una semana el verano que viene. Todos los Magee deberían estar en el primer espectáculo.

—Volver a Ardmore. Tengo que reconocer

que nunca lo pensé. Según los informes no ha cambiado mucho.

—Mejor que no lo haga. Te mandaré un informe escrito poniéndote al día del proyecto, pero no he llamado por eso. ¿Has estado en la casa de campo de Faerie Hill?

Se hizo el silencio y oyó un suspiro.

—Sí. Tenía curiosidad por la mujer que estuvo comprometida con mi tío. Quizá porque mi padre nunca hablaba de ella.

—¿De qué te enteraste?

—De que John Magee murió como un héroe antes de que tuviera la ocasión de vivir.

—Y el abuelo estaba resentido por eso.

—Es una forma muy dura de decirlo, Trev.

—Era un hombre muy duro.

—Nunca dijo lo que sentía hacia su hermano o su familia. Y yo nunca intenté adivinarlo. No tenía sentido. Sabía que nunca adivinaría lo que sentía hacia nada y mucho menos hacia lo que había dejado atrás en Irlanda.

—Lo siento —podía notar la tristeza y contrariedad en la voz de su padre—. No debía de sacar el tema.

—No. Eso es una tontería. Habría estado dando vueltas en tu cabeza. Tú estás allí. Creo que... mirando al pasado, creo que estaba decidido a ser estadounidense y a educarme como a un estadounidense. Él quería dejar su huella aquí. En Nueva York podía ser él mismo.

Un hombre duro y frío al que le importaban más sus andamios que su propia familia. Sin embargo, Trevor pensó que no tenía sentido decirlo cuando su padre lo sabía mejor que nadie.

—¿Qué viste tú cuando viniste? —preguntó en cambio.

—Encanto y muchos sentimientos. Más vínculos de los que me imaginaba.

—Exactamente. Eso es lo que me ocurre.

—Tenía intención de volver, pero siempre surgía algo. Y la verdad es que soy un hombre de ciudad, si paso una semana en el campo me da alergia. A tu madre y a ti no os importa renunciar a las comodidades, pero lo más campestre que soporto son los Hamptons. No te rías por lo bajo, Carolyn —dijo Dennis con delicadeza—. Es de mala educación.

Trevor volvió a echar una ojeada al paisaje.

—Esto es muy distinto de los Hamptons.

—Completamente. Si paso un par de semanas en la casa de campo que has alquilado, acabaría loco. No soporto lo pintoresco por mucho tiempo.

—Pero visitaste a Maude Fitzgerald.

—Sí. Debió de ser como hace treinta años. No me pareció vieja, pero debía de tener setenta años largos. La recuerdo elegante. No era una anciana maniática, como yo, un joven inexperto, imaginaba que sería. Tomé té y tarta. Me enseñó una vieja fotografía de mi tío. La guardaba en un marco de cuero marrón. Fuimos andando hasta su tumba. Está enterrado en la colina, junto a las ruinas y la torre circular.

—Todavía no he ido allí. Tengo que ir.

—No recuerdo bien de qué habló. Fue hace mucho. Pero recuerdo algo que me pareció extraño en ese momento. Estábamos junto a la tumba y ella me tomó la mano. Me dijo que mi descendencia volvería y tendría importancia. Que me sentiría orgulloso. Supongo que hablaba de ti. La gente decía que era vidente, si crees en esas cosas.

—Una vez que estás aquí, empiezas a creer en todo tipo de cosas.

—No puedo negarlo. Una noche, cuando estaba allí, di un paseo por la playa. Juraría que oí el sonido de flautas y que vi a un hombre que cabalgaba por el cielo sobre un caballo blanco. Es verdad que me había tomado unas pintas en Gallagher's —Trevor sintió un escalofrío en la espina dorsal, aunque su padre se reía al otro lado del teléfono.

—¿Cómo era?

—¿Gallagher?

—No. El jinete.

—La visión de un borracho. Tu madre se puso furiosa —Trevor pudo oír la carcajada de su madre.

—Bueno, os dejo desayunar en paz.

—Tómate algo de tiempo para pasártelo bien. Mándame el informe cuando lo tengas, Trev, y todos tendremos presente el verano que viene. Llámanos.

—Lo haré.

Colgó y se quedó mirando pensativamente por la ventana. Visiones, ilusiones, realidad. En Ardmore no había mucha diferencia entre unas y otra.

Terminó todo lo relacionado con el trabajo antes de que abrieran las oficinas en Nueva York y fue dándose un paseo hasta la tumba de John Magee.

El viento batía con fuerza sobre las viejas tumbas. Los movimientos de la tierra habían derrumbado muchas lápidas que yacían en el suelo sobre los enterrados. La de John Magee se levantaba firme como el soldado que él había sido. Era una piedra sencilla, erosionada por el viento y el tiempo, pero la inscripción permanecía profunda y clara.

JOHN DONALD MAGEE
1898-1916
Demasiado joven para morir
como un soldado

—Su madre mandó grabar eso por dolor —dijo Carrick mientras se acercaba a Trevor—. A mí me parece que siempre se es demasiado joven para morir como un soldado.

—¿Por qué sabes el motivo por el que lo grabó?

—¡Oh! Hay pocas cosas que no sepa y menos que no pueda llegar a saber. Los mortales levantáis monumentos a los muertos. Me parece una costumbre interesante. Algo típico de los humanos. Flores y piedras, ¿no son acaso símbolos de lo que perdura y de lo fugaz? ¿Por qué vienes tú, Trevor Magee, a visitar a alguien que no conociste vivo?

—Vínculos de sangre, me imagino. No lo sé —contrariado se volvió hacia Carrick—. ¿Qué demonios es esto?

—Me parece que te refieres a mí. Tienes más sangre de tu madre que de tu abuelo, por lo tanto, sabes la respuesta, aunque tu aguada sangre yanqui no acepte lo que tienes ante ti. Eres un hombre que ha viajado, ¿no? Has estado en más sitios y has conocido a más gente que la mayoría de las personas de tu edad. ¿Nunca te habías encontrado con la magia hasta ahora?

Él prefería pensar que tenía más de su madre que de su abuelo, pero Carolyn Magee no tenía nada de simple.

—Hasta el momento no había hablado con fantasmas y hadas.

—¿Has hablado con Gwen? —el rostro de Carrick se tornó serio y la mirada melancólica. Agarró el brazo de Trevor con una mano ardiente—. ¿Qué te dijo?

—Creí que lo sabías o que podrías llegar a averiguarlo.

Carrick lo soltó bruscamente y se apartó. Empezó a deambular por el prado con movimientos casi grotescos. El aire chisporroteaba a su alrededor con colores brillantes.

—Ella es lo único importante y lo único que no puedo ver con claridad. ¿Sabes lo que significa querer a una persona con todo tu corazón y que ella esté fuera de tu alcance?

—No.

—Cometí un error con ella. Puedes estar seguro

de que eso es un golpe muy fuerte para el orgullo. No fue sólo culpa mía. Ella también cometió un error. Ya no importa quién es más culpable en este momento —se detuvo y miró a Trevor. El aire volvió a apaciguarse— ¿Vas a decirme lo que te dijo?

—Me habló de ti y de remordimientos. De pasiones como fogonazos ardientes y del amor duradero. Te añora.

Los ojos de Carrick se inundaron de emociones.

—Si ella... Si vuelves a hablar con ella, ¿le dirías que la espero y que nunca he querido a otra desde que nos conocimos?

Por algún motivo ya no le pareció extraño que le pidieran que transmitiese un mensaje a un espectro.

—Lo haré.

—Es hermosa, ¿verdad?

—Sí, mucho.

—Un hombre puede olvidarse de mirar al corazón por encima de la belleza. Yo lo hice y lo estoy pagando. Tú no cometerás ese error, por eso estás aquí.

—Estoy aquí para construir un teatro y para conocer mis raíces.

Carrick recuperó el buen humor y se acercó a Trevor.

—Harás eso y mucho más. Este antepasado tuyo fue un buen hombre, un poco soñador, con un corazón demasiado débil para ser soldado y para hacer lo que la guerra obliga a los hombres. Sin embargo, cumplió con su obligación y dejó a su amor detrás.

—¿Lo conociste?

—Claro, a los dos, aunque sólo Maude me conoció a mí. Ella le dio un amuleto antes de que se fuera —extendió la mano y apareció un disco de plata—. Me imagino que a ella le gustaría que lo tuvieses tú.

Trevor tomó el objeto, era demasiado curioso como para no hacerlo. La plata estaba caliente, como si alguien lo hubiese llevado puesto. La inscripción estaba borrosa.

—¿Qué pone?

—Está escrito en irlandés antiguo. Sólo dice: amor eterno. Ella se lo dio a él y él lo llevó siempre. Sin embargo, la guerra acabó con todo, menos con el amor. Él quería una vida sencilla, al revés que su hermano que se fue a América. El padre de tu padre quería algo más, y trabajó para conseguirlo. Es algo admirable. ¿Qué quieres tú, Trevor Magee?

—Construir.

—Eso también es admirable. ¿Cómo llamarás al teatro?

—Todavía no lo he pensado, ¿por qué?

—Creo que acertarás, porque eres un hombre que elige con cuidado. Por eso sigues soltero.

Trevor cerró el puño sobre el disco.

—Me gusta vivir solo.

—Puede ser, pero lo que verdaderamente te disgusta es cometer errores.

—Tienes razón. Me tengo que ir, tengo una reunión.

—Te acompaño un rato. Se presenta un verano muy bueno. Si escuchas, puedes oír un cuco.

Es un buen presagio. Te deseo suerte con la reunión y con Darcy.

—Gracias, pero sé cómo llevar las dos cosas.

—Bueno, claro, estoy seguro de ello, sino no estaría de tan buen humor. Ella también sabe llevarte. Vosotros dos hacéis más llevadera la espera, si no te importa que te lo diga.

—No formo parte de tu plan.

—No es una cuestión de planes. Es lo que es y lo que será. Tú tienes más que decir que yo, y no es mucho —Carrick se detuvo. Ya podían ver la casa de Trevor, las paredes color crema, el tejado de paja y el arco iris de flores—. Hubo un tiempo en el que ella acudía a encontrarse conmigo con el corazón que se le salía del pecho y los ojos ardientes. El amor y el temor se mezclaban de tal forma que ninguno de los dos podía separarlos. Yo estaba tan seguro de que podría deslumbrarla con regalos y promesas que nunca le ofrecí lo único que importaba.

—¿No hubo una segunda oportunidad?

Carrick esbozó una sonrisa sombría.

—Pudo haberla habido, si yo no llego a esperar tanto para aprovecharla. No pasaré de este punto hasta que termine la espera. Hazte con Darcy antes de que ella se haga contigo.

—Mi vida —dijo Trevor lacónicamente—. Mi negocio.

Bajó por la ladera hacia su casa, pero no pudo evitar volver la vista atrás.

No le sorprendió que Carrick hubiese desaparecido. Sólo quedó la verde colina y el dulce y brillante canto de un pájaro.

El cuco, pensó Trevor.

Ordenó las ideas y siguió andando. Dejó a un lado los sentimientos hacia familiares muertos hacía mucho tiempo y hacia sus amores, hacia las hadas princesas y los mensajes para hermosos fantasmas.

Tenía que atender sus negocios.

Sin embargo, se colgó la cadena y ocultó el disco debajo de la camisa, donde el corazón le daba el calor que necesitaba.

Ocho

El equipo local jugaba siempre con ventaja. Trevor lo sabía, pero no se le ocurría ninguna forma de evitarlo. No se trataba sólo del pub, era el pueblo, el condado, todo el país les pertenecía. Salvo que encontrase una manera de llevar la reunión a Nueva York, tendría que jugar en terreno contrario. Además, eran más numerosos. Era inevitable.

No era que le importase negociar un trato en circunstancias adversas. Las dificultades hacían que el triunfo supiese más dulce.

Ya tenía pensado el planteamiento. Las preguntas, las dudas, la intranquilidad general por lo que se podría llamar sus experiencias paranormales tendrían que esperar hasta que hubiese terminado con los negocios.

En el momento en que llamó a la puerta de la casa de Gallagher estaba representando a Magee Enterprise. Era una responsabilidad y un privilegio que él se tomaba muy en serio.

Abrió Darcy. Sonreía con descaro y tenía la cabeza inclinada en el ángulo exacto para transmitir arrogancia y un aire burlón.

¡Dios mío! Le habría gustado tragársela de un bocado y terminar con todo. Pero la saludó con una sonrisa franca.

—Buenas tardes, señorita Gallagher.

—Buenas tardes, señor Magee —se acercó hacia él deliberadamente provocadora—. ¿Quiere besarme?

Él quería comérsela entera.

—Más tarde.

Ella hizo un movimiento con la cabeza y se echó la mata de pelo oscuro hacia atrás.

—Quizá más tarde no me apetezca.

—Te apetecerá, si es que te beso.

Darcy se encogió de hombros, aunque estaba ligeramente enfadada. Se apartó un poco y le dejó pasar.

—Me gustan los hombres seguros de sí mismos. Los demás están en la cocina, esperándote. ¿Tiene algo que ver con tu teatro?

—En parte.

La irritación subió un grado más, aunque habló con frialdad mientras le conducía hacia la parte trasera de la casa.

—También me gustan los hombres misteriosos. Ahora estoy segura de estar enamorada.

—¿Qué número hace esta vez?

—Humm, dejé de contar hace años. Tengo un corazón tan voluble... ¿Y tú?

—Todavía no he pasado de cero.

—Es una pena. Ya ha llegado —anunció Darcy por encima de lo que a Trevor le pareció una acalorada conversación alrededor de la mesa de la cocina.

—Si interrumpo...

—En absoluto —Aidan se levantó y señaló a Brenna y Shawn que se miraban el uno al otro con el ceño fruncido—. Si no se pelean seis veces a la semana, nos preocuparíamos tanto que llamaríamos al médico.

—Tú dijiste que me dejarías a mí lo relacionado con la casa —le dijo Brenna a Shawn.

—Estás hablando de los materiales y colores de la cocina. ¿Quién es el que cocina?

—El laminado azul es bonito y práctico.

—El granito es más sutil y fuerte. Durará por los siglos de los siglos.

—Bueno, es lo único que nos preocupa por el momento, ¿no? Trevor... —Brenna se giró hacia él, pero Trevor levantó una mano.

—No, rotundamente no. Ni se te ocurra pedirme mi opinión. No tengo opinión cuando se trata de discusiones matrimoniales.

—No es una discusión —Brenna se recostó y cruzó los brazos—. Es un intercambio de comentarios. Puedo hacer el laminado en un abrir y cerrar de ojos. ¿Sabes lo que se tardaría en hacer la maldita obra en granito?

—Cuando se acierta se puede esperar —Shawn se inclinó hacia ella y le dio un beso—. Y se acaba agradeciéndolo.

—¿Crees que con eso vas a salirte con la tuya?

—Sí, lo creo.

Ella tomó aire y soltó un bufido.

—Canalla —replicó Brenna con mucho cariño.

—Una vez aclarada una cuestión tan vital y espinosa... —Aidan le señaló una silla a Trevor—. ¿Podemos ofrecerte una cerveza o un té?

Su terreno, pensó Trevor mientras se sentaba.

—Una cerveza, gracias —miró a Jude—. ¿Qué tal todo?

—Bien —Jude se imaginaba que no querría que le dijera que se encontraba como si tuviese un portaaviones en su interior—. Aidan ha dicho que hoy no has pasado por el pub para comer. ¿Quieres que te prepare un emparedado?

—No, gracias —puso una mano sobre la de Jude—. Os agradezco que me dediquéis este rato cuando os he avisado con tan poca antelación.

—No es ningún problema —Aidan le dio la cerveza y se sentó. En la cabecera. Otra ventaja. Y todos lo sabían—. En absoluto. Brenna nos ha contado que el edificio va cumpliendo los plazos, y tengo que reconocer que eso es una sorpresa en este rincón del mundo.

—Tengo un buen capataz —levantó el vaso hacia Brenna—. Creo que todo estará terminado para el mayo próximo.

—¿Tan tarde? —Darcy parecía impresionada y horrorizada—. ¿Voy a tener que vivir con ese ruido durante un año?

—¿Qué ruido? —respondió Trevor imperturbable. Ella farfulló algo, pero él no hizo caso—. Espero que durante la primavera que viene pueda presentar algunos espectáculos, sobre todo para los lugareños, pero quiero que la gran inauguración sea la tercera semana de junio.

—A mitad de verano —comentó Darcy.

—La mitad de verano es en julio.

—¿No conoces el calendario pagano? El veintidós de junio se celebra la mitad del verano. Es una buena elección. Una noche festiva. Jude celebró su primera fiesta gaélica el año pasado en esa fecha, y no te fue tan mal, ¿verdad?

—Eso parece. ¿Por qué lo quieres retrasar un mes? —le preguntó Jude.

—Sobre todo para cubrirnos las espaldas, para crear expectativa, para reservar actuaciones, para interesar a la prensa. Mi intención es hacer una inauguración íntima en mayo. Algo exclusivo, con invitados que incluirían a la familia, la gente del pueblo y algunos personajes.

—Muy hábil —murmuró Darcy.

—Es parte de mi trabajo. Creará curiosidad y dará publicidad a la inauguración de junio. Y nos dará tiempo para pulir los detalles que haya que pulir.

—Como un ensayo general.

—Exactamente. Me gustaría que me ayudarais con la lista de invitados de la zona.

—Eso está hecho —dijo Aidan.

—Y me gustaría que actuaseis. Los tres.

Aidan agarró su cerveza.

—En el pub.

—En el escenario —le corrigió Trevor.

—¿En el teatro? —Aidan volvió a dejar la cerveza sin haber bebido—. ¿Por qué?

—Porque os he oído y es perfecto.

—Bueno, Trev, eso es un halago —Shawn, pensativo, tomó una galleta que había sacado Jude—. Pero todo lo que has oído era un poco de diversión. No es nada profesional. Como tú quieres para el teatro.

—Sois exactamente lo que quiero —miró a Darcy durante unos segundos. Ella no había dicho nada todavía—. Parte de mi proyecto es sacar a la luz talentos locales. Intercalarlos con actuaciones más conocidas. No se me ocurre nada más apropiado que un concierto de los Gallagher, un concierto con una selección de la música de Shawn Gallagher, en el día de la inauguración.

—¿Mía? —Shawn palideció—. ¿En un momento como ése? No pretendo decirte lo que tienes que hacer con tus negocios, Trev, pero creo que es un error.

—No lo es —Brenna le dio un golpe en el hombro—. Es genial, es perfecto. Pero hasta el momento sólo has comprado tres canciones, Trev.

Trevor inclinó la cabeza.

—Hasta el momento sólo me ha enseñado tres canciones.

—Lo sabía —Brenna volvió a dar un golpe a Shawn, un poco más fuerte esta vez—. Majadero. Tiene docenas. Si vienes a casa puedes comprobarlo. Puede tocarlas, tenemos el piano en lo que va a ser el salón y el violín...

—Calma —dijo Shawn.

—No digas que me calme cuando...

—Calma —esta vez la orden fue tajante y Brenna obedeció—. Tengo que pensarlo —se pasó la mano por la cabeza—. Hay mucho que pensar —Brenna silbó descontenta—. Brenna...

—Sólo diré que tienes mucho que ofrecer,

Shawn, y que no debería preocuparte, pero el hecho de que lo haga es uno de los motivos por los que eres perfecto para la inauguración. Haz un trato conmigo —dijo ella.

Él se movió incómodo.

—¿Qué trato?

—Déjame que elija la siguiente, solo una, para enseñársela a Trevor. Tuve suerte con la primera, ¿no?

—Sí. De acuerdo. Brenna te traerá una canción mañana para que veas qué te parece.

—Estaré esperándola —Trevor dudó. El problema era que le gustaba esa gente—. Rezo para que consigáis un agente.

—¿No te parece bastante con ella? —dijo Shawn señalando a Brenna—. Me acosa día y noche y se leyó cada palabra del contrato cuatro veces. Dejémoslo como está.

—Hace que mi parte sea menos complicada —Trevor dejó a un lado ese asunto y se volvió hacia Aidan. De hombre de negocios a hombre de negocios—. Los tres sois el pub Gallagher's y Gallagher's es Ardmore. El teatro va a formar parte de él y por lo tanto nos interesa a todos los presentes. Los dos están unidos por un motivo muy práctico. Vuestro negocio ya está consolidado y ya se le considera un centro musical. Si vosotros actuáis en la primera representación, atraerá a mucha prensa y la prensa significa venta de entradas. Para Gallagher's y para el teatro.

—Hasta ahí lo entiendo perfectamente. Pero lo que nosotros hacemos es llevar el pub.

—¿Y cuánta publicidad significaría para Gallagher's que cantarais y grabarais la música de Shawn?

—¿Grabar?

—Para Celtic Records. Venderíamos el CD en el teatro —siguió Trevor tranquilamente—, y nos haríamos con una reputación; artistas, promoción y distribución. Este reclamo no se puede crear de la nada. Vosotros habéis nacido con él.

—Pero nosotros no somos músicos, llevamos un pub.

—Te equivocas, sois músicos por naturaleza. Comprendo que el pub sea vuestra prioridad y cuento con ello, pero esto podría ser una actividad suplementaria muy interesante y provechosa.

—¿Y a ti por qué te preocupa?

Era la primera pregunta que hacía Darcy y Trevor desvió la atención hacia ella.

—Porque me preocupa el teatro y sólo me conformo con lo mejor. Significa beneficios, y se trata de eso. ¿O no?

Aidan no dijo nada durante un momento y luego asintió con la cabeza.

—Comprenderás que ha sido una sorpresa para nosotros y que es algo que tenemos que pensar y comentar. Los cincos tenemos que estar de acuerdo con la idea general antes de entrar en detalles. Y me imagino que habrá muchos.

—Comprendo —Trevor se levantó consciente de que era el momento de retirarse y dejar que la idea fuera empapándolos—. Si tenéis alguna pregunta ya sabéis dónde estoy. Brenna, no tengas prisa por volver. Me voy a la obra.

—Gracias. Iré enseguida.

Darcy puso una mano sobre el hombro de Aidan para detenerlo.

—Yo te acompañaré —dijo a Trevor.

Muchos pensamientos le daban vueltas en la cabeza. Darcy sabía que era importante, vital, retener lo más importante de ellos y no soltarlo, de forma que se los guardó hasta que estuvieron fuera.

—Menuda sorpresa nos has dado, Trevor.

—Ya lo he visto, pero no entiendo por qué os sorprende tanto. Tenéis oídos y un cerebro. Habéis podido oír cómo cantáis los tres juntos.

—Quizá sea por eso —miró hacia atrás, sabía que en ese momento su familia estaría comentando el asunto. Sin embargo, quería aclarar sus pensamientos y sentimientos antes de añadirlos a la discusión—. No eres un tipo impulsivo, al menos para los negocios.

—No.

—Entonces esto no es algo que se te haya ocurrido de repente.

—He estado dándole vueltas desde que te oí cantar por primera vez. Tienes una voz que llega muy dentro después de haberte roto el corazón. Es excepcional.

—Humm —Darcy caminaba por el estrecho camino del jardín de Jude—. Y crees que este asunto que nos has planteado hoy mejorará nuestros intereses mutuos.

—No lo creo, Darcy, lo sé. Mi trabajo consiste en saber.

Ella volvió la cabeza y lo miró por encima del hombro.

—Claro, me lo puedo imaginar. ¿Cuánto pagarías por la mejoría?

Trevor sonrió. Podía haber esperado que fuese directa al punto más espinoso.

—Se puede negociar.

—¿Cuál sería la base de la negociación?

—Cinco mil por la actuación. Los derechos de grabación van aparte.

Darcy enarcó las cejas. Ganaría más en una tarde cantando que en semanas como camarera en el pub.

—¿Libras o dólares?

Trevor metió los pulgares en los bolsillos del pantalón.

—Libras.

Darcy volvió a emitir una especie de zumbido.

—Bueno, si decidimos que nos interesa puedes estar seguro de que Aidan te discutirá esa cifra miserable.

—Estoy deseando que así sea. Aidan es el hombre de negocios —se acercó a ella mientras la miraba a los ojos—, Shawn es el artista.

—¿Y qué me queda a mí?

—La ambición. Si se mezcla a los tres se forma un equipo sensacional.

—Como ya he dicho alguna vez, eres un hombre inteligente, Trevor —Darcy desvió la mirada hacia el mar—. Soy ambiciosa, es verdad, pero seré sincera: nunca se me había ocurrido cantar por otra cosa que no fuese diversión.

Trevor la sorprendió, al pasarle un dedo por el cuello.

—Lo que escondes ahí puede hacerte rica y famosa, y yo puedo ayudar a que suceda.

—Es una buena oferta, y satisface a mis instintos más ruines —se alejó hasta llegar a la calle donde había vivido toda su vida— ¿Cómo de rica?

—Me gustas —Trevor se rió a carcajadas.

—Tú cada vez me vas gustando más. Tengo muchas ganas de ser rica, y no me avergüenza reconocerlo.

Trevor señaló la casa con la cabeza.

—Entra y convénceles.

—No, no lo haré. Diré mis opiniones, gritaré si hace falta, nos insultaremos, pero no voy a presionarles para que acepten algo que no quieren. O lo aceptamos todos o ninguno. Es el estilo de los Gallagher.

—¿Tú quieres?

—Todavía no lo he decidido, pero digamos que me divierte intentarlo. Tengo que volver, la discusión debe de estar en plena ebullición, pero...

—¿Qué?

—Quería hacerte una pregunta, ya que estás a punto de convertirte en un experto en esas cuestiones —puso una mano en el brazo de Trevor y le miró a los ojos. Quería conocer la respuesta antes de oírla— Shawn tiene mucho talento, ¿verdad?

—Sí.

Fue una respuesta sencilla, casi indiferente. Y perfecta.

—Lo sabía —unas lágrimas inundaron los ojos de Darcy y el color azul adquirió un brillo maravilloso—. Tendré que olvidarme antes de volver a entrar o ya no podré atacarle. Estoy tan orgullosa de él —una lágrima le rodó por la mejilla—. Maldita sea.

Trevor la miraba sorprendido y buscó un pañuelo en el bolsillo trasero.

—Toma.

—¿Está limpio?

—Eres desconcertante, Darcy —Trevor le secó las lágrimas y luego le dio el pañuelo—. Lo harías por él, ¿verdad?

Darcy se sonó la nariz.

—¿El qué?

—La actuación, la grabación. Lo harías por Shawn aunque te espantase la idea.

—Tampoco me va a hacer ningún daño, ¿no?

—Un momento —la agarró de los brazos y entrecerró los ojos—. No te importaría lo que te costase, lo harías por él.

—Es mi hermano y haría cualquier cosa por él —respiró profundamente, se recompuso y le dio el pañuelo—, pero te aseguró que no lo haré gratis.

Trevor tuvo una pequeña batalla interior mientras la veía alejarse. Era el orgullo contra la necesidad. Y venció la necesidad.

—Tómate una noche libre. Maldita sea, Darcy, tómate una noche libre.

La petición hizo que Darcy se estremeciera hasta lo más profundo de su ser, pero la mirada que le dirigió por encima del hombro iba cargada de sarcasmo.

—Ya veremos.

En cuanto entró en la casa, Darcy se apoyó contra la puerta y cerró los ojos. Se sentía débil, ese hombre tenía algo que la debilitaba. Era una sensación extraña cuando se mezclaba con el estallido de energía que le proporcionaban la oferta y las promesas que le había hecho.

Tenía las rodillas temblorosas, pero los pies querían ponerse a bailar.

A pesar de todo, no tenía ni idea de lo que quería con el corazón.

Abrió los ojos y sonrió. A juzgar por las voces que llegaban de la cocina, sus hermanos tampoco tenían ni idea.

Se dirigió hacia allí. Se detuvo en la puerta de la sala y miró hacia el viejo piano. La música había sido una parte de su vida, como el pub. Desde siempre. Pero la música era para disfrutar, para divertirse, no para ganar dinero. Uno de sus primeros recuerdos era de ese piano, de estar sentada en el regazo de su madre mientras tocaba el piano y todo el mundo reía.

Tenía una voz fuerte y hermosa. Lo sabía, no era estúpida, pero poner esperanzas en su voz y en que Trevor Magee se ocupara de ella era muy distinto.

Lo sensato sería pensar en dar el primer paso sin grandes esperanzas. Así no se llevaría ninguna decepción.

Entró en la cocina en el momento en que Brenna mostraba toda su ira.

—Tienes menos seso que una patata, Shawn. Ese hombre te da la oportunidad de tu vida y tú quieres tirarla por la borda.

—Es mi vida, ¿no?

—Creo que esto me da cierta capacidad para opinar sobre tu vida —Brenna se levantó y enseñó la cadena de la que colgaban los anillos.

—Es mi música, y ni siquiera tú puedes crearla por mí.

—Aceptaste enseñarle otra canción —intervino Aidan intentando poner paz—. Veamos qué ocurre entonces. En cuanto a los demás, tenemos que ver todos los pros y los contras —miró a Darcy— y todavía no sabemos lo que opina Darcy.

—Si le da dinero y protagonismo —dijo Shawn—, ya sabemos lo que opina.

Darcy se limitó a sonreír con amargura.

—No soy una idiota descerebrada como alguien que está sentado en esta mesa. No tengo nada contra ninguna de las dos cosas, pero... —se calló hasta que Shawn la miró intrigado—. También creo que un hombre como Magee no se conforma con negocios de poca monta. No estoy segura de que estemos preparados para lo que tiene en mente.

—Quiere la música de Shawn y que la cantéis los tres —Brenna levantó las manos—. Yo creo que todo tiene mucho sentido.

—Somos tres —dijo Aidan sosegadamente y mirando a todos—. Cada uno tiene unas necesidades distintas. Jude, el bebé, el pub y mi casa. Ésas son mis prioridades y no las voy a cambiar. Shawn tiene su nueva casa y la nueva vida que está construyendo con Brenna, el pub y la música. Pero la música la compone cuando quiere y como quiere, ¿tengo razón?

—Sí, la tienes.

—Y Darcy. Creo que lo que se esconde detrás de la idea que hemos oído, la lectura entre líneas que todos hemos hecho, podría ser el tipo de cosa que tú quieres.

—No he tomado una decisión. La música siempre ha sido algo personal para nosotros, algo que compartíamos la familia y los amigos. Entiendo lo que dice Brenna, ya que la parte más superficial del asunto, que cantemos esa noche para consolidar los vínculos entre el teatro y el pub, tiene mucho sentido. Y como no cantamos como gatos no vamos a dañar el nombre de la familia. Pero Trevor Magee es un hombre astuto y nosotros tenemos que ser más astutos todavía. Tenemos que estar seguros de que lo que hacemos o dejamos de hacer es lo que queremos nosotros.

Aidan asintió con la cabeza y miró a su mujer.

—No has dicho nada, Jude Frances. ¿No tienes una opinión?

—Unas cuantas —ahora que había cesado el griterío creía que todo el mundo estaba preparado para oírla. Se puso las manos sobre el vientre—. Primero, el aspecto práctico. No sé nada sobre publicidad o sobre espectáculos, pero me parece que el panorama que dibujó Trevor es sencillo e inteligente, y que sería efectivo. Que nos beneficiaría a todos.

—Es verdad, pero si llevamos la música al teatro, ¿qué aporta al pub?

—El aire de andar por casa. Impresionaría más, porque has actuado en un escenario y has grabado. Todo el mundo que entrara a tomarse una cerveza podría encontrarte de buen humor y cantando mientras estás en la barra o sales de la cocina. A los turistas les encantaría.

—Has estado brillante —murmuró Darcy.

—No es para tanto. Lo que sucede es que he estado sentada en el pub observando, y sé lo agradable que es. Lo mismo le ha pasado a Trevor. Sabe muy bien lo que uno influye en lo otro. Segundo —respiró hondo—. Los casos individuales. Aidan, yo no voy a cambiar tus prioridades. Nadie lo conseguiría. No es cuestión de tener que elegir y renunciar a lo demás. Decidas lo que decidas será una buena elección, porque tienes tus prioridades y son lo que más te importa.

Aidan le tomó la mano y se la besó.

—Es maravillosa. ¿Os habíais dado cuenta?

Jude se llevó la mano de Aidan al vientre.

—Shawn, tú tienes un talento extraordinario. Cuanto más te quiere Brenna y admira ese talento, más se desespera contigo por no compartirlo con los demás.

—Entonces debe de quererme una barbaridad.

—Ésa es la cruz que me ha tocado llevar —Brenna mordió una galleta y lo miró a los ojos.

—A mí me parece —continuó Jude— que la solución perfecta sería que fuese tu familia quien interpretase y grabara tu música. Confías en ellos y ellos te entienden. ¿No te resultaría más fácil dar el paso cuando tienes ese vínculo?

—No tendría que ser sólo por mí.

—¿Quieres contestar, caraculo? —saltó Darcy.

—Sí, sería más fácil, pero...

—Ahora cállate —Darcy asintió con aire satisfecho— y deja que Jude termine. Porque creo que me toca y me encanta que hablen de mí.

—No te dejas amedrentar ante el protagonismo —Jude dio un sorbo de té. No podía quedarse quieta durante mucho tiempo. Empezaba a dolerle la espalda—. El escenario sería como algo natural para ti. Te encantarían las luces y los aplausos.

Shawn resopló.

—Lo disfrutaría como si fuese un helado. Decir Darcy es decir vanidad.

—¿Tengo la culpa de que toda la belleza de la familia recayera en mí?

—No lo sé, no he podido ver tu cara sin una capa de pintura desde que tenías trece años.

—La pena es que yo, en cambio, tengo que ver la tuya todos los días.

—Puesto que miraros el uno al otro es muy parecido a miraros en el espejo, podíais encontrar otro motivo de discusión —Aidan levantó un dedo antes de que cualquiera de sus hermanos pudiese replicar—. Dejad que Jude termine.

—Casi he terminado —pensó que era asombroso lo rápidamente que se había adaptado al ritmo de la familia—. Creo que te gustaría subir a un escenario y cantar en público, pero si te espantase, si la sola idea te horrorizase, lo harías de todas formas. Harías cualquier cosa por estos dos.

Aunque la declaración se parecía peligrosamente al final de su conversación con Trevor, Darcy resopló divertida.

—Lo hago por complacerme a mí misma.

—En muchos aspectos —concedió Jude—. Lo harías por Aidan, y Aidan es el pub. Lo harías por Shawn, y Shawn es la música. Y en último lugar lo harías por ti, por pasártelo bien.

—Pasárselo bien también es algo a tener en cuenta, ¿no?

Darcy se levantó y empezó a dirigirse con un andar descuidado hacia la nevera, pero Aidan la tomó de la mano.

Tiró de Darcy, pero ésta se resistió. Aidan volvió a tirar. Darcy suspiró y se sentó en las rodillas de su hermano.

—Dime, Darcy, querida, ¿qué quieres?

—Una oportunidad, supongo.

Aidan asintió con la cabeza y miró a Shawn a los ojos.

—Lo dejaremos madurar un día o dos. Luego volveré a hablar con Magee para ver qué esconde en la manga.

Nueve

Todas las mañanas, temprano, Darcy se despertaba entre gritos, golpes y ajetreo. Cada vez que pensaba que tendría que pasar otro año en esas condiciones estaba tentada de asfixiarse con la almohada.

Sin embargo, como el suicidio no estaba dentro de sus planes, intentaba llevarlo lo mejor posible. Ponía la música a todo volumen o se imaginaba que vivía en una gran ciudad, que podía ser Nueva York o Chicago, y el ruido era el tráfico y el ir y venir de la gente que circulaba por debajo de su maravilloso ático.

Casi siempre funcionaba; si no se metía un buen rato en la ducha y maldecía su suerte.

Otras veces, si estaba de humor, se acercaba a la ventana y miraba un rato. Buscaba a Trevor y se dejaba ver. No lo hacía todos los días; hubiera resultado previsible.

Le gustaba observarlo, ver en qué estaba ocupado aquella mañana. Había días en los que estaba un poco apartado, con el pelo revuelto por el viento y comentado algo con Brenna o Mick O'Toole como suelen hacerlo los hombres, con los pulgares en los bolsillos y con una expresión seria y experta en el rostro.

Otros días, y ésos eran los que más le gustaban a Darcy, estaba en medio de todo el meollo, clavando, arrastrando o perforando algo, con la camisa remangada y, si estaba en el ángulo correcto, podía ver sus músculos.

Era extraño. No siempre disfrutaba echándole una buena ojeada a un hombre, pero no recordaba que nunca antes le hubiese interesado tanto mirar a uno concreto, o que se sintiese tan fascinada por verlo hacer un trabajo manual.

Estaba muy bien, pensó apoyada en el marco de la ventana. Para Darcy, una mujer que no apreciara el cuerpo largo y fibroso de un hombre tenía un problema. Además había que verlo moverse. Era ligero, seguro y confiado.

Se imaginaba, por qué no iba a hacerlo, que sería igual de seguro y confiado cuando estuviese con una mujer en la cama, lo que lo convertiría en un amante concienzudo, algo que ninguna mujer desdeña.

Darcy empezaba a preocuparse ligeramente porque pensaba en él con demasiada frecuencia. Lo observaba con demasiada frecuencia. Por la mañana, a mediodía y por la tarde.

Trevor iba unas veces al pub y otras no. Ella estaba convencida de que lo hacía intencionadamente. Intentaba no ser predecible. Jugaban al ratón y al gato; los dos lo sabían.

¡Acaso no era eso lo que le gustaba de él! Era tan arrogante como podía serlo ella.

Todavía no había hecho nada por conseguir una noche libre. Y lo había hecho con toda la intención. Le gustaba hacerle esperar. Ella también se mantenía a la espera, con una deliciosa sensación de tensión. Sabía que cuando estuviesen una noche juntos no sería sólo para cenar.

Ninguno de los dos estaba pensando en ir a cenar.

Hacía mucho tiempo que no sentía deseo por un hombre. Por un hombre concreto. También era cierto que echaba de menos sentir a uno contra su cuerpo. La fuerza, el calor, el fuego en las entrañas antes del abandono.

Darcy reconocía que le gustaba el sexo, el problema era que no se había visto tentada por ningún hombre desde hacía más de un año.

Ahora sí se sentía tentada, pensó, cuando Trevor levantó la mirada y se encontró con los ojos de ella. Absorta, sintió un maravilloso escalofrío que le recorrió la columna vertebral. Ese hombre la tentaba en todos los sentidos. Iba siendo hora de pensar en conseguir una noche libre.

Le sonrió lenta y maliciosamente y se apartó de la ventana, para que él también se quedara un poco desconcertado.

Deambuló por la casa, inquieta e incapaz de enfrentarse a un largo día de trabajo. Se preparó un té, más por la costumbre que porque tuviese ganas. Ese piso era el primero que era sólo suyo en toda su vida y había sido una sorpresa el darse cuenta de que echaba de menos a sus hermanos. Incluso su desorden.

A ella siempre le habían gustado las cosas en su sitio. Y su piso lo demostraba. Había pintado las paredes de un rosa muy suave. En realidad había obligado a Shawn a que lo hiciera, pero el resultado la satisfacía. Se había llevado sus carteles favoritos y los había enmarcado: unos nenúfares de Monet y un paisaje de un bosque que había encontrado en una librería. Le parecían muy sugerentes.

Se había hecho ella misma las cortinas; cuando quería cosía muy bien. También había hecho los cojines que se amontonaban en el sofá antiguo. Ella, que era una mujer práctica a la que le gustan las cosas hermosas, sabía que era mucho más barato comprar unos metros de satén o terciopelo y dedicarles algo de tiempo que comprarlo todo hecho. Además, así le quedaba más dinero para gastarlo en zapatos y pendientes.

Sobre la mesa estaba la vasija de sus sueños llena de monedas que sacaba de las propinas. Y algún día, algún maravilloso día, tendría suficiente dinero como para hacer otro viaje. La próxima vez sería un viaje extravagante. Quizá a una isla tropical donde pudiera ponerse un bikini y beber zumo de fruta en un coco. Quizá fuese a Italia para sentarse en soleadas terrazas con vistas a catedrales de ensueño. O a Nueva York, donde pasearía por la Quinta Avenida disfrutando de los tesoros que se ocultan tras la jungla de escaparates, a la espera de que ella los hiciese suyos.

También pensaba, y deseaba hacerlo algún día acompañada por alguien. No le importaba mucho, en París había estado sola y había disfrutado.

Hasta que llegara ese momento, estaba ahí y el trabajo la esperaba.

Se sirvió el té y decidió que como se había levantado pronto podía tumbarse un rato en el sofá a hojear una revista y a disfrutar de una mañana tranquila. En ese momento se fijó en el violín que tenía sobre una repisa, más por decoración que por otra cosa. Frunció el ceño, dejó la taza de té y tomó el instrumento. Era viejo, pero tenía un sonido precioso. ¿Sería ésa la solución?, se preguntó. ¿Sería la música, que siempre había formado parte de su vida, la que acabaría abriéndole las puertas de todos los lugares con los que había soñado y la que extendería a sus pies la alfombra roja por la que soñaba caminar?

—Sería gracioso —susurró—. Algo en lo que nunca piensas porque siempre ha estado presente.

Distraídamente, tomó el arco, se acomodó el violín y tocó lo primero que se le pasó por la cabeza.

Él había supuesto que ella bajaría. Trevor dejó la obra con la excusa de hacer una llamada y entró en la cocina, pero ella no estaba allí.

Oyó la música, las quejumbrosas y románticas notas de un violín. Pensó que era el tipo de música que se escucha a la luz de la luna.

Se dejó arrastrar por ella.

La puerta de Darcy estaba en lo alto de la escalera y parecía como si la música intentara desbordarla, elevándose como la esperanza y derramándose como el llanto.

Ni siquiera se le ocurrió llamar.

La vio medio de espaldas, con los ojos cerrados. Absorta. Llevaba el pelo suelto y le caía como una cascada sobre la bata azul. Un pie descalzo marcaba el compás.

La visión le cortó la respiración. La música le atravesaba el pecho. Estaba tocando para sí misma y el placer le iluminaba el rostro. Todo lo que había imaginado, soñado y deseado se fundía en aquella mujer durante aquel instante, estremeciéndole hasta los huesos.

La música se elevó con un frenético fluir de notas y, a continuación, se desvaneció en el silencio.

Ella suspiró y abrió los ojos. Y lo vio. Se le encogió el corazón con una sensación casi dolorosa. Él se acercó a ella antes de que pudiera recobrarse y siquiera esbozar una sonrisa que disimulara la impresión. Darcy sintió que no podía respirar, como si alguien le agarrara de la garganta. O del corazón. Cuando quiso darse cuenta tenía los labios de él sobre los suyos, ardientes, apasionados. Sublimes.

Dejó caer los brazos a los costados, como si no pudiese aguantar el peso del violín y el arco. Él le acariciaba el rostro y el pelo y le transmitía todo el calor de la avidez. Ella aceptó, no tenía otra alternativa, ese azote de deseo.

Darcy se entregó y él percibió la entrega. Esa entrega lenta y algo húmeda que hace que todos los hombres se sientan como reyes. Al ha-

168

cerlo, al conseguir que el desasosiego que él sentía en su interior se transformara en un estremecimiento, Trevor se abandonó y la acarició todo el cuerpo.

Cuando se apartó, ella intentó evitar un escalofrío con una sonrisa forzada.

—¡Vaya!, buenos días.

—No digas nada —la separó un poco y apoyó la mejilla sobre la cabeza de ella.

Darcy quería separarse del todo, ese abrazo le parecía más íntimo que un beso e igual de excitante.

—Trevor.

—Shhh.

Por algún motivo la hizo reír.

—¡Siempre tan mandón!

Toda la tensión desapareció de golpe.

—No sé por qué me empeño si no me haces ningún caso.

—¿Debería...?

La abrazó un instante más, lo suficiente como para darse cuenta de lo fina que era la bata.

—¿Nunca cierras la puerta?

—¿Por qué iba a hacerlo? —se separó—. Nadie viene y entra si yo no quiero.

—Lo tendré en cuenta —levantó la mano y la pasó por el pelo de Darcy—. No sabía que supieses tocar.

—La música es parte de los Gallagher —dejó el violín en la repisa—. Me entraron ganas de tocar, eso es todo.

—¿Qué era lo que tocabas?

—Una canción de Shawn. No tiene letra.

—No la necesita —Trevor pudo notar que ella se llenaba de orgullo—. Toca otra cosa.

Ella se encogió de hombros y dejó el arco.

—Ahora no me apetece —tomó la taza de té y lo miró con unos ojos burlones—. Empiezo a pensar que debería reservar mis canciones para quienes pagan.

—¿Firmarías un contrato para grabar? Tú sola.

Darcy estuvo a punto de desmayarse, pero se recobró rápidamente.

—Depende de las condiciones.

—¿Qué quieres?

—Bueno..., quiero un poco de esto y aquello y algo de lo de más allá —se sentó en el sofá y cruzó las piernas—. Soy una criatura egoísta y codiciosa, Magee. Quiero lujo a raudales y admiración sin límites. No me importa trabajar para conseguirlo, pero los quiero al terminar el día.

Él se sentó en el brazo de la butaca que había junto a Darcy. La miró pensativo y le pasó un dedo por el cuello y lo bajó, deteniéndose justo antes del nacimiento de sus pechos.

—Puedo conseguírtelo.

Ella lo miró con una frialdad que podría haberle helado la sangre.

—No lo dudo —le apartó la mano con un movimiento brusco—. Pero no es el tipo de trabajo que tenía pensado.

—Perfecto. Entonces será mejor que nos mantengamos separados.

En un abrir y cerrar de ojos, la frialdad se transformó en fuego.

—¿Era un experimento entonces? ¿Qué habrías hecho si llego a ceder?

—No lo sé —Trevor tomó la taza de té y dio un sorbo—. Eres muy apetecible, Darcy, pero me habrías decepcionado —apoyó una mano en el hombro de ella, al notar que estaba dispuesta a saltar—. Me disculparé.

—No me vendo.

—Nunca pensé que lo hicieras.

Otras lo habían hecho y le habían dejado un sabor muy amargo.

—Te quiero en dos sentidos, como hombre y como empresario, pero quiero que entiendas que lo primero no tiene nada que ver con lo segundo.

—Me imagino que querrás que te convenza de lo mismo —continuó Darcy, intentando reprimir la ira.

—Ya lo has hecho.

—Podías haberlo conseguido con algo más de delicadeza.

—Estoy de acuerdo —había sido algo premeditado, algo, pensó, que podría haber hecho su abuelo—. Lo siento —dijo, y era verdad.

—¿De cual de los dos sentidos viene esa disculpa?

Tocado, pensó Trevor.

—De los dos. Ambos se pasaron.

Ella recuperó la taza de té.

—Entonces acepto todas las disculpas.

—Dejemos los negocios a un lado. Tengo que ir a Londres un par de días. Acompáñame.

Darcy había estado a punto de estallar, pero ese giro repentino la dejó desconcertada.

—¿Quieres que vaya a Londres contigo? ¿Por qué?

—Primero, porque quiero acostarme contigo.

Trevor volvió a tomar la taza de té, había decidido que pertenecía a los dos.

—Eso ya lo hemos hablado. Hay camas en Ardmore.

—Nuestras agendas no encajan en Ardmore. Segundo, me gusta tu compañía. ¿Has estado en Londres?

—No.

—Te gustará.

—Seguramente.

Ella tomó la taza cuando se la pasó y dio un sorbo de té para tener un poco de tiempo para pensar. Le estaban ofreciendo algo que siempre había deseado hacer: viajar a lo grande. Ver Londres, y no verlo sola.

Naturalmente, él esperaría mantener algún contacto sexual. Y ella también. ¿Qué sentido tenía ponerse remilgada con algo que los dos sabían que iba a suceder?

—¿Cuándo te vas?

—Soy flexible.

Ella soltó una ligera carcajada.

—No, desde luego que no. Pero tu agenda sí lo es, a lo mejor puedo organizarme. Tengo que hablar con Aidan y buscar a alguien que me sustituya. No le va a hacer ninguna gracia, pero puedo engatusarlo.

—Estoy seguro de que puedes. Dime los días que te vienen mejor y yo me ocuparé del resto.

Volvió a sonreír felinamente.

—Me encanta que un hombre se encargue del resto —se levantó y le pasó la mano por el mentón—. Volveré contigo en cuanto pueda.

Él la tomó de la muñeca con la fuerza suficiente para demostrarle que hablaba en serio.

—No vas a jugar conmigo, Darcy. No soy como los demás.

Ella se quedó de pie donde estaba mientras él salía y cerraba la puerta. Estaba de acuerdo, no era como ningún otro que ella hubiese conocido. Sería apasionante descubrir cómo era.

—Ya te has ido de vacaciones.

Darcy quería hablar con Aidan en su casa en vez de hacerlo en el pub. Había tenido que correr, pero lo encontró terminando el desayuno. Esperaba esa primera reacción y no se desanimó lo más mínimo.

—Ya lo sé, y fueron maravillosas —estaba de muy buen humor y se terminó el té de Aidan—. Sé que es mucho pedirte tan pronto, pero es una oportunidad y no quiero desperdiciarla. Tú has viajado, Aidan.

Le habló dulce y suavemente. Había decidido usar esa táctica. Las exigencias, los gritos y los juramentos habrían sido igual de efectivos, pero estaba segura de que así lo conseguiría antes.

173

—Tú has visto mundo y has estado en muchos sitios. Sabes lo que es ansiarlo, lo llevamos en la sangre.

—También llevamos el pub y empieza la temporada alta —replicó él mientras se ponía más mermelada en la tostada. Finn, que se conocía la rutina, se colocó a su lado con la confianza de que le cayera algo—. No puedo decirle a Jude que te sustituya ahora que le quedan unas semanas de embarazo.

—Ni yo lo permitiría. Si veo a Jude llevando una bandeja te la parto en la cabeza.

Aidan sabía que el sentimiento y la amenaza eran ciertos y suspiró.

—Darcy, cuento contigo para que el servicio funcione sin problemas.

—Lo sé, y me ocupo de ello todos los días. He trabajado mucho con Sinead, y aunque a veces la habría estrangulado, ha mejorado mucho durante las últimas semanas.

—Es verdad —Aidan siguió dando cuenta del desayuno.

—Había pensado preguntarle a Betsy Clooney si me sustituiría esos dos días. Ya ha trabajado en el pub y sabe cómo funciona.

—¡Por Dios!, Darcy. Betsy tiene un montón de críos ahora. Hace diez años que no trabaja en el pub.

—No ha cambiado tanto. Y apostaría a que le divertiría. Sabes perfectamente que se puede confiar en ella.

—Lo sé, pero...

—Y hay otra cosa que quería comentarte. La

joven Alice Mae podría aprovechar el verano para trabajar.

—¿Alice Mae? —Aidan dejó de desayunar y la miró con los ojos como platos—. Apenas tiene quince años.

—Todos hemos trabajado antes de esa edad y no nos ha pasado nada. Brenna me ha comentado que su hermana pequeña quería ganar algo de dinero para sus gastos. Me gustaría darle una oportunidad. Es muy espabilada, y seguro que si es O'Toole trabajará mucho. Hoy empezaré a enseñarle en el turno de mediodía y antes de que me vaya a Londres estará preparada.

—¡Qué barbaridad!, pero si ayer estaba en pañales.

—Te haces viejo, ¿verdad? —Darcy se levantó lo justo para darle un beso en la mejilla—. Quiero ir, Aidan, y me ocuparé de que el servicio funcione como un reloj mientras estoy fuera.

—Hubo un tiempo en el que Gallagher's lo llevaban sólo los Gallagher, con alguna ayuda esporádica de Brenna.

—No podemos quedarnos anclados —compartía, en parte, su sentimiento, incluso una pizca del resentimiento; por ello se levantó y, desde atrás, le rodeó el cuello con los brazos—. Ya hemos cambiado. Supongo que todo empezó cuando mamá y papá se fueron a Boston. Vamos a crecer, pero seguiremos siendo Gallagher.

—Ya, y eso es lo que quiero, pero hay momentos en los que me acuerdo de antes y me pregunto si acertaré.

—Tú te preocupas y te lo agradezco. Claro que has hecho bien. Lo has hecho por Gallagher's y por todos nosotros. Estoy orgullosa de ti.

Él le dio una palmada a Darcy en la mano mientras con la otra le daba un trozo de beicon a Finn.

—Intentas engatusarme.

—Lo habría hecho si se me hubiese ocurrido. Tengo que ir. Tengo que ver cosas.

Aidan conocía perfectamente ese sentimiento. La necesidad profunda de salir y ver cosas. Le había costado cinco años librarse de ella. Darcy le pedía dos días.

Pero...

—Te lo diré sin rodeos. No veo muy claro que te vayas con Magee.

Darcy se quedó boquiabierta. En ese momento apareció Jude y pensó que lo había hecho en el momento ideal.

—¿Has oído eso? —le dijo a su cuñada.

—No, lo siento. ¿Qué ha dicho?

—De repente, a Aidan le preocupa mi vida sexual.

—Maldita sea, no he dicho eso —no era fácil desconcertarlo, pero ella lo había conseguido—. No he dicho nada de sexo —Darcy lo miró fijamente—. Sólo lo he sugerido —dijo con dignidad.

—Ah, ¿Lo has sugerido?

—Me parece que me subo a mi cuarto —dijo Jude.

—Tú no te mueves —Darcy la sentó en una silla—. Siéntate porque esto promete ser interesante. Tú marido, aquí presente, *sugiere* que no aprueba que me acueste con Magee.

—¡Dios mío! —Aidan se tomó la cabeza con las manos—. Subiré yo.

—Tú te quedas. ¿Quieres un poco de té, Jude? —sin esperar una respuesta, Darcy le sirvió una taza—. Primero habría que aclarar si tu marido, mi hermano, tiene alguna objeción hacia mi vida sexual en general o sólo en este caso —volvió a sentarse con una sonrisa—. ¿Nos lo puedes decir tú, Aidan?

—Me estás tocando las narices.

—Vaya, salió el genio.

—No he dicho nada de sexo. He dicho que no veía muy claro que fueses a Londres con él.

—¿Te vas a Londres? —Jude decidió tranquilizarse y se preparó una tostada.

—Trevor me ha pedido que le acompañe en un viaje de trabajo. Pero al parecer, Aidan prefiere que me acueste con él aquí, ¿correcto?

—Prefiero que no te acuestes con él porque es un lío —la contrariedad se reflejó en su rostro—. Y no quiero volver a saber nada más del asunto.

—Entonces te ahorraré los detalles —Darcy lo dijo con frialdad, lo cual sólo sirvió para enfurecerlo un poco más.

—Ten cuidado.

—Tenlo tú —soltó ella—. Mi vida personal, sobre todo ese aspecto de ella, sólo me incumbe a mí. Trevor y yo somos conscientes del lío al que te refieres, y como somos bastante sensatos, tendremos cuidado de que no tenga consecuencias —se levantó con la mirada todavía de hielo—. Voy a llamar a la madre de Brenna y a preguntarle por Alice. También hablaré con Betsy Clooney. Antes de irme lo arreglaré todo. Buenos días, Jude —dio un beso a su cuñada antes de que saliera furiosa.

En el aire de la cocina quedó una sensación extraña mientras Jude mordisqueaba distraídamente la tostada.

—Bueno... ¿qué tienes que decir? —preguntó Aidan.

—Nada en absoluto.

—¡Ja! Estás pensando en algo.

—Nada en particular. Creo que Darcy lo ha dicho todo.

—¡Ves! —la señaló acusadoramente—. Estás de su lado.

—Claro —sonrió—. Tú también lo estás.

Aidan se levantó y empezó a deambular. Finn salió de debajo de la mesa y lo acompañó.

—Se cree que puede lidiarlo sola. La niña se cree sofisticada y mundana. Por Dios, Jude, ha estado toda la vida entre pañales. No ha tenido ni tiempo ni ocasión de aprender.

Jude dejó la tostada a un lado.

—Aidan, algunas nacen sabiendo.

—Aunque sea así, nunca se ha encontrado con un hombre como Magee. Es muy listo. Creo que es una buena persona, pero muy listo. No quiero que se aproveche de mi hermana.

—¿Crees que lo hace?

—No lo sé y ése es el problema. Sólo sé que es un hombre atractivo y rico y aunque Darcy haya dicho siempre que no se dejará atrapar, él podría deslumbrarla. Y si está deslumbrada, ¿cómo podría saber dónde va?

—Aidan —dijo Jude con suavidad—. ¿Cómo lo sabes tú?

—No quiero que le hagan daño.

—Yo sí.

La impresión dejó mudo a Aidan. Miró fijamente a su mujer, se apoyó en el respaldo de la silla y pensó las palabras.

—¿Cómo puedes decir algo así? ¿Cómo puedes querer que hagan daño a Darcy?

—Si le hace daño es porque le importa. Hasta el momento ningún hombre le ha importado. Todos han sido juguetes, diversión. ¿No quieres que encuentre a alguien que le importe?

—Claro que sí, pero no me imagino a Magee —volvió a deambular—. No cuando los dos están pensando con las hormonas. Un viaje a Londres. Apenas se conocen y ya están viajando a Londres.

—Una noche lluviosa yo entré en un pub lleno de humo y ahí estabas tú. Mi vida cambió y yo no te conocía de nada.

Aidan dejó de dar vueltas. Sintió que su corazón rebosaba con un amor demasiado grande como para poder medirlo.

—Y acertamos de pleno —se sentó en la mesa y tomó las manos de Jude—. El destino desempeñó su papel.

—Quizá también lo tenga ahora.

Aidan entrecerró los ojos.

—¿Crees que tiene algo que ver con la leyenda? ¿La última parte?

—Creo que falta un Gallagher. Un corazón que no está tocado, ofrecido o entregado. Y creo que es muy interesante, mejor dicho fascinante, que Trevor Magee esté en Ardmore. Como escritora... —se detuvo un instante—. Me costaría creer que es casualidad. Darcy es Fitzgerald por parte de tu madre y prima de Maude. El tío abuelo de Trevor fue el único amor de Maude. Y nunca compartieron ese amor, como Gwen y Carrick.

—Eso es imaginación tuya y tu lado romántico, Jude Frances.

—¿Lo es? —se encogió de hombros—. Habrá que esperar para verlo, ¿no crees?

Ella no iba a esperar. Alice Mae estaba de camino y Betsy estaba encantada de tener trabajo para un par de días. Darcy, feliz consigo misma, cruzó despreocupadamente la cocina y salió por la puerta trasera.

Impresionaba bastante entrar en el pasadizo de piedra gris y vigas de madera que conectaba el pub con lo que sería el teatro. Ya se puede distinguir alguna forma, pensó, incluso para alguien tan poco acostumbrado como ella. Los hombres estaban en andamios martilleando o perforando o ribeteando, desde luego haciendo mucho ruido.

Alguien, que a ella le pareció muy optimista, tenía una radio encendida. Lo más que se podía escuchar eran unos graznidos y un tintineo que tal vez pudieran ser música.

Pudo ver cómo se curvaría el tejado, formando un arco con gruesos pares que recordaban a los sentimientos que habían tenido quienes habían regentado el pub durante generaciones.

Sintió una punzada de orgullo. Gallagher's era la raíz y el teatro era una rama del árbol.

Siguió caminando con cuidado de no tropezar con los cables y cuerdas que serpenteaban por todos lados. Ya había localizado a Trevor en lo alto de un andamio al final del pasadizo. Tenía un cinturón con herramientas y estaba manejando una máquina que zumbaba como un demonio. Llevaba puestas unas gafas oscuras que le protegían de las virutas de madera y de la tenue luz del sol.

Tenía un aspecto tosco y vivaz, justo como a ella le gustaba.

Se detuvo debajo y esperó. Era consciente de que muchos hombres la miraban y no hacían su trabajo prudentemente. Mick O'Toole se acercó lentamente.

—Estás distrayendo a la gente, querida Darcy.

—Es un minuto. ¿Qué tal todo, señor O'Toole?

—Él sabe lo que quiere y cómo lo quiere y yo estoy de acuerdo. No podría ir mejor.

—¿Será hermoso?

—Lo será. Un orgullo para Ardmore. Ten cuidado es fácil tropezar.

—Ya lo había pensado —murmuró ella. Había mucho con lo que tropezar en lo relativo a Trevor Magee.

Cuando se fue Mick, volvió a mirar y se encontró con Trevor Magee esperándola.

—¿Puedo hablar contigo un minuto?

—¿En qué puedo servirte?

Al parecer no estaba dispuesto a bajar. Perfecto. Se apartó el pelo.

—Necesito dos días para enseñar algunas cosas a mis sustitutas, pero estoy a tu disposición el viernes, si te viene bien.

Sólo de pensarlo se le hizo un nudo en la garganta, pero se limitó a asentir con la cabeza.

—Saldremos el viernes por la mañana. Pasaré a recogerte a las seis.

—Es muy pronto.

—¿Para qué vamos a perder el tiempo?

Se miraron un instante.

—Desde luego..., tienes razón.

Darcy se dio la vuelta y entró en la cocina. Cerró la puerta y se puso a bailar.

Diez

Después de darle muchas vueltas y de considerar la ventajas y los inconvenientes, Darcy decidió ser puntual. El motivo para romper una tradición tan arraigada era puramente egoísta y no le importaba reconocerlo. Quería disfrutar de cada segundo de sus días libres.

Llevaba un equipaje ligero, lo cual era un verdadero mérito en ella, y le había costado horas conseguirlo. Tuvo que pensar todos los detalles y descartar muchas cosas. Había hecho una incursión en su jarra de los deseos, algo reservado para los acontecimientos muy especiales. Sin embargo, creía que tenía que comprarse algo maravilloso para celebrar el viaje.

Trabajó como una mula durante dos días para asegurarse de que su puesto quedaba perfectamente cubierto. Se hizo la manicura, la pedicura y el cutis para estar segura de que tendría una imagen lo más impecable que pudiera. Eligió la ropa de noche con la astucia y previsión que pondría un general al preparar una batalla.

Una vez que ella permitiese que la sedujera, Trevor Magee no sabría qué lo había golpeado. La idea hizo que los nervios le encogieran el estómago. Ella quería y tenía que ser cosmopolita, elegante y tranquila. No quería parecer una paleta; ni en Londres ni en la cama. Parte del problema era que Trevor se ajustaba perfectamente a la descripción de Aidan.

Era muy listo.

No importaba que fuese vestido con mono de trabajo y sudara con los demás hombres de la obra o que se metiera en el barro hasta las rodillas. Debajo del sudor y la mugre se adivinaba un resplandor que procedía de los privilegios, la educación y la riqueza.

Había conocido a otros hombres privilegiados. En realidad, había desarrollado la facultad de poder reconocer a los turistas que se habían criado entre algodones.

Sin embargo, éste no era el caso de Trevor. Había trabajado mucho a pesar de tener mucho dinero, y tanto el trabajo como sus frutos le habían sentado muy bien. Eso merecía todo el respeto de Darcy, y era algo que ella concedía muy rara vez.

Nunca había conocido a nadie parecido y a la vez que la intrigaba, eso le hacía ser cauta.

Además, se mezclaba el hecho, bastante complicado, de desearlo. Nunca había deseado tanto y tan obsesivamente a un hombre. Quería sentir sus manos sobre ella, sus labios sobre los suyos y su cuerpo sobre el de ella.

Soñó con él durante las pocas horas que durmió el día anterior. En el sueño llegaba sobre un caballo blanco alado y cabalgaban juntos sobre un mar de color azul zafiro y sobre verdes praderas. Atravesaron una luz color perla hacia un palacio de plata con árboles que rebosaban de manzanas de oro y peras de plata y donde sonaba una música que le rompió el corazón.

Durante el breve y nebuloso sueño, estaba enamorada de una forma que nunca pudo imaginar que lo estaría. Enamorada tan completamente, tan ciegamente, que parecía que sólo le importaba él.

Él sólo dijo una cosa mientras volaban a través de esa luz de ensueño.

Todo, y más.

Lo único que ella pudo responder fue:

Tú. Tú eres todo y más.

Era sincera con toda su alma. Al despertar quiso volver a sentir lo mismo, la misma capacidad de sentir emociones. Pero todo se desvaneció con los sueños y ella sólo pudo sonreír ante sus fantasías.

Ni Trevor ni ella querían fantasías.

A las seis en punto bajó el equipaje y su corazón empezó a latir como un tambor en la selva. ¿Qué vería, haría y paladearía durante las cuarenta y ocho horas siguientes?

Todo. La idea le llenó de alegría. *Y más.*

Echó una última mirada al pub. Tan limpio y ordenado. Seguro que Sinead, Alice Mae y Betsy podrían hacer lo que ella hacía sola con frecuencia. Las había machacado con el funcionamiento de todo y les había dejado una lista escrita como recordatorio. Salió satisfecha y se prometió no volver a acordarse del pub hasta la vuelta.

Eran las seis en punto.

Trevor se acercaba al bordillo en ese instante. Eran muy parecidos y eso facilitaría las cosas.

Le sorprendió verlo vestido con un traje. Será italiano, pensó mientras él se bajaba para guardar el equipaje de Darcy. Sería carísimo, pero no era nada ostentoso. El color gris oscuro entonaba con sus ojos y la camisa y la corbata tenían un tono parecido. Tenía un aire muy europeo.

El poder le sienta muy bien, pensó ella.

—¡Qué barbaridad! —Darcy señaló intencionadamente la manga—. Estás guapísimo esta mañana.

—Tengo una reunión —cerró el maletero y dio la vuelta al coche para abrir la puerta de Darcy—. Vamos un poco justos de tiempo.

Darcy resopló mientras entraba en el coche; él deseó que la reunión y todos los que participaban en ella se fueran el infierno.

Ella esperó hasta que Trevor estuvo sentado al volante.

—Creía que un hombre de tu posición podía imponer sus horarios.

—Si lo haces sólo consigues que en la reunión intervenga otro factor que complica las cosas: tu ego.

—Pero me he dado cuenta de que tú lo tienes.

Se pusieron en marcha.

—El truco está en reconocerlo. Un coche nos recogerá en el aeropuerto y te llevará a casa para que te instales. Tendrás todo el día a tu disposición para lo que quieras.

—¿De verdad? Eres muy amable.

—Mañana tendré más tiempo libre, pero hoy estoy ocupado —la miró—. Habré terminado sobre las seis. Tenemos reserva para cenar a las ocho, ¿te parece bien?

—Perfecto.

—Estupendo. Mi secretaria me ha enviado algunos faxes con sitios interesantes. Los tengo en el maletín. Puedes hojearlos durante el viaje y hacerte un plan para pasar el día.

—Es una idea muy buena, pero no te preocupes, no creo que vaya a tener problemas para entretenerme.

Trevor echó una mirada a Darcy: llevaba una chaqueta de buen corte y unos pantalones a juego, de color azul grisáceo, y una blusa suave, ligeramente brillante. Estaba muy elegante y absolutamente femenina.

—No, desde luego no creo que vayas a tenerlos.

De repente se calló disgustado porque ella no iba a merodear sin rumbo incapaz de soportar su ausencia.

Parecía más un acuerdo comercial que un... ¿Qué era aquello de todas formas? ¿Una cita? No le importaba la palabra que definiera la situación, pero imaginaba que «romance» no encajaba.

Ninguno de los dos era un idealista. Sabían lo que querían.

Sin embargo, le irritaba.

Llegaron al aeropuerto a tiempo. Darcy pudo comprobar lo que se consigue siendo rico. Se hicieron cargo de su equipaje y los guiaron a través de los controles de seguridad entre muchos «por aquí, señor Magee» y «espero que tenga un buen viaje, señor Magee».

Cuando se acordaba de todos los contratiempos que tuvo en su viaje a París, Darcy se prometió que no volvería a viajar si no era en primera. Pero todo lo imaginado se quedó corto cuando comprobó que Trevor le llevaba a la pista de despegue y se dirigía a un pequeño avión.

—¿Es tuyo?

—De la empresa —la tomó del brazo para ayudarla a subir la escalerilla—. Viajo mucho, así que es preferible tener tu propio medio de transporte.

Darcy entró haciendo un esfuerzo por no quedarse con la boca abierta como una tonta.

—Estoy segura de que lo es.

Los asientos eran muy amplios y tapizados con cuero azul marino. Había floreros de cristal en agarraderas de plata que estaban atornilladas entre las ventanillas. En cada uno había un ramo de rosas amarillas recién cortadas. Se le hundieron los pies en la moqueta.

Una ayudante uniformada la recibió por su nombre y le preguntó si querría champán antes de despegar.

¡Champán de desayuno!, pensó ella.

—Sí, me encantaría —respondió Darcy.

—Yo tomaré café, Mónica. ¿Quieres que te lo enseñe?

—Sí, mucho —Darcy esperaba que no se le notara demasiado su asombro.

—Ahí está la cocina.

Darcy asomó la cabeza y vio a Mónica que descorchaba una botella de champán mientras se hacía el café. Era un espacio muy pequeño y aprovechado hasta el último centímetro.

—La cabina.

Un hombre que estaba sentado enfrente de un panel lleno de indicadores se giró y sonrió a Trevor.

—Cuando quiera, señor Magee. Buenos días, señorita Gallagher. Tendremos un viaje corto y tranquilo hasta Londres.

—Muchas gracias. ¿Lo lleva usted solo?, ¿no necesita copiloto?

—Con una persona es suficiente. Además, no necesito copiloto si está el señor Magee.

—¿Pilotas tú? —le preguntó Darcy que no salía de su asombro.

—De vez en cuando. Danos diez minutos, Donald. Luego puedes ponerte en contacto con la torre de control.

—De acuerdo, señor.

—Tenemos muchos negocios en Europa —empezó a decir Trevor mientras salían de la cabina—. Utilizamos este avión para los desplazamientos cortos.

—¿Y para los largos?

—Tenemos otro más grande.

Trevor abrió una puerta y entró en un despacho completo. Tenía una mesa antigua, un ordenador, una pantalla en la pared y una cama. También pudo vislumbrar un cuarto de baño, a través de una puerta entreabierta.

—Todas las comodidades para las personas y para el trabajo —comentó Darcy.

—Trabajas mejor si estás cómodo. Celtic tiene seis años y todavía es joven, pero está creciendo y es rentable.

—¡Ah!, entonces vas a Londres por un asunto de Celtic Records.

—Fundamentalmente, sí. Si quieres algo que no veas, pídelo.

Ella se giró y lo miró.

—Veo todo lo que quiero.

Él le acarició el pelo.

—Perfecto. En marcha.

Se sentaron. Darcy tomó la copa entre los dedos y se dispuso a disfrutar como no lo había hecho jamás.

El piloto cumplió su palabra. El viaje fue corto y tranquilo. Aunque Darcy podría haber viajado otras cuatro horas y habría seguido emocionada. Había intentado darle conversación a Trevor hasta que se dio cuenta de que estaba distraído. Supuso que estaría pensando en la reunión que le esperaba y se entretuvo estudiando las sugerencias que le habían preparado.

Quería verlo todo. Hyde Park, Harrods, el Palacio de Buckingham y Chelsea. Quería conocer el bullicio de las calles y las sombras de los parques.

En el aeropuerto de Heathrow todo fue igual de sencillo. El dinero allana el camino, pensó mientras cruzaban la aduana. Sin embargo, tampoco se esperaba que el coche que había puesto a su disposición fuera una limusina con chofer. No podía decir nada, hasta que tragó saliva y sonrió a Trevor.

—¿Vamos a dejarte en la reunión?

—No, está en otra dirección. Te veré esta tarde.

—Suerte con el trabajo.

Iba a tomar la mano que le ofrecía el chofer para entrar en el coche con toda naturalidad, como si lo hubiese hecho toda la vida. Pero, Trevor la tomó del brazo, pronunció su nombre y la hizo volverse hacia él.

Darcy se vio de puntillas, apoyándose en los hombros de Trevor para no caerse y deliciosamente asaltada su boca. El giro del equilibrado hombre de negocios al ardiente amante fue completo y lleno de erotismo.

Trevor la soltó antes de que pudiera emitir un gemido y la miró con unos ojos abrasadores, asintiendo satisfecho con la cabeza:

—Que pases un buen día —dijo Trevor.

Ella se quedó tambaleante junto al conductor que miraba discretamente hacia otro lado y a la puerta abierta.

Consiguió entrar. Se sentía tan liviana que fue como si el aire de la limusina la hubiese absorbido con su aroma a rosas y cuero.

Tuvo que hacer un verdadero esfuerzo para volver a la realidad y disfrutar del viaje en ese coche. Pasó los dedos por el asiento, era de un cuero como mantequilla y de un color gris que le recordaba al color de los ojos que acababa de dejar.

El conductor estaba al otro lado de un cristal ahumado. Darcy, que quería recordar todos los detalles, se fijó en la televisión, en las luces y en la ventanilla del techo. Se reclinó y se dejó llevar por la música clásica que sonaba. En ese momento vio una caja alargada que había en el asiento junto a ella. Estaba envuelta en un papel dorado con una cinta plateada. La agarró y miró hacia el conductor con una mueca.

Una mujer mundana nunca se emocionaría ante un regalo. Estaría demasiado acostumbrada a ellos.

Se rió de sí misma y abrió el sobre.

Bienvenida a Londres. Trev.

No deja un cabo sin atar, dijo para sí. Se aseguró de que el conductor no estaba mirando y tiró de la cinta. Emocionada, quitó el papel, lo dobló cuidadosamente y lo guardó en el bolso.

Abrió la caja de terciopelo.

¡Madre de Dios!, gritó olvidándose del conductor y de toda posible sofisticación. Se olvidó de todo menos del brillo que casi la cegaba.

Boquiabierta, levantó la pulsera, el brillo de las piedras era como gotas de agua suspendidas en el aire. Era muy fina y habría sido muy delicada si no fuese por los colores. Sin duda, serían esmeraldas, zafiros y rubíes engarzados en pequeños diamantes tan brillantes como el sol.

Nunca había tenido entre las manos algo tan hermoso, tan elegante y tan absurdamente caro.

No debía aceptarlo. Sólo se lo probaría para ver cómo le quedaba.

Era maravillosa.

La miró sin dejar de parpadear y, al sentir el contacto del oro sobre la piel, decidió que se cortaría la mano antes de devolverlo.

Tendría que acostumbrar a su conciencia.

Estuvo tanto tiempo mirando la pulsera que se perdió casi todo el viaje a través de Londres.

¿Dónde iría primero? Había demasiadas cosas que hacer en sólo dos días. Desharía las maletas y se lanzaría a la calle.

Empezó a planear las visitas mientras veía cómo pasaba Londres ante sus ojos. El coche se detuvo en la puerta de un solemne caserón y Darcy buscó el hotel.

En ese momento se acordó de que Trevor había dicho casa y no hotel. Ese hombre vivía a tres mil kilómetros de distancia y tenía una casa en Londres.

¿Dejaría de maravillarla alguna vez?

Se recompuso un poco y tomó la mano del conductor cuando le abrió la puerta.

—Le llevaré inmediatamente el equipaje, señorita Gallagher.

—Muchas gracias.

Se dirigió hacia los escalones de entrada, como si supiese perfectamente lo que estaba haciendo. Se abrió la puerta antes de que tuviese tiempo de preguntarse si debía llamar o entrar directamente. Un hombre alto y delgado con el pelo canoso le hizo una reverencia.

—Espero que haya tenido un buen viaje, señorita Gallagher. Soy Stiles, el mayordomo del señor Magee. Sea bienvenida.

—Gracias.

Iba a darle la mano, pero se detuvo. Seguramente era algo que no se hacía, y menos con mayordomos británicos.

—¿Quiere ir a su habitación o prefiere tomar un refresco?

—Me gustaría ir a mi habitación, si no le importa.

—Naturalmente. Me haré cargo de su equipaje. Winthrup le acompañará.

Winthrup apareció sin hacer el más mínimo ruido. Era un mujer muy pequeña con el pelo color ceniza y ojos casi transparentes, vestida de negro riguroso.

—Buenos días, señorita Gallagher. Si me acompaña le enseñaré su habitación.

No te quedes pasmada, idiota. Darcy intentó parecer natural mientras cruzaba el vestíbulo reluciente, pasaba por debajo de la magnífica lámpara de araña y subía les escaleras.

No podía decir que fuese como un palacio. Era demasiado solemne. Parecía un museo, pensó, todo pulido, silencioso e intimidador.

Había cuadros en todas las paredes, pero no se atrevió a detenerse para observarlos. Las propias paredes parecían tan ricas que debían estar forradas de seda.

El ama de llaves, porque supuso que Winthrup sería el ama de llaves, la guió por un pasillo con las paredes de madera. Darcy se preguntaba cuántas habitaciones habría y cómo estarían decoradas. Winthrup abrió una puerta labrada.

La cama era grande como un lago con cuatro postes que subían hacia el techo. No sabía qué tipo de alfombras serían las que había por toda la habitación, pero estaba segura de que eran antiguas y magníficas.

Todo resplandecía, la cómoda, la mesa, los espejos, y había docenas de rosas blancas en floreros de cristal. También había una chimenea de mármol blanco, con vetas rosas, coronada por dos candelabros de plata.

—El salón está a la derecha y el cuarto de baño a la izquierda —Winthrup se cruzó las manos—. ¿Quiere que deshaga su equipaje ahora mismo o prefiere descansar un rato?

—Yo... —Darcy temió no poder decir nada—. Yo... no, no tengo que descansar, muchas gracias.

—Si quiere le puedo enseñar la casa.

—¿Le importaría si me quedo un rato sola?

—Por supuesto que no. El señor Magee quiere que se encuentre como en su casa. Sólo tiene que marcar el nueve en el teléfono y yo la atenderé. Si marca el ocho la atenderá Stiles. Quizá quiera darse un baño.

—Creo que lo haré, muchas gracias —las piernas de Darcy apenas la sujetaban—. Es una habitación preciosa señorita Winthrup.

La sonrisa de Winthrup fue tan escueta como toda ella, pero le suavizó el rostro.

—Sí, lo es.

Darcy entró en el baño, cerró los ojos y se apoyó contra la puerta. Se sentía como si estuviese representando una obra de teatro. Pero no, todo era real. Notaba que el corazón le latía con todas sus fuerzas y sentía leves escalofríos de placer.

Suspiró, abrió los ojos y sonrió de oreja a oreja. La habitación era enorme. Había más rosas entre los dos lavabos ovalados. Las paredes y el suelo eran de un color verdoso que daba la sensación de estar en algún lugar fantástico en el fondo del mar.

La bañera, rodeada de helechos, era tan grande que seguro que cabían tres personas. La ducha estaba aparte. Detrás de un cristal ondulado había media docena de salidas de agua, debía de ser como meterse debajo de una cascada.

Se miró en el espejo.

Aquí estás, ¿qué te parece?

Trevor consiguió mantener a Darcy lejos de sus pensamientos durante la primera reunión y la segunda. O casi. Tenía la desconcertante manía de aparecer de repente por una esquina de su mente. Aunque era más exacto decir que se deslizaba, pensó él. Se deslizaba sinuosamente cuando tenía que concentrarse en otra cosa.

Volvió a mirar el reloj. Todavía faltaba bastante hasta que pudiera concentrarse plenamente en ella, pero cuando lo hiciera, ya se encargaría él de que la espera hubiese merecido la pena.

—¿Trev?

—¿Hmm? —cuando se dio cuenta de que tenía el ceño fruncido se recompuso y murmuró una disculpa—. Perdona Nigel, estaba distraído.

—Eso es una novedad.

Nigel Kelsey era el director de la sucursal de Celtic Records en Londres y tenía una vista de lince y un oído tan agudo como la vista. Había ido a Oxford, donde conoció a Trevor. Cuando llegó el momento de ampliar la pequeña discográfica y darle una dimensión internacional, Trevor puso la responsabilidad en manos de Nigel.

—Estaba dándole vueltas a unas cosas. Hagamos que Shawn Gallagher alcance el número uno de la lista.

—Encantado.

Nigel se sentó. No solía usar la mesa, sólo le servía de apoyo. Le habían destinado a seguir los pasos de su padre y del padre de su padre como abogado, un destino que todavía le daba escalofríos. No quería despreciar la tradición familiar, pero prefería emplear su formación en algo más entretenido. Celtic Records lo era, aunque su amigo gobernaba el barco con mano firme. Un barco muy rentable, además. Y que recalaba en puertos fascinantes. Entre sus obligaciones, que él tomaba muy en serio, estaba asistir a fiestas y todo tipo de acontecimientos; a cuenta de la empresa.

—Estoy negociando con él personalmente, bueno, y con su mujer. Le he recomendado que contrate un representante —siguió Trevor. Nigel pareció sorprendido—. Le tengo aprecio, Nigel, y quiero un trato justo ya que él no está dispuesto a contratar un representante.

—Tus tratos siempre son justos, Trev. Soy yo el que se saca una carta de la manga de vez en cuando. Sólo para animar las cosas.

—Con él no lo harás. Tengo la intuición de que es una mina de oro si le dejamos que haga las cosas a su manera.

—Estoy de acuerdo. Su obra es muy brillante y comercial.

—Hay algo más.

—¿Qué es? —preguntó Nigel al ver que Trevor se levantaba y deambulaba por el despacho. Era muy raro ver a Trevor inquieto, que demostrara alguna inquietud—. Lo pensé cuando programaste esta reunión en medio de tu otro proyecto.

—Tiene un hermano y una hermana. Quiero que sean ellos los que graben este material.

Nigel frunció el ceño y tamborileó con los dedos, llenos de anillos, en la mesa.

—Deben de ser muy buenos.

—Créeme, Nigel.

—Aun así, Trev, sabes muy bien que lo mejor sería que lo hiciese un artista conocido.

—Te encargarás de sacarlo adelante —Trevor se giró con una sonrisa—. Los he oído. Vendrás a Ardmore un par de días. Los escucharás y si crees que me equivoco volveremos a discutirlo.

—Ardmore —Nigel hizo una mueca mientras se tocaba el pendiente de oro—. Por favor, Trev, ¿qué pinta un urbanita como yo en un pueblo perdido de la costa irlandesa?

—Escucha —dijo Trevor—. Hay algo que

afecta a los Gallagher, pero antes de comentarlo con ellos o contigo, quiero una opinión objetiva, quiero que los veas y los oigas.

—¿Desde cuándo no eres objetivo tú solo?

—Hay algo que afecta a los Gallagher —repitió Trevor—. Algo sobre Ardmore y sus alrededores —inconscientemente, puso un dedo en el disco de plata que le colgaba del cuello—. Quizá sea el maldito aire, no lo sé. Quiero que vengas y te enteres.

Nigel levantó las manos y las dejó caer.

—Tú eres el jefe. Supongo que deberé enterarme de lo que pasa en ese lugar para que le dediques tanto dinero, tiempo y esfuerzo a ese ataque de locura.

—No es un ataque de locura. Es un negocio con un planteamiento muy sólido. Y no te rías —le advirtió Trevor previendo la reacción de Nigel.

—Nunca me río. A veces me carcajeo, pero creo que podré aguantarme.

—Mejor. Tengo una canción nueva de Shawn Gallagher —Trevor sacó una partitura de su maletín—. Échale una ojeada.

Nigel sonrió.

—Prefiero oírla —dijo mientras señalaba hacia el piano que había al fondo de la habitación.

—De acuerdo, pero ten en cuenta que está compuesta para guitarra, violín y flauta.

—Me haré una idea.

Nigel cerró los ojos y Trevor se sentó al piano. Nigel no podía tocar ni una nota, pero tenía un sentido musical muy acentuado.

Trevor tocó los primeros compases y Nigel puso toda su atención. Era rápida, animada, sutilmente seductora y divertida, pensó Nigel. Trevor tenía razón, como de costumbre. Shawn Gallagher era una mina de oro y no le importaba encontrarse personalmente con ese hombre, aunque significase volar a Irlanda.

Siguió escuchando, mientras asentía con la cabeza y escuchaba la letra que Trevor empezó a cantar. Su amigo tenía una voz ronca, pero dúctil, sin embargo la letra exigía una voz femenina.

Conseguiré tu mano
Conseguiré tu corazón
Lo conseguiré todo de ti.
Porque si crees
Que me conformaré con parte
Prepárate para capear el temporal.

En efecto, una canción de mujer. Segura de sí misma, arrogante y seductora. Volvió a abrir los ojos y sonrió mientras Trevor terminaba. No era fácil de convencer, pero cuando terminó la canción estaba siguiendo el ritmo con los pies.

—Ese tío es un genio —declaró Nigel—. Una letra sencilla y clara arropada por una complicada maraña de notas. No todo el mundo puede cantarla.

—No, pero yo conozco a alguien que sí puede. Prepara la maleta para Ardmore, Nigel.

—Si hay que hacerlo, lo haré. Pero dime, ¿eso es todo lo que te ha traído hasta aquí esta tarde?

—Lo esencial, sí. ¿Por qué lo preguntas?

—Porque me gustaría saber, como amigo de toda la vida, qué es lo que te corroe por dentro. Estás nervioso, Trev, y eso es muy raro en ti.

A Trevor no le gustaba que se le notara.

—Hay una mujer.

—Claro, siempre hay una mujer.

—No como ésta. La he traído conmigo.

—¿En serio? Estás desconocido —dio mucho énfasis a sus palabras—. ¿Cuándo podré verla?

Trevor se sentó para tranquilizarse.

—Cuando vengas a Ardmore —dijo y volvió a hablar de negocios.

Once

No estaba muy segura de lo que tenía que hacer y parecía como si estuviese en un escenario. ¿Debía estar en el salón tomando el té o un cóctel cuando volviera Trevor? o ¿sería más sofisticado y elegante si estuviera en el cuarto de estar leyendo un libro?

Quizá debiera irse a dar un paseo y no estar allí.

Al final, Darcy, que no sabía muy bien cuál era el personaje que representaba, empezó a prepararse para la noche. Se tomó abundante tiempo y eso era un lujo en sí mismo. Tenía todo el tiempo del mundo para perder en el baño y disfrutar de las cremas que había en frascos antiguos.

Era mejor estar preparada, decidió mientras se untaba las piernas con una loción, y evitar cualquier situación comprometida sobre dónde y cómo se vestirían para cenar. Para ella, el sexo era el acto final de la representación de ese día y, tenía que reconocerlo, estaba nerviosa y ansiosa por la actuación.

Sería mucho más acertado esperarlo al estilo sofisticado, con un vestido negro corto. Bajaría, tomaría un cóctel, y cuando él llegara, ella estaría en ese salón casi aterrador, como una señora en su mansión.

Winthrup probablemente serviría unos canapés, o ¿sería el mayordomo?, en cualquier caso ella le ofrecería uno, como si lo hiciese todos los días.

Así tenía que representar su papel.

Cuando terminó de bañarse y de perfumarse, entró en el dormitorio justo en el momento en que Trevor llegaba del vestíbulo. Al final tendría que improvisar.

—Hola..., pensaba que tardarías una hora más.

—He terminado pronto —la miraba a los ojos y cerró la puerta—. ¿Qué tal has pasado el día?

—Muy bien, gracias —¿por qué no conseguía que las piernas le obedecieran?—. Espero que la reunión haya sido fructífera.

—Ha merecido la pena venir hasta aquí.

Mientras él se acercaba, ella consiguió separarse de la puerta y llegar hasta la mesa donde había dejado la pulsera.

—Quiero darte las gracias por esto. Es preciosa y extravagante, lo cual es casi tan importante. Los dos sabemos que no debería aceptarla.

Él se acercó más, tomó la pulsera y la colocó en la muñeca de Darcy.

—Y los dos sabemos que lo harás —cerró la pulsera con un leve chasquido que retumbó en la cabeza de ella.

—Me imagino que sí. Me ha costado mucho resistirme a la belleza y extravagancia.

—¿Por qué resistirse? —Trevor puso las manos con firmeza, posesivamente, sobre los hombros de Darcy y las bajó por las mangas del albornoz—. Yo no pienso resistirme.

No era lo que ella había planeado. Se lo había imaginado todo muy civilizado. Unas bebidas, una cena elegante, luego volverían tranquilamente a casa y la seduciría como un hombre experto y conquistador.

Sin embargo, ahí estaba. Con un albornoz, la piel cálida y fragante después del baño y una mirada precavida y expectante.

¿Por qué resistirse?

Él no dejó de mirarla a los ojos mientras le soltaba el cinturón del albornoz. Pudo ver cómo llameaba ese azul profundo y oír su respiración rápida y ligera. Bajó los labios hasta los de ella y capturó su respiración. Introdujo las manos por debajo del albornoz y le acarició los costados.

—Ahora —lo dijo en un susurro y sorprendido por el escalofrío que recorrió el cuerpo de ella al sentir las yemas de sus dedos.

—Adelante —Darcy se dejó llevar y le rodeó el cuello con los brazos.

Él quería ir despacio, saborear el momento, ir ascendiendo juntos y poco a poco. Pero en el instante en que ella respondió y sintió que sus cuerpos se unían, la ansiedad se adueño de él. Era como si hubiese esperado toda su vida ese momento.

Le apartó el albornoz de los hombros y la mordió levemente. Ella dio un grito sordo, de placer y de susto. El ardor hizo que se olvidara de la representación, la motivación y las consecuencias. Darcy, anhelante, le tomó de la chaqueta y tiró de ella hasta que quedó tirada en el suelo. Él la embestía con la boca y ella luchaba con la corbata mientras cayeron sobre la cama.

La tenue luz del atardecer se filtraba por las ventanas y en la calle se oía el tráfico de Londres. El reloj de pie que había en el vestíbulo dio las cinco. En el cuarto sólo se oían susurros y gemidos.

Rodaron sobre el edredón. Ella intentaba soltar los botones de la camisa y él le quitó el albornoz. Ella se hundió bajo el peso de Trevor como si estuviera en una nube de seda. Él le lamió un pecho y ella dejó de pensar.

El fuego y la luz, el incontenible oleaje de lujuria desbocada se apoderó de ella e hizo que gritara de placer.

—Venga —no lo cantaba, precisamente—. Venga, venga, venga.

Se iba a morir si no lo sentía dentro. Luchaba desesperadamente con el cierre del pantalón.

Él sentía el rugido de mil olas golpeando contra mil rocas. Sólo sabía que si esperaba un minuto más iba a reventar.

Ella arqueó las caderas y el entró con un golpe violento.

Sus gemidos se unieron en un aullido y sus ojos se encontraron, la pasión reflejando la pasión. Se miraron fijamente durante un instante. Luego, todo fue un movimiento frenético alimentado por la sangre en ebullición. Piel contra piel, el ronco sonido de una respiración entrecortada y el gemido amortiguado de una mujer en éxtasis. Dos cuerpos fundidos en una danza resbaladiza y sensual.

Darcy volvió a alcanzar el clímax, asombrada de que se pudiera llegar tan lejos y entregada sobre las sábanas de seda. Notó que él sucumbía también. Le pareció oírle decir su nombre.

Permaneció tumbada, rendida, maravillosamente rendida, con la cabeza de él enterrada entre la melena y el largo y esbelto cuerpo masculino apretado contra el suyo. En ese momento creía saber cómo era él cuando perdía el control, y era algo maravilloso y desenfrenado.

A Trevor todavía le retumbaba el corazón, que ella podía sentir como golpeando contra el suyo. Darcy giró la cabeza y le posó los labios en el hombro. Ese simple gesto hizo que Trevor abriese los ojos e intentara ordenar las ideas. Le pareció que ella era suave como cera derretida, que no se parecía en nada a la mujer anhelante que le había apremiado para que se diese prisa. En cualquier caso, sabía que la habría tomado enseguida. Nunca había deseado algo como había deseado a Darcy en ese momento. Como si su vida dependiera de ello.

Una mujer peligrosa, pensó. Y comprendió que no le importaba lo más mínimo. La deseaba otra vez.

—No te duermas —murmuró Trevor.

—No estoy dormida —pero tenía la voz ronca y espesa. Al oírla, la sangre de Trevor volvió a calentarse—. Sólo estoy muy relajada —abrió los ojos y vio las molduras con volutas y estrellas del techo—, y disfrutando de la vista.

—Finales del siglo dieciocho.

—Qué interesante...

Divertida, se estiró debajo de él como una gata y le acarició la espalda, más por su propio placer que por el de él.

—¿Eso es georgiano o rococó? Nunca he conseguido recordar bien los estilos artísticos.

Él sonrió y levantó la cabeza para mirarla.

—Luego te enseñaré toda la casa y te daré una lección completa, pero ahora...

Empezó a moverse dentro de ella.

—Vaya... ahora... —susurró ella—. Estás en forma...

—Si no tienes salud —bajó la cabeza para besarla—, no tienes nada.

Era un hombre de palabra y la llevó a cenar. Un restaurante francés lo suficientemente elegante como para complacerla y lo suficientemente rebuscado como para divertirla. Los espejos, los colores cálidos y los candelabros entonaban con ella. Nadie que viera a esa impresionante mujer elegantemente vestida de negro podría imaginarse que era la camarera de un pub en Irlanda.

Trevor pensó que otra de las virtudes de Darcy era la capacidad camaleónica para cambiar de imagen a su voluntad. Podía ser una camarera descarada, una cantante conmovedora, una seductora irresistible o tremendamente sofisticada. ¿Cuál de todas ellas era realmente?, se preguntó Trevor.

Esperó hasta que sirvieron el champán y el postre para abordar asuntos de negocios.

—Una de mis reuniones de hoy trataba en parte de ti.

Ella lo miró y se distrajo un momento del debate interno que tenía sobre si comerse todo ese extraordinario y elaborado postre que tenía delante sería demasiado burgués.

—¿Yo?, ¿te refieres al teatro?

—No, aunque también hemos hablado de eso.

Darcy decidió que podía comerse la mitad sin resultar una paleta y atacó la mezcla de chocolate y nata.

—¿En qué otro asunto participo yo?

—Celtic Records.

Trevor calculó la información que daba. Otra de las facetas de Darcy era la de mujer de negocios y no la podía subestimar.

Darcy frunció el ceño ligeramente y levantó la copa.

—¿Para grabar la música de Shawn y el concierto de inauguración? Eso es una decisión familiar y creo que estamos dispuesto a llegar a un acuerdo.

—Eso espero —le quitó un poco de postre como quien no quiere la cosa—. Pero no me refería a eso. Hablo de ti, de Darcy, sólo de ti.

—¿Sólo de mí? ¿A qué te refieres? —se le aceleró el pulso y volvió a dejar la copa.

—Quiero tu voz.

—Ya... —reprimió una sacudida de decepción. No era el momento más oportuno—. ¿Me has traído por eso, Trevor?

—En parte. Una parte que no tiene nada que ver con lo que ha pasado esta tarde.

Cuando él puso su mano sobre la de ella, Darcy bajó la vista hacia las manos y comprobó que encajaban perfectamente. Luego, considerando que era una sensación demasiado romántica de confort, alzó la vista hacia él.

—Naturalmente, son cuestiones que deben mantenerse al margen o sería complicar mucho las cosas. Tú no eres un hombre que busca, como lo diría yo... clientes, de esa forma, ¿verdad?

Trevor se apartó con la mirada gélida.

—No utilizo el sexo para conseguir mis objetivos, si es a lo que te refieres. Que seamos amantes no tiene nada que ver con nuestra relación profesional.

—Claro que no, pero si sólo pudiésemos tener una, ¿cuál elegirías?

—Eso —contestó secamente— dependería de ti.

—Entiendo —Darcy esbozó una débil sonrisa—. Está bien saberlo. ¿Me disculpas un momento?

Tenía que recomponerse. Tenía que poner orden en la cabeza y en su corazón. Trevor se quedó con el ceño fruncido y ella fue al cuarto de baño donde, para serenarse, se apoyó en la encimera.

¿Qué le pasaba? Ese hombre le estaba ofreciendo una oportunidad única que ella podía aceptar o rechazar. ¿Por qué le ofendía? ¿Por qué le dejaba una sensación de desasosiego e infelicidad?

Por algún motivo se había creado ilusiones románticas sobre Trevor Magee sin darse cuenta. Y en esas ilusiones él se interesaba por ella. Se interesaba por ella con todos sus defectos. Se interesaba por ella sin otros objetivos. Cerró los ojos y se sentó en la banqueta que había delante del espejo.

Era su culpa. Él había desatado algo en su interior que no había conocido antes y había estado muy cerca, peligrosamente cerca, de tocar algo tan profundo que ella no sabría reconocer. Sin embargo, había pensado que se podría enamorar de él fácilmente. Entonces, ¿qué pasaba?

Se serenó y se miró en el espejo. Afronta los hechos, se dijo a sí misma. Un hombre como Trevor no se ataría para siempre a una mujer de su clase y con sus limitaciones. Claro que podía representar perfectamente su papel, pero en el fondo era, y sería siempre, Darcy Gallagher de Ardmore y trabajaba en el pub de la familia.

A otro hombre le podría hacer olvidar esos detalles materiales con un solo dedo. ¿Acaso no lo había planeado toda su vida?, ¿no había soñado con encontrar un hombre rico y agradable que cayera rendido ante sus encantos y que le proporcionara una vida llena de lujos? Siempre había deseado enamorarse o al menos que le gustara alguien que cumpliera los requisitos. Quería respetarlo y disfrutar con él, a cambio ella le daría todo su afecto y fidelidad.

No tenía por qué avergonzarse.

Sin embargo, Trevor no era un hombre que se conformara con un rostro agradable. Ya se lo había demostrado. También quería de ella un lado profesional, y un trato que beneficiara a los dos era parte del atractivo.

La pasión que encontraban el uno en el otro alcanzaría un punto máximo y luego se apagaría. No hacía falta ser una romántica como Jude para saber que la pasión sin amor duraba muy poco.

Así que... lo mejor era ser práctica y tomar todo lo que él le ofreciera en todos los aspectos. Se levantó, estiró la espalda y se dirigió hacia la mesa.

Trevor había pedido café, lo miraba pensativo. No sabía si sentirse aliviado o desconcertado al comprobar que había desaparecido el dolor que reflejaban los ojos de Darcy al levantarse.

—No estoy seguro de haberme explicado con claridad —empezó a decir.

Ella agitó la cabeza y sonrió.

—Sí, lo has hecho, pero necesitaba un momento para pensar —tomó la cuchara y comió un poco más de postre—. Primero, háblame de Celtic Records. En el avión me dijiste que tiene seis años.

—Exactamente. Me interesa la música, sobre todo la tradicional. A mi madre le gusta mucho.

—¿De verdad?

—Claro, es irlandesa de cuarta generación. Nació en una casa de campo del condado de Mayo. Es terriblemente irlandesa.

—Y tú creaste la empresa por tu madre.

—No —se encontró confundido. Claro que lo había hecho por ella. ¿Por qué no se había dado cuenta antes?—. Bueno... supongo que en parte sí.

—Me parece encantador —quiso acariciarle el pelo—. ¿Por qué te deja tan perplejo?

—Es un negocio.

—El pub lo es también, y es familiar. Me gusta más Celtic Records al saber que es las dos cosas. Es más importante para ti y te ocuparás más de ella. Prefiero hacer tratos con una empresa que está bien cuidada.

—Ésta lo está. Como lo están los artistas que contratamos. La sede central está en Nueva York, pero hemos entrado en el mercado internacional y tenemos una sucursal aquí. Y en este año abriremos otra en Dublín.

Darcy comprobó que siempre hablaba en plural. No sabía si era por modestia o por reconocimiento del trabajo en equipo. Volvió a pensar en el pub y asintió con la cabeza.

—¿Qué tipo de contrato quieres?

—Un contrato de grabación estándar.

—Bueno, no sé lo que implica. No tengo experiencia en ese terreno —lo miró por encima del borde de la copa de champán—, pero lo prudente sería que contratase un representante para discutir el asunto contigo si creo que me interesa. Sinceramente, Trevor, no sé si quiero ganarme la vida cantando, pero escucharé tu oferta.

Trevor debió de haberlo dejado en ese punto. Todos sus instintos empresariales le decían que tenía que asentir con la cabeza y pasar a otro tema. Pero no lo hizo.

—Te haré rica.

—Es una ambición que siempre he tenido —le ofreció más postre—. Y pudiera ser que te permitiera ayudarme a conseguirlo.

Él la agarró de la muñeca.

—Tendrás todo lo que quieras. Mucho más de lo que hayas soñado jamás.

Notó que el pulso de Darcy se disparaba.

—Sabes cómo ponerme los dientes largos, pero no soy de las que saltan sin mirar.

Más tranquilo, Trevor sonrió.

—No, ya lo sé. Y me gusta. Me gusta muchísimo casi todo de ti.

—¿Se lo dices a un cliente potencial o a tu amante?

Él la tomó de la nuca y la atrajo hacia sí. La besó hasta que varias personas empezaron a mirar.

—¿Queda claro?

—Diría que como el cristal. ¿Por qué no volvemos y hacemos el amor hasta que ninguno de los dos pueda pensar en otra cosa?

—Eso está hecho.

Trevor pidió la cuenta.

A la mañana siguiente él se levantó mientras Darcy dormía. Quería terminar el trabajo lo antes posible y pasar el resto del día con ella. Irían de compras, pensó él. Seguro que le divertiría. La llevaría a las tiendas que quisiera y le compraría todo lo que le apeteciera. Luego tomarían té en el Ritz y terminaría seduciéndola con una cena íntima en casa.

Se sentía un poco incómodo, incluso un poco avergonzado por la ostentación, por intentar apabullarla con todo lo que tenía, pero era algo que no podía evitar y ella tendría que acostumbrarse.

Quería pasar otro día con ella, y dos, y una semana. En algún sitio donde pudieran estar solos, sin distracciones ni interrupciones. Sin pensar en el trabajo.

Acabarían abrasándose, pero nadie podría quitarles lo bailado.

Tomó una de las rosas blancas, escribió una nota y la dejó sobre la almohada. Se sentó en el borde de la cama y la observó. Dormía tranquilamente y el rostro era perfecto. La pulsera brillaba en su muñeca y él sabía que no llevaba nada más encima.

Sin embargo la sangre no le ardía de lujuria sino de cariño. Afecto, pensó él. Era afecto acompañado de deseo. No había sido muy expresivo cuando dijo que le gustaba todo de ella. Era atractiva, divertida, desafiante, desesperante y adorable. Entendía su ansia de bienes materiales y no la culpaba por ello.

No obstante, por un momento, sólo por un momento, deseó que se hubieran encontrado y haber congeniado como lo hicieron cuando Darcy todavía desconocía su situación económica.

Ella fue muy clara desde el principio, le había dicho que le gustaba el dinero y los lujos y que quería unirse con el hombre adecuado, el que pudiera proporcionárselos.

Él no quería ser el elegido por el dinero. Ni ahora ni nunca. Aunque estuviera dispuesto a utilizarlo para que ambos se divirtieran a corto plazo.

Se inclinó sobre ella y le dio un beso.

Ella no se movió durante la hora siguiente, luego dio una vuelta perezosamente. Lo primero que vio cuando abrió un ojo fue la rosa.

Sonrió y dio un suspiro. La tomó entre las manos acariciando los pétalos y leyó la nota.

Terminaré sobre las dos y pasaré a recogerte. Espero que te pongas en mis manos el resto de la tarde.

Trev.

Desde luego se había puesto en sus manos la noche anterior, pensó ella mientras se apoyaba en la almohada. Qué forma tan maravillosa de despertarse. Pensó qué hacer, si bajar a desayunar o darse el capricho de que se lo trajeran al dormitorio. El teléfono sonó en el momento en que ella iba a descolgarlo. Se asustó y luego se rió por la situación. No creía que fuera ella quien debiera responder, así que se levantó y se puso la bata. Llamaron a la puerta mientras se la abrochaba.

—Sí, pase.

—Disculpe, señorita Gallagher, el señor Magee está al teléfono y quiere hablar con usted.

—Gracias.

Darcy volvió a tomar la rosa entre las manos con una sensación romántica y perezosa.

—Trevor, buenos días, acabo de leer la nota y me encantará ponerme en tus manos.

—Voy para allá en estos momentos.

—¿Ya? Falta mucho hasta las dos.

—Darcy, tengo que volver a Ardmore inmediatamente. Mick O'Toole ha tenido un accidente en la obra.

—¿Un accidente? ¿Qué ha pasado?

—Se ha caído. Está en el hospital. No sé nada más.

—Estaré preparada para cuando llegues. Date prisa.

Colgó sin esperar una respuesta, sacó la maleta y empezó a tirar cosas dentro.

El viaje de vuelta le pareció desesperantemente largo. Darcy lo pasó rezando y escuchando los detalles que iba recibiendo Trevor.

—Estaba en el andamio —le dijo Trevor—. Otro obrero tropezó y chocó con Mick que cayó. Cuando le recogió la ambulancia estaba inconsciente.

—Pero vivo —Darcy tenía los puños cerrados y los nudillos blancos.

—Sí, Darcy —le tomó las manos—. Creen que tiene una conmoción y un brazo roto, pero todavía tienen que comprobar si tiene daños internos.

—Daños internos —a Darcy se le encogió el estómago—, eso siempre suena grave y misterioso —se le quebró la voz y sacudió la cabeza—. No te preocupes, no te voy a dejar solo.

—No sabía que estuvieseis tan unidos.

—Es como de la familia —se le llenaron los ojos de lágrimas—. Es lo más parecido a un padre. Brenna... todos, tienen que estar desesperados. Yo debería de estar allí.

—Lo estarás.

—Quiero ir directamente al hospital. ¿Puedes hacer que me lleve un coche?

—Los dos iremos directamente al hospital.

—Pensé que tendrías que ir a la obra —se apretó las manos contra los ojos y respiró hondo—. Estoy asustada, muy asustada.

Trevor le pasó un brazo por el hombro y la tuvo así hasta que aterrizaron. Pudo comprobar cómo se reponía y se tranquilizaba de camino al hospital. Se le secaron los ojos y las manos dejaron de temblar. Cuando caminaban por el pasillo había recuperado toda la compostura.

—Señora O'Toole.

Mollie la miró y se levantó del sillón donde estaba sentada con sus cinco hijas.

—Darcy, has venido, has tenido que interrumpir tu viaje...

—¿Qué tal esta?

Tomó las manos de Mollie e intentó no pensar en que Maureen y Mary Kate estaban llorando.

—Se ha dado un batacazo. Están haciéndole pruebas y esas cosas. Ya sabes que tiene una cabeza muy dura, así que no vamos a preocuparnos.

—Claro que no —apretó las manos heladas de Mollie—. Voy a buscar un poco de té recién hecho. Mientras, siéntate. Brenna, podías echarme una mano.

—Bendita seas, Darcy, nos vendrá muy bien. Señor Magee —Mollie esbozó una sonrisa forzada—, es muy amable por haber venido.

Trevor se encontró con los ojos de Brenna mientras se levantaba, tomó a Mollie de la mano y la sentó en una butaca.

—Dime qué ha pasado —dijo Darcy en cuanto estuvieron fuera de la habitación— y cómo está.

—Yo no lo vi exactamente —se aclaró la garganta—. Al parecer Bobby Fitzgerald se tropezó cuando estaba subiendo un bloque al andamio. Papá se giró, creo que para sujetarlo, pero los dos estaban desequilibrados y el suelo estaba resbaladizo por la lluvia. Simplemente se cayó, creo que el bloque que estaba subiendo Bobby le golpeó y cayó por encima de la barra de seguridad. ¡Dios mío! —se detuvo y se tapó la cara con las manos—. Le vi caer. Oí un grito y me di la vuelta, vi cómo chocaba contra el suelo. Se quedó tumbado. Se quedó tumbado, Darcy, con la cabeza ensangrentada —Brenna se sorbió las lágrimas y se frotó los ojos—. Realmente, no fue una caída desde muy alto, pero cayó en un suelo muy duro. Me impidieron que lo moviera. No podía pensar y quería darle la vuelta, pero gracias a Dios había gente con la cabeza más fría, puede tener dañada la columna o el cuello. Pobre Bobby... Shawn se lo ha llevado a dar un paseo.

—No va a pasar nada, Brenna —Darcy la abrazó—. No permitiremos que pase nada.

—Me alegro de que hayas venido. No te puedes imaginar lo asustada que estoy. Mary Kate es propensa a la histeria, Maureen está embarazada y Alice Mae es muy joven. Patty puede contenerse y mamá también, desde luego, pero no puedo contarles lo que fue verle chocar contra el suelo y lo asustada que estoy de que no vuelva a despertarse.

—Claro que lo hará. Pronto podrás verle, te apuesto lo que quieras, entonces te encontrarás mejor.

Vio que Trevor se acercaba. Se detuvo y le puso una mano en el hombro.

—Yo me encargo del té. Ve a sentarte con tu familia.

—Gracias. Lávate un poco la cara, Brenna —le dijo Darcy animadamente—. Tomaremos un poco de té y esperaremos al doctor.

—Estoy bien —Brenna se restregó la cara—. Vete con mamá. Voy a lavarme y vuelvo con vosotras enseguida.

Darcy se sentó en el brazo de la butaca donde estaba sentada Mollie.

—Enseguida traen el té.

—Estupendo —Mollie le dio una palmadita y dejó la mano apoyada en la rodilla—. Trevor es un buen hombre. Ha dejado sus asuntos y ha vuelto porque Mick está herido.

—Claro que ha vuelto.

Mollie negó con la cabeza.

—No todos lo hubieran hecho y eso dice mucho a su favor. Se ha sentado conmigo y me ha dicho que no debo preocuparme de nada más que de concentrarme en que Mick se recupere. Él se

219

encargará de todos los gastos de médicos y del hospital. Dice que Mick recibirá todo el sueldo aunque falte al trabajo, y que espera que no sea mucho tiempo —se detuvo al temblarle la voz—. Que espera que Mick vuelva pronto porque los dos O'Toole son necesarios para que el trabajo salga como es debido.

—Tiene toda la razón.

La garganta de Darcy se llenó de lágrimas, esta vez de gratitud. ¿Cómo sería capaz de decir las palabras precisas a una persona a la que apenas conocía?

Darcy se levantó al ver que Trevor entraba. Se dejó llevar por el corazón, se acercó a él, le tomó el rostro entre las manos y le dio un beso cariñoso en los labios.

—Ven, siéntate con la familia.

En ese momento entró el doctor.

—Señora O'Toole.

—Sí. Mi marido.

Mollie se levantó agarrada a Alice Mae que era la que estaba más cerca.

—Es un tipo duro —el doctor entró con una sonrisa tranquilizadora, mientras Brenna aparecía por la puerta— lo primero de todo les diré que está bien.

—Gracias a Dios —Mollie se apoyó en el hombro de Brenna—. Le doy gracias a Dios.

—Tiene una conmoción y un brazo roto. El hueso... —se puso la mano en su propio brazo— se ha partido limpiamente, y eso es una suerte. Ha sufrido contusiones y tiene moratones en las costillas, pero no hay roturas. Hemos hecho todo tipo de pruebas y no tiene daños internos, aunque queremos que se quede ingresado un par de días.

—¿Está despierto?

—Sí, y muy despierto. Ha preguntado por ustedes y ha pedido una pinta de cerveza, aunque primero preguntó por ustedes.

Mollie rompió en una carcajada mezclada con sollozos.

—Entonces, ¿puedo verle?

—Le llevaré a recuperación, y el resto de ustedes podrá verle cuando le hayamos instalado en una habitación. Tiene un aspecto un poco penoso con tantos moratones y heridas y no quiero que se asusten por eso.

—Te acostumbras a los moratones y a las heridas cuando has educado a cinco hijos.

—Tiene razón.

—Vosotras quedaros aquí —se volvió hacia su familia—. Y no quiero llantos ni lamentos cuando os toque a vosotras, así que podéis iros deshaciendo de todo eso. Si lo necesitamos, ya nos daremos una panzada de llorar cuando volvamos a casa.

Darcy esperó a que Mollie saliese con el doctor y se dirigió a Brenna.

—¿Qué te parece si le pasamos a escondidas una pinta de Guinness?

Doce

—Darcy, ésta es mi chica. Has venido a liberarme, ¿verdad?

Veinticuatro horas después de haber aterrizado con la cabeza, Mick O'Toole tenía un aspecto saludable y espabilado, amoratado, apaleado, y un poco desesperado. Darcy se inclinó y lo besó en la frente.

—Pues no, todavía le queda un día, si todo sigue igual con esa piedra que llama cerebro. Pero le he traído flores.

Tenía un ojo morado, un corte en la mejilla y la frente que acababa de besar era una sinfonía de heridas y chichones.

Le recordó a un pendenciero que hubiera salido perdiendo en alguna pelea en la que no debió meterse.

Quiso abrazarlo cuando la sonrisa de oreja a oreja se transformó en un profundo suspiro.

—No me pasa nada en la cabeza ni en el resto del cuerpo, menos algunos golpecitos en el costado. ¿Es eso motivo para que no pueda irme?

—Los médicos opinan otra cosa, pero le he traído algo para alegrarlo.

—Las flores son muy bonitas —lo dijo como lo diría un niño que no consigue lo que quiere.

—Ya lo creo, las he cortado del jardín de Jude. El resto viene de otro sitio —sacó las flores del bolso, las dejó encima de la cama y sacó un termo y un vaso—. Es Guinness, sólo he podido conseguir media pinta, pero tendrá que conformarse.

—Eres una princesa.

—Lo soy y espero que se me trate como tal —quitó el tapón y llenó el vaso con el producto de contrabando— ¿Se encuentra tan bien como parece?

—Estoy en plena forma, te lo prometo. Me duelen un poco las piernas, pero nada del otro mundo —dio un sorbo y cerró los ojos de placer—. Lo siento, ya me he enterado de que Trevor y tú volvisteis corriendo de Londres. Sólo fue un paso en falso.

—Nos dio un susto de muerte —le pasó los dedos por el pelo—. Me imagino que ahora tendrá a todas sus mujeres ocupándose de usted.

Le centellearon los ojos.

—No me importa, son una maravilla, aunque no han parado de entrar y salir desde que recuperé el conocimiento. Yo estoy dispuesto a volver a la obra, pero Trevor no quiere ni oír hablar de ello. Me ha dicho que como mínimo una semana, y sólo si el doctor da el visto bueno —el tono de voz se volvió suplicante—. A lo mejor podías hablar con él, decirle cuánto mejor estaría trabajando que dando vueltas por ahí. Un hombre siempre escucha a una mujer tan hermosa como tú.

—No me va a engatusar, señor O'Toole. Una semana ya es bastante poco tiempo. Ahora, descanse y deje de pensar en el trabajo. El teatro no se habrá terminado antes de que vuelva.

—No me gusta cobrar mientras estoy cruzado de brazos.

—Es justo que le pague porque se hirió en su obra y puede permitírselo. Al hacerlo demuestra su forma de ser, como el preocuparse por ello demuestra la suya.

—Es posible, y tengo que reconocer que tranquiliza bastante a Mollie, aunque ella no lo diga —tenía agarrado el borde de la sábana—. Es un buen hombre y un jefe justo, pero necesito saber que le compensa el dinero que me paga.

—¿Desde cuándo no ha correspondido plenamente a todo lo que ha recibido? Cuanto antes se recupere, antes volverá a trabajar. Y le diré que mi fontanería necesita un repaso.

Eso se lo había inventado, pero a él se le iluminaron los ojos.

—Le echaré una ojeada en cuanto me suelten de aquí. Claro que si es urgente, Brenna puede pasar por ahí.

—Puede esperar, y yo también.

—Entonces no se hable más —se recostó y se fijó en el resplandor que salía de la muñeca de Darcy—. ¡Vaya!, ¿qué es eso? No está mal la baratija.

—No. Trevor me la regaló —miró a Mick que sonreía burlonamente.

—¿En serio?

224

—Sí. No debí aceptarla, pero decidí no rechazar un regalo tan generoso.

—¿Por qué ibas a hacerlo? Se ha fijado en ti desde la primera vez que te vio. Si quieres mi opinión, creo que tiene buen gusto y a ti, querida, creo que te conviene Trevor Magee.

—No pienso en esas cosas, señor O'Toole. No es más que un poco de diversión para ambos, no pensamos en nada serio.

—¿De verdad? —preguntó Mick y continuó al ver que Darcy levantaba la barbilla como había hecho toda su vida—. Bueno, el tiempo lo dirá, ¿no te parece?

Para alegría de Mick no había pasado ni una hora desde que Darcy se fue cuando apareció Trevor. Traía una pinta de Guinness y Mick apreció la osadía de no ocultarla, como había admirado la elegancia con que Darcy la había introducido subrepticiamente.

—Vaya, eso es un hombre que piensa en los demás.

—Como..., ¿usted también quería una? —le pasó el vaso con una sonrisa—. Me imaginaba que ya estaría un poco harto.

—Lo estoy. Si me acercaras unos pantalones me iba contigo.

—Mañana. Acabo de hablar con el doctor y me ha dicho que le sueltan mañana por la mañana.

—Bueno, eso es preferible a que te saquen un ojo con un cuchillo cebollero. Estaba pensando que podría ir a la obra como supervisor. Sin levantar peso —se apresuró a aclarar mientras Trevor lo miraba sin mover un músculo—. Nada de trabajar de verdad, lo que se dice estar un poco al tanto.

—Dentro de una semana.

—Eres un indeseable. Me volveré loco. ¿Tú sabes lo que es estar tumbado con todas esas gallinas a tu alrededor?

—Sólo me lo imagino en mis fantasías favoritas.

Mick se rió y bebió un poco de cerveza.

—Darcy se fue hace menos de una hora.

—Le quiere mucho.

—Es un sentimiento recíproco. Me he fijado en la baratija que le has regalado, no está mal.

—Le sienta muy bien.

—Desde luego. Es brillante, preciosa y resplandeciente. Cualquiera que la viera pensaría que es una frívola que sólo piensa en divertirse lo más posible, pero se equivocan.

—Estoy de acuerdo.

—Como su padre, mi buen amigo Patrick Gallagher, está en el otro lado del charco, voy a permitirme hablarte con toda claridad. No juegues con esa niña, Trevor. No es una baratija como esa preciosa pulsera que sacaste de la vitrina de alguna tienda. Tiene un corazón enorme que busca algo, aunque no le guste demostrarlo. Y aunque te diga, y se diga a sí misma, que sólo se trata de diversión y de pasarlo bien, puedes hacerle daño si la tratas con rudeza.

—No tengo la más mínima intención de tratarla con rudeza —habló con frialdad, casi con distanciamiento.

Mick pensó que no era el tipo de hombre acostumbrado a que le dieran órdenes ni consejos ni advertencias.

—Quizá hubiera debido decir «a la ligera». Y un hombre puede tratar a la ligera a una mujer aunque no lo pretenda, sobre todo si la mujer lo espera.

—Me ocuparé de ser cuidadoso, espere ella lo que espere.

Mick asintió con la cabeza y se preguntó qué esperaba Trevor.

Mick tenía razón en una cosa: Trevor no era el tipo de hombre que buscaba consejo y menos cuando se trataba de una mujer. Sabía lo que hacía con Darcy. Los dos eran adultos, adultos que se sentían atraídos de una forma muy elemental. Además, sentía afecto y respeto. ¿Qué más se podía pedir de una relación? Sobre todo de una temporal.

Sin embargo, las palabras de Mick le habían preocupado, y siguieron preocupándolo durante todo el viaje de vuelta a Ardmore. En vez de dirigirse directamente a la obra, como era su intención, cambió de dirección y fue a Tower Hill. Tenía que volver a la tumba de su antepasado o explorar las ruinas, y podía tomarse media hora.

La torre circular dominaba el pueblo desde las alturas y se podía ver desde cualquier punto. Pasaba cerca de ella cada vez que iba o volvía de la obra a casa, pero nunca había sentido una verdadera necesidad de visitarla con tiempo. Dejó el coche en la cuneta de la estrecha carretera y salió. El viento azotaba con fuerza.

Cuando atravesó la verja vio un grupo de turistas diseminado por la pendiente, entre piedras y cruces, camino del edificio de piedra sin tejado que había sido la iglesia construida en honor del santo. Le sorprendió sentirse molesto porque hubiera alguien allí con cámaras, mochilas y guías.

Pensó que era una estupidez sentirse molesto, al fin y al cabo era la gente que esperaba atraer a su teatro. A éstos y a los que acudieran a las playas en verano.

Se unió a ellos y bajó la ladera en dirección a la iglesia para poder estudiar la arcada románica y las inscripciones medio borradas por el viento y el tiempo.

Entre los cascotes y tumbas había dos lápidas con inscripciones *ogham*. ¿Cómo era posible que esas líneas pudieran leerse como palabras? Serían como códigos Morse, pensó, que se ponían en las cruces de los caminos para orientar a los viajeros.

Oyó a una mujer llamando a su hijo. Tenía un acento claramente americano, de la costa este. Parecía estar fuera de lugar. ¿Sonaría igual su voz? En ese lugar las palabras debían fluir con una cadencia musical.

Miró la torre. La antigua defensa aún conservaba el tejado cónico y daba la sensación de que todavía podría resistir un ataque. ¿Por qué habría atraído a tantos invasores? Romanos, vikingos, sajones, normandos, bretones. ¿Qué clase de fascinación sentían por esa pequeña isla que estaban dispuestos a luchar y morir por dominarla?

Al girarse y mirar al horizonte creyó ver parte de las respuesta.

El pueblo era hermoso como un cuadro y lo bordeaba una playa de arena dorada. El mar se extendía azul como el verano y brillaba bajo la inquieta luz rematado por un encaje blanco.

Las colinas se perseguían unas a otras, verdes y exuberantes, con parches de un marrón profundo que completaban la sensación de tierra mullida. Entre ellas sólo se podía ver la sombra de las cumbres reflejada en las laderas.

La luz cambió, se hizo más brillante, y pudo ver las sombras de las nubes barriendo la tierra que había bajo ellas.

El aire olía a hierba, a flores y a mar.

Dudaba de que la belleza del paisaje fuese el motivo que había atraído a tantos pueblos, pero estaba seguro de que sí era uno de los motivos por los que habían luchado para quedarse.

—Es una tierra que absorbe a los invasores y los hace propios.

Trevor miró alrededor convencido de que encontraría a un turista irlandés, pero se encontró con los ojos azules de Carrick. Se sorprendió al ver que estaban solos, cuando unos minutos antes había por lo menos media docena de personas.

—Prefiero un poco de intimidad —Carrick guiñó un ojo—. ¿Tú no?

229

—Me resulta difícil conseguirla si tú te apareces cuando quieres.

—Quería charlar un rato contigo. ¿Qué tal va el teatro?

—Según lo previsto.

—Lo yanquis siempre cumplís las previsiones. Siempre pasan por aquí mirando el reloj y los mapas para poder hacerlo todo según el programa. Podrías pensar que esas cosas se dejan a un lado cuando estás de vacaciones, pero las costumbres no se olvidan fácilmente.

Trevor se metió las manos en los bolsillos mientras el viento le agitaba el pelo.

—¿Querías charlar conmigo de la costumbre americana de vivir pegados a un reloj?

—Es una mera táctica para iniciar una conversación. Si buscas dónde reposan los restos de tu antepasado, es por aquí —Carrick se dio la vuelta y se puso a caminar elegantemente sobre el áspero terreno, envuelto en su jubón plateado.

—John Magee —empezó a leer Carrick cuando le alcanzó Trevor—. Hijo y hermano querido. Murió como soldado lejos de su hogar.

Trevor sintió una punzada en el corazón, una especie de dolor lejano.

—Seguro que era un hijo querido, lo de hermano lo dudo más.

—Estás pensando en tu abuelo. Vino pocas veces, pero vino.

—¿De verdad?

—Ajá, se quedaba donde estás tú, con el ceño fruncido y los pensamientos confusos. Cerraba su corazón porque le preocupaba. Echaba el candado deliberadamente.

—Ya —murmuró Trevor—. Me lo puedo imaginar. Que yo recuerde, no hizo nada que no fuese deliberado.

—Tú también eres un hombre que hace las cosas deliberadamente, en cierto sentido —Carrick esperó a que Trevor levantara la cabeza y lo mirara a los ojos—. Es interesante recordar que cuando el hombre que puso la semilla de tu padre miraba hacia abajo desde este lugar, no veía los que tú ves. No era un lugar encantador, hospitalario y lleno de magia. Veía una trampa y se habría cortado la pierna por salir de ella.

Carrick se volvió para mirar hacia Ardmore. La melena negra le caía por la espalda como una capa.

—Quizá lo hiciera en cierta forma y se fuera a Estados Unidos con una parte de sí amputada. Si no lo llega a hacer, tú no estarías aquí viendo lo que él no pudo ver.

—Lo que quiso ver —corrigió Trevor—, pero tienes razón, yo no estaría aquí si no llega a ser por él. Dime, ¿quién pone las flores en su tumba después de tanto tiempo?

—Yo —Carrick señaló hacia un ramillete de fucsias silvestres—. Maude ya no puede, y fue la única cosa que me pidió. Ella nunca lo olvidó y su amor no se desvaneció en los años que transcurrieron entre su muerte y la de ella. La constancia es la mejor virtud que tenéis los mortales.

—No todo el mundo puede decir lo mismo.

—No, sólo los que conocen el placer que supone. ¿Tu corazón es constante, Trevor Magee?

Trevor volvió a mirar hacia arriba.

—No he pensado mucho en ello.

—Eso se parece bastante a una mentira, pero te haré la pregunta de forma más directa. Ahora te gusta Darcy. ¿Crees que podrías rechazar el banquete y marcharte sin más?

—Lo que hagamos es privado.

—¡Ja! Tu privacidad no significa nada para mí. Te he esperado durante tres siglos, a ti y a nadie más, ahora estoy seguro. Eres el definitivo. Te quedas ahí, preocupado porque te pueden tomar por tonto, lo cual no es sino una forma de orgullo, como la de tu abuelo, cuando lo único que tienes que hacer es aceptar lo que te ha sido dado. Tu sangre bulle por ella, tienes la mente nublada por ella, pero te frenas antes de saber lo que tu corazón siente por ella.

—La sangre caliente y la mente nublada tienen poco que ver con el corazón.

—Eso es una tontería. ¿Acaso no es la pasión el primer paso para el amor y la añoranza el segundo? Ya has dado el primer paso y estás en el segundo, pero eres demasiado obstinado para reconocerlo. Esperaré —sus ojos reflejaban impaciencia, parecían dos ascuas—. Yo tengo también mi maldito programa, anima un poco.

Hizo un chasquido con los dedos y desapareció como un relámpago.

Le puso de muy mal humor. Como si no fuese bastante irritante que Mick O'Toole se dedicara a darle consejos sobre su vida privada. Lo que le faltaba era que alguien que no debía existir volviera con el mismo cuento. Los mortales y los espíritus parecían empeñados en que diese un paso definitivo en su relación con Darcy, y él no tenía la más mínima intención de hacerles caso.

Era su vida, y la de Darcy.

Para demostrarlo, saludó a todo el mundo con la mano mientras cruzaba la obra y se dirigió directamente a la puerta de la cocina del pub.

Shawn levantó la mirada de unas cazuelas.

—Hola, Trev. Llegas tarde para la comida, pero puedo hacerte algo si tienes hambre.

—No, gracias. ¿Está Darcy por ahí?

—Acaba de subir a su pequeño palacio. Tengo un guiso de pescado... —Shawn se detuvo al ver que Trevor subía las escaleras—. Supongo que no tiene hambre de nada que pueda darle yo.

No llamó a la puerta. Era una falta de educación, lo sabía, pero encontró cierto placer perverso en ello. Como el placer que sintió al ver la sorpresa de Darcy que salía del dormitorio con una bolsa de una tienda.

—Pasa, estás en tu casa... —aunque el tono no lo denotaba, había una irritación evidente en las palabras. Le gustó—. Siento mucho no poder hacerte caso, pero tengo que ir a casa de Jude para llevarle el corderito de peluche que le compré al bebé.

La respuesta de Trevor fue acercarse de una zancada, agarrarla del pelo y echarle la cabeza hacia atrás mientras la besaba en la boca. La impresión la atravesó como un sable, como un sablazo de deseo.

Primero lo empujó, intencionadamente. Luego lo agarró con fuerza, intencionadamente también. Él no prestó atención a ninguna de las reacciones hasta que hubo terminado. Cuando lo hizo, la apartó y la miró con unos ojos fríos como el acero.

—¿Ha sido suficiente para ti?

Ella intentó recuperar el equilibrio y la serenidad.

—Como beso, ha sido...

—No, maldita sea —era una voz llena de ira y ella entrecerró los ojos—. ¿Significa lo mismo para ti que lo que significa para mí? ¿Ha sido suficiente para ti?

—¿He dicho lo contrario?

—No —aunque luchaba contra la ira, la tomó de la barbilla—. ¿Lo harías?

Ella sabía que por muy furioso que estuviera la miraba con frialdad. Pensó que un hombre con ese control era irritante. Y desafiante.

—Puedes estar seguro de que cuando no esté satisfecha serás el primero en saberlo.

—Perfecto.

—Y como soy una mujer que cumple su palabra, te diré que no me hace ninguna gracia que entres en mi casa sin que te haya invitado y me utilices a tu antojo sólo porque te han tocado las narices.

Trevor se apartó con una sonrisa insinuada.

—Entendido. Lo siento —se agachó, recogió la bolsa que se había caído y se la entregó—. He estado en Tower Hill, visitando la tumba de mi tío abuelo.

Ella inclinó la cabeza.

—¿Sientes dolor por alguien que murió mucho antes de que nacieras?

Trevor abrió la boca para negarlo, pero dijo la verdad.

—Sí.

Ella se serenó y le agarró del brazo.

—Siéntate. Te haré un poco de té.

—No, gracias.

La tomó de la mano y se la besó con un gesto distraído que hizo que algo se revolviera dentro de Darcy. Luego, él se giró y fue con paso inquieto hacía la ventana para ver la obra.

¿Era también él un invasor? o ¿estaba cavando para encontrar sus raíces?

—Mi abuelo no hablaba de este lugar y mi abuela, que era una mujer sumisa, tampoco. En consecuencia...

—Se te ha despertado la curiosidad.

—Exactamente. Llevaba mucho tiempo pensando en venir. Incluso lo planeé un par de veces, pero nunca lo hice. Hasta que la idea del teatro apareció en mi cabeza, como si la hubiese estado gestando durante años, paso a paso.

—¿No pasa eso muchas veces con las ideas? —se acercó a la ventana, junto a él—. Se van cociendo lentamente sin darnos cuenta, hasta que un día están en su punto.

—Supongo —la tomó de la mano casi sin darse cuenta—. Como ya está hecho el trato, puedo decirte que habría pagado más por el alquiler, os habría dado un porcentaje mayor. Tenía que soltarlo.

—Bueno, yo también puedo decirte que habríamos aceptado mucho menos, pero disfrutamos mucho regateando con Finkle.

Trevor se rió y la tensión desapareció.

—Mi tío abuelo habría venido aquí, a Gallagher's, y mi abuelo.

—Puedes estar seguro. ¿Te preocupa lo que pensarían ellos de lo que estás haciendo?

—No me preocupa lo que hubiera pensado mi abuelo, ya no.

Otra vez la amargura, pensó Darcy.

—¿Era tan insensible?

Trevor dudó y pareció dispuesto a hablar de ello.

—¿Qué te pareció la casa de Londres?

Darcy, desconcertada, agitó la cabeza.

—Muy elegante.

—Un museo de mierda.

Ella parpadeó ante la furia que transmitía.

—Bueno, tengo que reconocer que lo del museo se me ocurrió a mí también, pero fue muy agradable.

—Después de que muriera, mis padres me permitieron hacer algunos cambios. Cosas que no se habían cambiado desde hacía treinta años. La abrí un poco y suavicé algunas aristas, pero es el lugar en sí. Rígido y formal. Como él. Así se educó mi padre, con rigidez y sin afecto.

—Lo siento —le pasó una mano por la espalda—. Tener un padre que no demuestra su cariño tiene que ser triste y difícil.

—Yo no tuve ese problema. Por algún motivo, por algún milagro, mi padre era, es, cariñoso, abierto y con mucho sentido del humor. Aunque su padre no lo fuera. Sigue sin hablar mucho de su educación, excepto con mi madre.

—Y ella contigo —murmuró Darcy—, porque sabe que necesitas entenderlo.

—Él quería formar una familia, lo contrario de lo que conoció. Y es lo que hizo. Nos mantuvo a raya, a mi hermana y a mí, pero sabíamos que nos quería.

—Que le des la importancia que merece indica la belleza del regalo que os hicieron.

—Claro que le doy importancia —se volvió hacia ella. No había esperado realmente que le entendiera y fue un alivio comprobar que sí lo había hecho—. Por eso no me importa lo que mi abuelo hubiera pensado de lo que estoy haciendo aquí. Sin embargo, sí me importa lo que sentirán mis padres cuando esté terminado.

—Te diré algo. Creo que estarán orgullosos. En el corazón de Irlanda hay arte y tú lo estás sacando a la luz. Lo que estás haciendo es hermoso y un motivo de orgullo para tu padre, tu madre y tus descendientes.

Le quitó cierto peso de encima.

—Gracias. Me importa más de lo que me imaginaba. Fue una de las cosas que se me ocurrieron cuando estaba en la colina. Me importa lo que estoy haciendo y lo que voy a dejar aquí. Mientras llegaba a esa conclusión, tuve una conversación con Carrick.

Ella apretó los puños. Cuando Trevor la miró, pudo ver la sorpresa dibujada en su rostro antes de que cerrara la boca y emitiera un sonido incomprensible.

—¿Crees que estoy alucinando?

—No —negó con la cabeza—. No lo creo. Otras personas que considero muy cuerdas también aseguran haber hablado con él. Somos muy amplios de mente por aquí.

Pero conocía la leyenda y le desconcertaba lo suficiente como para sentarse en el brazo de la butaca.

—¿De qué hablasteis?

—De muchas cosas. De mi abuelo, de Maude y John Magee, de previsiones, de virtudes, del teatro, de ti.

—De mí... —de repente notó las manos húmedas y se las secó en los pantalones—. No sé qué pudisteis hablar de mí...

—Seguramente conozcas la leyenda mejor que yo. Según tengo entendido, se necesita que tres parejas se enamoren, se acepten y se prometan.

—Eso dicen.

—Durante el año pasado, más o menos, tus dos hermanos se han enamorado, se han aceptado y se han casado.

—Lo sé. Estuve en sus bodas.

—Entonces, como eres tan lista, supongo que te has dado cuenta de que son tres Gallagher —se acercó a ella—. Estás pálida.

—Te agradecería que fueses al grano.

—De acuerdo. Nos considera la tercera pareja y la definitiva.

Darcy sintió una presión ardiente en el pecho que hacía que quisiera golpeárselo con el puño para relajarse; pero mantuvo las manos quietas y la mirada ecuánime.

—Es algo que no encaja muy bien contigo.

—¿Y contigo?

Estaba demasiado nerviosa como para darse cuenta de la evasiva.

—Yo no soy la que habla con príncipes encantados, ¿no? Además, no me preocuparía especialmente si mi destino está dictado por la voluntad o la necesidad de otro.

—Yo tampoco. Yo tampoco lo haría.

Darcy comprendió en ese momento por qué le había hablado de su abuelo. Para decirle que por sus venas también corría sangre fría. Se levantó poco a poco.

—Ya entiendo lo que te pone de tan mal humor. Es la mera posibilidad de que yo sea tu destino, ¿verdad? La idea de que un hombre con tu formación y tu categoría pueda caer rendido ante una camarera.

Trevor quedó tan sinceramente impresionado que necesitó un rato para recuperarse.

—¿De dónde te has sacado eso?

—Nadie podría culparte porque te sintieras contrariado ante una insinuación como ésa. Tenemos suerte de que el amor no tenga nada que ver con ese asunto.

Trevor sabía lo que era una mujer furiosa, pero no estaba seguro de haberse enfrentado a ninguna tan capaz de hacer daño. Para evitarlo levantó las manos.

—Primero, lo que hagas para ganarte la vida no tiene nada que ver con... nada. Segundo, no eres precisamente una camarera, aunque no me importaría que lo fueras.

—Sirvo comidas y bebidas en un pub, ¿cómo llamarías a eso?

—Aidan se ocupa del bar, Shawn se ocupa de la cocina y tú te ocupas del servicio —dijo Trevor con paciencia—. Y creo que si quisieras podrías hacerte cargo de todo ello; o de cualquier otro pub de tu país o el mío. Pero eso es otro asunto.

—Resulta que es un asunto que me afecta.

—Darcy, si te digo esto es porque nos afecta a los dos, porque somos amantes y tenemos que saber dónde estamos. Por el momento lo sabemos y estamos de acuerdo en no dejarnos llevar por leyendas ancestrales.

Volvió a tomarla de la mano y le pasó el dedo pulgar sobre los nudillos para que se relajaran.

—Aparte, completamente aparte, me gustas, me gusta estar contigo y te deseo... como nunca había deseado a nadie.

Darcy se impuso tranquilizarse, aceptarlo, incluso estar satisfecha. Sin embargo, en algún lugar de su interior había quedado un vacío que no volvería a llenarse.

—De acuerdo. Todo eso aparte, me siento la misma. Así que no hay ningún problema.

Sonrió, se puso de puntillas y le dio un beso cariñoso, luego lo acompañó hasta la puerta.

—Ahora vete, porque yo tengo que irme.

—¿Vendrás esta noche a mi casa?

Lo miró seductoramente.

—Me encantaría. Puedes esperarme alrededor de medianoche, y no me importaría que me esperaras con un vaso de vino servido.

—Entonces, hasta luego.

Él la habría besado, pero ella estaba cerrándole la puerta en las narices.

Al otro lado de la puerta, Darcy contó hasta diez tres veces seguidas y luego respiró. De modo que tenían que ser juiciosos y sensatos y hacerlo todo al estilo Magee...

Él era demasiado distante como para sucumbir a una leyenda o al amor.

Sin embargo, había sido él quien le había suplicado antes de que lo hiciera ella. Él le había prometido todo lo que quisiera.

Ya que lo había hecho, ella podía tomarlo. Eso le enseñaría a no desdeñar la idea de amar a Darcy Gallagher.

Trece

En términos generales, Trevor estaba muy satisfecho de cómo iban las cosas. El proyecto cumplía los plazos y los lugareños apoyaban la idea y se mostraban interesados. No pasaba un día sin que se acercara un grupo a ver cómo marchaba la obra para hacer comentarios, hacer sugerencias o contarle una historia sobre sus familiares.

Había conocido a varios que eran sus primos. En realidad, tenía a dos que eran empleados suyos.

Con Mick de baja, él tenía que pasar más tiempo en la obra, pero no le importaba. Le ayudaba a concentrarse en lo que se tenía que concentrar y le dejaba menos tiempo para darle vueltas al asunto de Darcy.

Tenía la sensación de que las cosas se habían encauzado en ese terreno. Eran demasiado sensatos como para dejarse influir por leyendas o espíritus egoístas. O por sueños sobre un corazón azul que latía en el fondo del mar.

Tenía muchos asuntos de los que ocuparse, se recordó mientras llevaba una taza de café al despacho de su casa. Tenía que hacer llamadas, negociar contratos y hacer pedidos. No podía perder el tiempo pensando en lo que había visto o dejado de ver ni en lo que creía o no. Las responsabilidades no iban a esperar a que aclarara cuánto tenían de real o de mítico las leyendas irlandesas. Se tocó el disco que llevaba colgado del cuello, era real.

Miró el reloj y pensó que todavía podría encontrar a su padre en casa. Entró en el dormitorio, tropezó y se derramó parte del café sobre la mano.

—¡Maldita sea!

—¡Eh!, no hace falta maldecir.

Gwen seguía manejando las agujas. Estaba sentada en una butaca enfrente de la chimenea, tenía el pelo recogido en la nuca y bordaba con destreza un paño blanco.

—Te vendría bien un bálsamo para la quemadura.

—No es nada —sobre todo si se comparaba con ver fantasmas y hablar con ellos—. Casi me había convencido de que no creía en vosotros.

—Claro, tienes que hacer lo que te resulte más cómodo. ¿Prefieres que te deje en paz?

—No sé lo que prefiero —dejó el café en la mesa y se sentó de frente a ella. Se lamió la quemadura sin darse cuenta—. He soñado contigo, ya te lo he contado. Lo que no te he contado es que casi me creí haberte visto cuando vine aquí. Bueno, no a ti —corrigió entre tartamudeos—. A alguien... —la palabra «vivo» le pareció un poco brusca— real, a una mujer.

Ella lo miró amable y comprensivamente.

—Quizá pensaste que habías visto a la mujer de tus sueños y que sería tuya.

—Es posible. No es que esté buscando a ninguna en concreto, pero es posible.

—Si un hombre se lo permite, puede enamorarse de un sueño. Es muy fácil, sin esfuerzo ni problemas. Ni disfrute verdadero. Tú prefieres trabajar para conseguir las cosas, ¿verdad?

—Supongo que sí.

—La mujer que viste supone mucho esfuerzo y problemas. Dime, ¿también disfrutas con ella?

—¿Hablas de Darcy?

—¿De quién si no? Claro que hablo de Darcy Gallagher. Una mujer hermosa y complicada, y con una voz... —se detuvo y se rió entre dientes—. Iba a decir como un ángel, pero tiene poco de ángel. No, tiene una voz de mujer, profunda y tentadora para un hombre. Te ha tentado.

—Podría tentar a un muerto. No te ofendas.

—No te preocupes. Me pregunto si es lo que buscas, Trevor.

—No busco nada, ni a nadie.

—Todos buscamos, los afortunados encuentran —sus manos se detuvieron y permanecieron sobre el paño—. Los inteligentes aceptan. Yo tuve suerte, pero no inteligencia. ¿No podrías aprender algo de mi error?

—No la amo.

—Es posible que sí y es posible que no —Gwen volvió a bordar—, pero tú no has abierto el corazón para correr el riesgo. Proteges demasiado esa parte de ti, Trevor.

—Es posible que esa parte de mí no exista. Que no sea capaz de amar como tú dices.

—Eso es una tontería.

—Ya he hecho daño a otra mujer porque no podía amarla.

—Y te has hecho daño a ti mismo de paso. Te ha dejado con dudas sobre ti mismo. Puedo prometerte que los dos no sólo sobreviviréis, sino que mejoraréis con la experiencia. Encontrarás lo que buscas cuando empieces a considerar a tu corazón como un don en vez de como un arma.

—Mi corazón no es prioritario, lo es el teatro.

Ella hizo un sonido como de asentimiento.

—Es maravilloso poder construir para la posteridad. Esta casa de campo, aunque sea muy sencilla, ha durado varias generaciones. Bueno, se ha hecho algún cambio, pero la esencia permanece. Como lo hace el castillo con torres de plata y un río azul.

—Tú elegiste la casa de campo.

—Lo hice. Por motivos equivocados, pero, a pesar de todo, no me arrepiento de mis hijos ni del hombre que me los dio. Quizá Carrick no entienda nunca esa parte de mi corazón. Creo que sería un error pedirle que lo hiciera. Los corazones pueden unirse y las personas que los poseen permanecer como son. El amor lo permite, lo permite todo.

Trevor pudo ver el dibujo que estaba bordando. Era el castillo de plata con sus torres brillantes, el río azul como un zafiro y los árboles cargados de frutas de oro. Sobre el puente que salvaba el río había dos figuras sin terminar.

Era ella con las manos extendidas hacia Carrick.

—Estás muy sola sin él.

—Tengo... —dio una puntada al jubón plateado—, un vacío dentro de mí. Un espacio que espera. Como yo espero.

—¿Qué te ocurrirá si no se rompe el sortilegio?

Ella volvió a levantar la cabeza y lo miró con unos ojos oscuros y serenos.

—Seguiré esperando y lo veré en mi corazón.

—¿Hasta cuándo?

—Mientras dure. Tienes posibilidades de elegir, como yo las tuve una vez. Sólo tienes que hacerlo.

—No es lo mismo... —empezó a decir Trevor, pero ella se desvaneció como la niebla—. No es lo mismo —repitió en la habitación vacía.

Se quedó un rato sentado y pensativo y luego cogió el teléfono. Primero llamó a su padre y se tranquilizó bastante. Luego habló con Nigel y con su socio de Los Ángeles. Volvió a mirar el reloj y comprobó que era casi medianoche. Las siete en Nueva York, llamaría al infalible Finkle a su casa. Estaba hablando con él mientras tomaba notas y manejaba el ordenador, cuando oyó un coche que se paraba delante de su casa. Trevor miró por la ventana.

Vio a Darcy que entraba por la verja. Se había olvidado del vino.

Darcy pensó en llamar, pero había visto luz en el despacho. Estaría trabajando. Entró con un brillo malicioso en los ojos. Pensó que pronto subirían al piso de arriba.

Se detuvo ante la puerta del despacho, irritada y complacida cuando vio que él seguía hablando por teléfono y le hacía un gesto para que entrara.

Irritada porque no la esperaba con ansiedad y complacida porque pensaba que pronto lo tendría jadeando como un perrito anhelante.

—Necesito ese informe antes de que cierren en Nueva York mañana —Trevor garabateó algo—. Sí, de acuerdo, tienen todo el día para aceptar la oferta o si no la retiramos. Sí, quiero que lo plantees así. Otro asunto. No estoy contento con las ofertas del proyecto de Dressler. Déjales muy claro que si nuestro suministrador de madera habitual no puede hacerlo mejor, buscaremos otro.

Tenía la vista perdida en el techo y dio un sorbo de café. Mientras, Darcy se desabrochaba el abrigo.

El abrigo cayó al suelo y Trevor comprobó que sólo llevaba puesta la pulsera, unos zapatos de tacón alto y una sonrisa felina.

—Perfecto —consiguió decir—. Muy bien, has hecho muy bien.

Trevor colgó mientras la voz de Finkle seguía sonando en el auricular.

—Sospecho que se ha terminado el horario de trabajo.

—Efectivamente.

Ella recorrió con la vista la habitación e inclinó la cabeza.

—No veo mi vaso de vino.

Trevor comprobó lo difícil que resulta hablar con un nudo en la garganta.

—Lo olvidé —ya tenía la respiración entrecortada. Se acercó a ella—. Te lo traeré luego.

Darcy lo miró a los ojos y vio lo que quería ver: deseo, puro deseo.

—Tengo mucha sed.

—Más tarde —Trevor no pudo decir nada más antes de posar su boca en la de ella.

Tomó lo que ella le ofrecía con las manos, fuertes y ansiosas, y con los labios, impacientes. Le dio lo que ella quería. Desesperación, eso es lo que ella quería de él, llevar su deseo a un peligroso y primitivo extremo. Había ido desnuda, sin pudor para atraer al animal.

Trevor estaba fuera de control y ello le añadía excitación. Ella no quería control y se dejó arrastrar por un arrebato feroz.

Él la empujó contra la pared deleitándose con el cuello de ella, embriagado por el sabor de la carne de mujer. Le recorría el cuerpo con las manos sin dejar resquicio o secreto sin desvelar.

Cálido, húmedo, vibrante.

Deslizaba los dedos sobre ella, dentro de ella. Incluso cuando notó el escalofrío, la violencia del orgasmo que la estremecía, no dejó de mirarla a los ojos. Creyó ver un destello de triunfo en el fondo profundo y azul.

En ese momento, él habría podido apartarse y aclarar las ideas, pero ella se estrechó contra él con laxitud y sus brazos lo rodearon como dos cadenas envueltas en terciopelo.

—Más —ronroneó ella—. Dame más y toma más. Aquí —le mordió el labio inferior—. Ahora.

Una bruja que murmurara el encantamiento más oscuro no lo habría hechizado más. Habría jurado que sintió las llamas del infierno cuando ella volvió a besarlo. Luego todo fue delirio febril y celestial. El placer desenfrenado, el terrible goce de enloquecer a un hombre. Y de desearlo ardientemente.

El corazón de Darcy latía tan desbocadamente como el suyo y sus manos eran tan incontinentes como las de él.

Le arrancó la camisa y disfrutó con el sonido seco del algodón al rasgarse. Le clavó los dientes en el hombro cuando él volvió a llevarla hasta el límite.

Un velo rojo y espeso nubló la vista de Trevor. Le marcaba en la espalda puntos de placer y dolor con las uñas. El corazón le latía como un tambor primitivo en la cabeza. Entró en ella allí mismo y se apropió con ansia de su grito entrecortado.

Cada embestida era como un paso más en una cuerda floja sobre el cielo y el infierno. No se podría evitar la caída en alguno de los dos. Consciente de ello, Trevor apartó la cabeza y la miró mientras la sujetaba firmemente del pelo.

—Quiero verte. Quiero ver cómo me sientes —dijo él.

—No puedo sentir otra cosa que no seas tú.

Ella cayó de la cuerda floja y lo arrastró en la caída sin saber dónde acabarían.

Él permaneció inmóvil, buscando aire e intentando recuperar la cordura. La presión de su cuerpo mantenía erguida a Darcy y se apoyó en la pared para no perder el equilibrio que ella sí había perdido.

—No puedo mantenerme así —murmuró ella apoyada en el hombro.

—Lo sé. Aguanta un segundo.

—A lo mejor podíamos tumbarnos un rato en el suelo. No siento las piernas. Me haces perder el sentido, Trevor.

Él se rió.

—Te dije que te llevaría a la cama, pero nunca lo lograría y haría caer por tierra la imagen de proeza masculina. Me debilitas mucho, Darcy.

—Después de esto, se necesitaría algo más para arruinar la imagen.

—En ese caso... —la tomó en brazos y la levantó. Tenía el pelo despeinado y la mirada nublada y satisfecha.

Ella agarró el disco de plata que colgaba de la cadena y sintió que tenía el corazón a los pies de Trevor.

—¿Qué te pasa? —preguntó él asustado por la expresión de Darcy y la repentina palidez de su rostro. La dejó en la cama—. ¿Te he hecho daño?

—¡No! Sólo me siento un poco mareada, ya te lo he dicho. Ya me encuentro mejor, pero sigo teniendo mucha sed. Me encantaría tomar ese vino, si no te importa.

—Claro —le puso los nudillos en la mejilla, aunque no estaba muy convencido de la idea—. Siéntate, volveré enseguida.

Una vez fuera, Darcy golpeó furiosamente la almohada. ¡Maldita sea!, había caído en la red de su propia trampa. Se suponía que era él quien debería quedar hechizado, intrigado, satisfecho y rendido. Era él quien debería ser su esclavo.

Sin embargo, ella se había arrojado allí para quedar atrapada y enamorada.

Eso no era lo previsto, pero ¿cómo podría enredarlo entre sus dedos si ella estaba enredada en los suyos?

Lo había planeado bien: usaría la seducción, el encanto, el atractivo, todo las armas a su alcance y una vez cautivo decidiría si lo conservaba o lo rechazaba.

Sería un castigo divino o una broma pesada del destino. Ella siempre había estado segura de que podría conservar el corazón intacto hasta tomar esa decisión. En ese momento ya no tenía posibilidad de elegir.

Por primera vez en su vida no era dueña de su corazón y la sensación era aterradora.

Se mordió los nudillos. ¿Qué podía hacer? ¿Cómo podría pensar?

Todo iba sobre ruedas mientras era un juego. Sólo le había supuesto un reto pensar que un hombre como Trevor no tomaría en serio a una mujer como ella. Sin embargo, todo se había convertido en algo mucho más importante.

Y mucho más irritante. Porque estaba muy equivocado si se creía que podría dejarla a un lado porque tenía una formación y un montón de dinero.

El muy canalla.

Estaba enamorada y sería suyo. En cuanto consiguiera planear la mejor forma de capturarlo.

Lo oyó subir, se sintió como una loba con los colmillos afilados. Tuvo que hacer un verdadero esfuerzo para contener los instintos y recibirlo con una inocente sonrisa.

—¿Contenta?

Trevor se acercó y le dio un vaso de vino blanco. Ella lo tomó y dio un sorbo.

—Nunca he estado mejor —contestó ella mientras daba una palmada en la cama—. Siéntate a mi lado, querido, y cuéntame qué has hecho hoy.

El tono seductor le hizo temer algo, pero Trevor se sentó y brindó con ella.

—Lo mejor ha sido el final del día.

Ella rió y le pasó una mano por el muslo.

—¿Quién ha dicho que haya terminado?

*   *   *

A Brenna no le hacía ninguna gracia que la obligaran a dejar el trabajo a las nueve de la mañana. Discutió, insultó y se resistió mientras Darcy la arrastraba hacía la casa de los Gallagher a través de una llovizna salpicada de hebras de niebla.

—Trevor haría bien en echarme por esto.

—No lo hará —Darcy agarró el brazo de Brenna con fuerza—. Tienes derecho a un descanso por la mañana, ¿no? Llevas en la obra desde las seis y media. Necesito que me concedas veinte minutos de tu tiempo.

—Podíamos hablar en la obra.

—Es algo muy privado y no puedo pedirle a Jude que vaya ahí con toda esa humedad y ese barro.

—Por lo menos dime de qué se trata.

—Lo diré todo de una vez. Así que espera un momento.

No era fácil arrastrar cuesta arriba a una mujer que se resistía, aunque Brenna no fuese muy grande, y Darcy empezaba a jadear. Llegaron a casa de Jude. No llamó, porque la puerta estaba siempre abierta y condujo dentro a Brenna, que dejó un reguero de barro.

Todo resultaba muy acogedor. Jude y Aidan desayunaban en la vieja mesa de la cocina y el perro estaba tumbado a sus pies. Olía a té, tostadas y flores. Darcy sintió una punzada en el estómago. Nunca había pensado en lo gratificantes e íntimos que podían ser esos momentos.

—Buenos días —dijo Jude sin decir nada sobre las pisadas de barro—. ¿Queréis desayunar?

—No —dijo Darcy en el momento en que Brenna tomaba un tostada—. No hemos venido a comer —continuó mientras lanzaba una mirada a su amiga—. Tengo que hablar contigo, Jude. En privado. Lárgate, Aidan.

—No he terminado de desayunar.

—Termina en el pub —agarró el plato con la tostada, el beicon y el huevo y se lo dio—. Vete un momento. Es un asunto de mujeres.

—Es el colmo. Echar a un hombre de su mesa, de su casa —gruñó, pero se encogió de hombros y se levantó—. Pocas mujeres valen las molestias que causan. Sólo ésta —dio un beso a Jude.

—Podéis daros el pico más tarde, Brenna no tiene mucho tiempo.

—Venga, vete —Brenna, resignada, se había servido una taza de té—. Está nerviosa.

—Me voy. Espero que llegues a tiempo —le dijo Aidan a Darcy.

Volvió a besar a Jude tomándoselo con calma.

Llamó a Finn.

—Vamos, no nos quieren aquí.

—Pareces cansada —comentó Brenna mientras miraba a Jude—. ¿Duermes mal?

—El bebé estaba juguetón anoche —dijo Jude mientras se acariciaba el vientre—. No he pegado ojo, pero no me importa. Es una sensación maravillosa.

—Tienes que dormir cuando duerma él —Brenna se sirvió otra tostada y la untó de mermelada—. Eso es lo que he oído. Te pasará lo mismo cuando nazca. El sueño se convertirá en algo muy preciado. ¿Qué tal las clases para el parto?

—Son fascinantes. Maravillosas y aterradoras. En la última...

—Si no os importa —interrumpió Darcy—. Tengo que comentaros algo y esperaba que mis mejores amigas mostraran algún interés.

Brenna puso los ojos en blanco y Jude cruzó los brazos sobre la mesa.

—Claro que estamos interesadas. ¿Qué pasa?

—Pues... —Darcy no podía pronunciar las palabras. Se bebió la taza de té de Brenna de un sorbo—. Estoy enamorada de Trevor.

—¡La madre de Dios! —Brenna recuperó su taza—. ¿Me has traído aquí para decirme eso?

—Brenna —Jude habló con suavidad mientras miraba a Darcy—. Lo dice en serio.

—Siempre monta un número... —Brenna se detuvo y miró a Darcy—. Vale, vale —se rió, se levantó y dio un beso a Darcy—. De acuerdo, enhorabuena.

—No he ganado una rifa —Darcy se sentó furiosa—. ¿Por qué ha tenido que pasar de esta manera? —se dirigió a Jude—. Sin darme tiempo para planearlo. Es como un puñetazo en la cara y tengo que mantener el equilibrio.

—Tú también has repartido unos cuantos puñetazos —señaló Brenna—. Alguna vez tenía que tocarte. Él me gusta —dio un mordisco a la tostada con mermelada—. Te va mucho.

—¿Por qué?

—Un momento —Jude levantó la mano—. Darcy, ¿te hace feliz?

—¿Cómo voy a saberlo? —se apartó de la mesa—. En estos momentos siento tantas cosas que no sé si la felicidad es una de ellas. ¡Vamos!, no me miréis con esas caras condescendientes de mujeres casadas. Me gusta estar con él. No he conocido a ningún hombre con el que me gustara tanto estar como con Trevor. Sólo estar con él, sin sexo. Y eso que es fabuloso en lo que se refiere al sexo —dudó un momento y continuó—. Es lo que me pasó anoche después de hacer el amor. Es como si se apoderara de ti y no pudieras respirar y tu cabeza se quedara sin riego. Nunca he estado tan furiosa. ¿Por qué tiene que enamorarme antes de que esté preparada y haya decidido que eso es lo que quiero hacer?

—¡Que impertinencia! —dijo Brenna entre risas—. Ese hombre no tiene educación.

—Cállate. Sabía que te pondrías de su lado.

—Darcy —Brenna le tomó la mano. Aunque sus ojos tenían todavía un brillo burlón, la miró con una comprensión que hizo que el resentimiento de Darcy se esfumara—. Es lo que siempre has querido. Es guapo, inteligente y rico.

—Eso es parte del problema, ¿verdad? —Jude también puso su mano sobre la de Darcy—. Es lo que siempre habías querido o lo que siempre te habías dicho que querías y ahora que lo has encontrado te preguntas si es real. Y si lo es, ¿lo creerá él?

—No sabía que sería así —las lágrimas le nublaban la vista—. Creía que sería pura diversión, como una juerga. Y sencillo. Pero no lo es. Siempre ha sabido lo que le pasaba a los hombres por la cabeza, pero con él es distinto. Trevor es listo y astuto. Me encanta eso de él —rompió a llorar—. Disfrutaría muchísimo si supiera el desconcierto que tengo.

—Es posible que tengas razón, pero no por los motivos que tú crees —dijo Jude—. Él también siente algo por ti. Se nota.

—De acuerdo, tiene sentimientos —dejó escapar algo de la amargura y la paladeó como se puede paladear una medicina que te libra de la locura—. Ha hablado con Carrick.

—Lo sabía —Brenna dio un golpe sobre la mesa con aire triunfal—. Sabía que eras la tercera. ¿Verdad, Jude?

—Es lógico —Jude miraba a Darcy—. ¿Has visto a Carrick o a Gwen?

—Al parecer no tienen tiempo para hablar con gente como yo —no sabía si era algo que le aliviaba o le molestaba—. Sin embargo, sí lo tienen para Magee. Me contó que Carrick anda detrás de nosotros y me dejó muy claro que no iba a enamorarse porque lo diga la leyenda. En mí no busca el amor y el compromiso para siempre. Me desea —susurró. Los ojos eran una línea oscura y brillante—. En la cama y para su casa de discos. Le he satisfecho en lo primero y los dos lo hemos pasado muy bien y es posible que le satisfaga en lo segundo, pero se va a encontrar con que Darcy Gallagher no se vende tan fácilmente.

Jude sintió una punzada de temor.

—¿Qué estás maquinando?

Los ojos de Darcy estaban húmedos, pero transmitían firmeza.

—Tendrá que arrastrase antes de conseguir lo que quiere.

—No pensarás usar sus mismas armas...

—¡Ja! —Darcy volvió a sentarse—. Yo podré sentirme desgraciada, confusa y asustada, pero él se sentirá igual antes de que termine con este asunto. Cuando esté ciego de amor por mí, le pondré un anillo antes de que recupere la visión.

—¿Y luego? —preguntó Jude.

Esa parte no estaba tan clara y Darcy la desdeñó encogiéndose de hombros.

—El resto se verá sobre la marcha. Lo que tengo que resolver es el ahora.

Catorce

El ahora ya había empezado para Darcy. Volvió al pub y fue directamente a la cocina. Le fastidió que Shawn no hubiese llegado todavía porque hacía el café mejor que ella. Preparó la cafetera y se miró en el espejo que había colgado junto a la puerta.

Se encontró mojada y despeinada por el viento. Perfecta.

Se sirvió una taza, se dio un pellizco en las mejillas para recuperar el color y volvió a salir bajo la fina lluvia. Rodeó el grueso muro con cuidado de no tropezar con los cascotes. Trevor no había subido al andamio todavía, lo cual le alegró. No podría haber subido con la taza de café. Se detuvo un momento para mirar a los hombres que iban de un lado a otro con tablones, supuso que serían para la cubierta. Si se concentraba podía imaginarse el teatro como si hubiese surgido del edificio del pub más que como una construcción añadida.

Era un proyecto muy brillante. Como lo era que Trevor hubiese visto esa posibilidad en el di-

259

bujo de Brenna, pero era un visionario, alguien que podía ver las posibilidades de las cosas y tenía la capacidad para convertir lo posible en real.

Era algo que admiraba. Era uno de los aspectos de él que ella amaba. También estaba la relación con su familia, el amor que sentía por sus padres y el dolor por la falta de cariño de su abuelo. Se sentía conmovida por la fidelidad y la vulnerabilidad. Le hacían más humano.

El muy canalla podía dejarla embobada si no tenía cuidado.

Podía ver los huecos donde irían las puertas y ventanas. El muro sería de piedra que al envejecer se confundiría con el muro antiguo. Volvió a ponerse en marcha mientras pensaba que era una fusión de tradición y modernidad. De Gallagher y Magee. Quizá ese hombre fuese un visionario, pero ella no estaba dispuesta a que supiera hasta que punto iba a llegar esa fusión.

Entró por una de las aberturas. También había actividad detrás de los muros. Ya se habían puesto los tablones sobre el hormigón. Por todos lados salían cañerías y cables y el alboroto era tremendo.

Por fin lo vio. Estaba agachado junto a otro trabajador estudiando una cañería que sobresalía de la pared. Estaba cubierto por una capa de polvo gris que, se imaginó Darcy, se habría producido al perforar el muro. Parte del misterio era por qué eso y el cinturón de herramientas que llevaba colgado de la cadera conseguían que se le hiciese la boca agua.

A pesar de todo, no estaba tan obnubilada como para no poder esperar el momento oportuno. Esperó a que se levantara mientras comentaba algo con el otro hombre; se dio la vuelta y la vio.

Darcy pudo notar cómo le cambiaba la expresión. Fue un instante de conexión perfecta, como un peligroso chispazo caliente. No le habría sorprendido si hubiese dejado el suelo quemado a sus pies. Feliz, se dirigió hacia él y él hacia ella.

—Quería ver cómo iban las cosas antes de entrar a trabajar —sonrió y alargó la mano con la taza—. Además, he pensado que esto te ayudaría a entrar un poco en calor.

Darcy se alegró de comprobar que el gesto de Trevor era más de recelo que de sorpresa.

—Gracias.

—De nada. Me imagino que seré un incordio —miró alrededor—, pero es muy interesante y avanza rápidamente.

—Es un equipo muy bueno.

Supo desde el primer sorbo que el café lo había hecho ella. Estaba bueno y fuerte, pero no tenía el toque de Shawn. El recelo aumentó. ¿Qué se proponía?, se preguntó Trevor.

—En algún momento que no estés ocupado podías enseñarme cómo va a quedar.

—Puedo enseñártelo ahora.

—¿De verdad?, sería maravilloso.

—Entraremos por el pub desde allí —señaló la pared trasera del pub que estaba entre dos muros nuevos—. Todavía tardaremos bastante en abrir la entrada. Como verás los niveles son distintos. Hemos inclinado el pasadizo, lo cual nos dará más altura sin perder la línea de la cubierta. Luego el pasadizo se va abriendo.

—Como un abanico. Ya me acuerdo.

—Exactamente, se convierte en el vestíbulo sin tener que hacer una zona separada.

—¿Qué son esas cañerías que salen por ahí?

—Los cuartos de baño. A los lados del vestíbulo. Brenna cree que deberíamos usar las palabras gaélicas para hombres y mujeres, como tenéis en el pub. Yo quiero que las puertas sean de madera oscura —cerró los ojos imaginándoselas—. Las entrañas serán modernas, pero la gente verá tradición.

Él podía ver todo terminado entre la maquinaria y los montones de cascotes.

—Los suelos estarán a la vista —siguió explicando—. Entonarán con los que tenéis vosotros. Colores suaves y desteñidos. Nada de estridencias. En el vestíbulo pondremos algún asiento, pero quedará pequeño e íntimo. Tenemos previsto algunas obras de arte para las paredes, pero nada agobiante y todo de estilo céltico.

La miró y enarcó una ceja al comprobar que ella lo miraba fijamente.

—¿Qué pasa?

—Creo que pensaba que lo harías todo moderno, por dentro y por fuera.

—¿En serio?

Darcy abrió la boca para decir algo, pero sacudió la cabeza.

—Aquí no. Aquí quieres *duachais*.

—De acuerdo, puesto que es lo que quiero, ¿por qué no me dices qué significa?

—Es la palabra gaélica para... —agitó la mano como si no encontrase la traducción precisa— para tradición, pero tampoco es exactamente eso. Tiene que ver con un sitio concreto, con sus raíces y su historia. Con el porqué está ahí.

Él entrecerró los ojos.

—Repítelo.

—*Duachais*.

—Es exactamente eso.

—Haces bien en querer eso aquí y me alegro.

—También estás bastante sorprendida.

—Un poco sí. No debería estarlo —se apartó un poco, incómoda porque él se hubiera dado cuenta—. ¿Y dentro del teatro?

—Bueno, ahí irán dos puertas —la tomó de la mano. Fue un gesto inconsciente del que no se percataron, aunque otros sí lo hicieron—. La sala estará dividida en tres partes por dos pasillos. El aforo es de doscientas cuarenta personas. Es pequeño y recogido. Lo más importante es el escenario. Puedo verte en él.

Ella no dijo nada, tan sólo miraba al espacio vacío que se abría delante.

Él esperó un momento.

—¿Tienes miedo de actuar?

—He actuado toda mi vida —de una forma u otra, pensó ella—. No, no me asusta el escenario, si te refieres a eso. Quizá deba construirme esa idea en la cabeza, como tú construyes el teatro, y ver si se mantiene tan firme. Tú estás orgulloso de lo que has hecho y de lo que haces, y yo me propongo hacer lo mismo.

No había ido allí para eso. Sólo quería sorprenderlo, coquetear con él, asegurarse de que pensara en ella durante todo el día, de que la deseara durante todo el día.

—Me gusta tu teatro, Trevor, y estaré muy contenta de cantar en él con mis hermanos, como hemos comentado. En cuanto a todo lo demás —tomó la taza vacía de Trevor— necesito que me convenzas más. Seguramente tendremos una reunión esta noche —ella se encargaría de que así fuese—. Puedes quedarte a cenar y a la reunión. Luego puedes subir a mis habitaciones. Esta vez pongo yo el vino.

Sin esperar una respuesta, Darcy le pasó los dedos por el pelo y le besó los labios. Con la promesa de más en los ojos, se dio la vuelta y se marchó.

Pudo oler a pastel en cuanto abrió la puerta de la cocina. Manzana, canela y azúcar moreno. Shawn debió llegar en cuanto ella se fue. Había una cazuela en el fuego y estaba picando otros ingredientes en la tabla.

Apenas levantó la mirada.

—Puedes poner pastel de manzana como postre del día y frijoles mexicanos como plato principal. También hay bacalao fresco para freír.

Ella fue a la nevera y agarró un refresco. Miró a su hermano y comprendió que era alguien que le respondería con sinceridad absoluta y de quien se fiaba.

—¿Qué te parece mi voz?

—No me importaría oírla un poco menos.

—Me refiero a cuando canto, majadero.

—Bueno, que yo sepa no ha roto ningún cristal hasta el momento.

Darcy pensó tirarle la botella a la cabeza, pero no la había terminado todavía.

—Te lo estoy preguntando en serio y podrías tener el detalle de contestarme de la misma forma.

El tono había sido firme pero no acalorado. Shawn dejó el cuchillo y la miró atentamente. Él estaba acostumbrado a la mirada pensativa de sus ojos, pero no a la sombra de preocupación.

—Tienes una voz preciosa, fuerte y sincera. Lo sabes tan bien como yo.

—No te puedes oír como lo hacen los demás.

—A mí me gusta oír mi música cantada por ti.

Darcy pensó que era la respuesta más sencilla y perfecta. Decidió que en vez de tirarle la botella le daría un abrazo.

—¿Qué significa todo esto? —le acarició la espalda y le dio una palmada cuando ella suspiró y reposó la cabeza en su hombro.

—¿Cómo te sientes al haber vendido tu música? ¿Al saber que habrá gente que la oiga y que no te conoce de nada? ¿Te gusta?

—En parte sí, en parte es lo más grande que puede ocurrirte. Te asusta y te deja perplejo.

—En el fondo, era lo que siempre habías querido.

—Lo era. Si la guardaba para mí era porque así no tenía que asustarme o confundirme.

—A mí me gusta cantar, pero no es la ambición de mi vida. Es lo que hacemos cuando surge —se apartó un poco—. Dime una cosa, ahora que vendes tu música, ¿sigues disfrutando o te lo tomas como un trabajo?

—Pensé que podía ocurrir lo que tú dices, pero no ha sido así. Cuando me siento y se me ocurre una melodía, aparece como siempre lo ha hecho —se pasó un dedo por la barbilla—. ¿Qué te pasa? Cuéntame cuál es el problema.

—Trevor quiere que grabe con él. Con un contrato. Profesionalmente. Dice que mi voz se venderá bien.

A Shawn se le ocurrieron una docena de réplicas, bromas que habrían molestado a cualquiera que no estuviese acostumbrado. Sin embargo, le dio una respuesta muy sincera porque comprendió que la necesitaba.

—Lo harás maravillosamente y todos estaremos muy orgullosos.

Ella lanzó un sonido parecido a una carcajada nerviosa.

—Pero no será como una reunión entre amigos. Será algo profesional.

—Viajarás y te harás rica, que es lo que siempre has querido. Y lo conseguirás con algo que sale de ti, que es la única forma de que te haga feliz.

Darcy dio un sorbo del refresco.

—De repente dices cosas inteligentes.

—Siempre las digo, lo que pasa es que sólo lo reconoces cuando te conviene.

—Humm —dio otro sorbo para poder pensar la respuesta y sortear los obstáculos y las trampas—. Brenna y tú trabajáis juntos. Quiero decir, tú compones la música, pero ella hace la promoción. Ella consiguió que Trevor la oyera. Se está convirtiendo en tu representante, tu socia o cómo quieras llamarlo.

Shawn gruñó y se puso a picar una cebolla.

—Te aseguro que puede ponerse muy mandona.

Darcy se mordió el labio.

—¿Os crea problemas?

—Nada importante si se metiera en sus asuntos —se rió al ver la cara de Darcy—. ¡Vamos, por amor de Dios! ¿A qué viene tanta preocupación? Te estoy tomando el pelo. Es verdad que me presiona y que yo puedo defenderme cuando se pone pesada, pero sé que lo hace porque cree en mí. Me importa tanto como que me quiera.

Sintió una punzada en el corazón, intensa e inesperada.

—Que crean en uno puede ser igual de importante y gratificante. Por lo menos como un punto de partida. Como un punto de partida —repitió Darcy—. No puedes terminar si no empiezas.

Dispuesta a creer en sus palabras, Darcy se puso el mandil y entró en el pub. Shawn se quedó con el ceño fruncido.

No era difícil organizar una reunión en Gallagher's. En realidad, ¿qué mejor forma había de pasar una tarde de primavera lluviosa que cantando y bebiendo con amigos y desconocidos?

A las ocho, el pub estaba a reventar y las pintas corrían sin cesar. Brenna se había puesto detrás de la barra para echar una mano y Darcy tenía la sensación de haber servido toneladas de guiso.

Trevor Magee no daba señales de vida.

Que el demonio lo confunda, decidió Darcy mientras servía a una mesa de turistas con la mejor de sus sonrisas.

¿Qué clase de hombre era si no le interesaba aceptar una invitación para cenar, oír música y disfrutar del sexo? ¿De piedra? ¿De hielo? ¿De acero? Golpeó la barra con unos vasos vacíos.

—Ten cuidado, Darcy. Con este gentío no nos sobran los vasos —le dijo Aidan.

—Que les den... —murmuró Darcy entre dientes—. Dos pintas de Guinness, una de Smitty's, media de Harp y dos coñacs.

—Por favor, llévale un vaso de agua a Jude mientras reposa la Guinness y a ver si puedes convencerla de que tome un poco de guiso. Lleva un par de días sin apetito.

Ella quería morder, pero era imposible con un hombre que se preocupaba tanto por su mujer. Así que entró en la cocina, sirvió un plato de guiso, puso una cesta con pan y mantequilla y lo llevó todo, con un vaso de agua, a la mesa de Jude.

—Ahora te lo vas a comer todo —dijo mientras dejaba la comida en la mesa—. Si no lo haces, Aidan se preocupará, Shawn gritará y yo me pondré furiosa.

—Pero yo...

—Hablo en serio, Jude Frances. Llevas en tu

vientre a mi sobrino o sobrina y no quiero que pase hambre.

—Pero es que... —miró alrededor e hizo un gesto a Darcy para que se agachara—. Llevo unos días, cinco o así, con un antojo tremendo. No puedo evitarlo, no puedo parar de tomar helado. Helado de chocolate —dijo con un susurro—. Te prometo que me he tomado como siete litros en una semana.

Darcy soltó una carcajada.

—No tiene nada de malo. Estás en tu derecho.

—Es tan típico... No tomo boquerones con miel ni nada así de ridículo, pero es lo mismo. Me siento estúpida y no me he atrevido a decírselo a Aidan.

—Si cometes un delito tienes que pagar las consecuencias —Darcy le acercó el plato—. Además, ésa no es forma de alimentar a un bebé. Toma un poco del guiso de Shawn y por ser tan amable de guardar el sitio al imbécil de Trevor, mañana te compraré un poco de helado.

Jude tomó la cuchara haciendo un esfuerzo por no poner mala cara.

—De chocolate, y el imbécil acaba de entrar.

—¿De verdad? —Darcy no se dio la vuelta, más por orgullo que por enfado—. Iba siendo hora. ¿Qué hace?

—Mira alrededor. Como lo hacen los hombres. Diría que te busca. ¡Ah!, es una mirada encendida. Es maravilloso, ardiente y controlado, con un toque de distanciamiento. Viene con otro hombre muy bien vestido, es de ciudad y atractivo. Parece divertido y fuera de lugar —Jude se tomó una cucharada de guiso sin pensar—. Parecen amigos. El otro tiene la mano en el hombro de Trevor y mira hacia la barra, pero Trevor señala con la cabeza hacia aquí. Su amigo acaba de verte y ha levantado las cejas hasta que casi se le salen de la cabeza. Me sorprende que no se le hayan caído los ojos.

Darcy, impresionada, inclinó la cabeza.

—Se te dan muy bien estas cosas, ¿no?

—Psicóloga y escritora, ambas son observadoras. Gracias a Dios se me da mejor escribir sobre la gente que analizarla. Así que estoy deseando oír la actuación de esta noche —dijo Jude alzando la voz para que Darcy supiera que podía y quería que la oyeran—. Me alegro de haber conseguido una mesa antes de que se llenara el local.

—Te sentarás detrás de la barra. Ahora cómete el guiso antes de que se quede frío.

—Y no..., ¡hola, Trevor!

Darcy se dio la vuelta y le dedicó una sonrisa encantadora.

—Tienes suerte, Jude ha conseguido una mesa. Seguro que no le importa compartirla contigo. Esta noche no cabe un alfiler —sonrió al hombre que estaba junto a Trevor y comprobó con satisfacción que sus ojos la miraban con apreciación masculina—. Buenas noches.

—Darcy Gallagher, Jude Gallagher. Él es Nigel Kelsey, un amigo.

—Encantado. Trevor no me había avisado de que conocería a tantas bellezas.

Tomó la mano de Jude y la besó delicadamente. Luego hizo lo mismo con Darcy.

—Nos has traído a un seductor, Trevor. Sentaos y decidme qué queréis beber.

—Yo un gintonic —pidió Nigel.

—¿Con hielo y limón?

—Sí, por favor.

—Yo una pinta de Harp —dijo Trevor.

—Muy bien. El guiso está buenísimo. Si os apetece...

—Como si no os apetece —murmuró Jude mientras se iba Darcy.

—Así que tú eres la escritora americana que se ha casado con uno de los dueños del pub —Nigel, que llevaba un jersey, una chaqueta y unos pantalones negros, todo ello muy típico de una gran ciudad, se sentó en una banqueta.

A Jude le parecía un bohemio en una fiesta del pueblo.

—Cuando llegué sólo era americana. Lo de escritora llegó más tarde. ¿Eres inglés? —preguntó ella imitando el acento de Nigel.

—De Londres. He nacido y me he criado en Londres —dijo él mientras miraba alrededor—. Es auténtico, parece un escenario de película. Es casi perfecto.

—Nos gusta pensar que lo es.

—Nigel no pretende ser condescendiente —Trevor se sentó en otra banqueta al lado de Jude—. Lo que pasa es que es un poco bruto.

—Lo decía como halago. Los pubs ingleses, los del centro de Londres por lo menos, son más tranquilos que los irlandeses. Y no suelen tener camareras que parecen estrellas de cine —se giró para mirar a Darcy—. Creo que me he enamorado.

—Un perfecto imbécil. No estás comiendo —le dijo a Jude—. ¿No es verdad lo que dijo Darcy sobre el guiso?

—Sí —Jude tomó otra cucharada con sensación de culpabilidad—. Está buenísimo, pero no tengo hambre. Tengo...

—¿Antojos? —Trevor se rió al ver el rubor de Jude—. Lo sé por mi hermana. Cada vez que se quedaba embarazada comía montones de cacahuetes de desayuno.

—Helado de chocolate, a media tarde. Litros —Jude miró a Aidan con cautela—. Todavía no lo he confesado del todo. Aidan teme que me eche a perder —se puso la mano en el vientre—. Como si...

—Un gintonic y una Harp —Darcy los dejó en la mesa—. ¿Vais a cenar?

—Tomaremos el guiso —dijo Trevor antes de que Nigel abriese la boca—. ¿Vas a cantar?

—Es posible —Darcy se dio la vuelta lentamente con un guiño.

—Me habría gustado ver el menú —se quejó Nigel.

—Estás aquí para rescatar a la señora. Vamos a tomar lo mismo que ella y además nos comeremos su plato.

—Que Dios te bendiga —dijo Jude con mucho sentimiento.

Acababan se servirles cuando empezó a sonar la música. Al principio fue un violín y una flauta de pico que tocaban dos hombres sentados en una mesa llena de vasos, ceniceros y paquetes de tabaco.

Las conversaciones siguieron, aunque un poco más bajo. Trevor comprobó que Darcy se encargaba de reponerles la bebida y de vaciarles los ceniceros. Un anciano que tenía un acordeón le dio una palmada en el trasero como cuando un adulto da una palmada a un bebé, luego siguió el ritmo con los pies y se unió a ellos.

—El del violín es Brian Fitzgerald —dijo Jude—. Somos medio primos. El de la flauta es el joven Connor y el del acordeón Matt Magee, a lo mejor tenéis algo que ver. La chica de la guitarra es Patty Riley y no conozco a la otra que toca el violín, no creo que sea de aquí, sino la conocería.

Nigel asintió con la cabeza y probó el guiso.

—¿Vienen muchos músicos de fuera para una reunión como ésta?

—Constantemente. Gallagher's es famoso por las reuniones musicales —Jude miró cariñosamente a Trevor cuando le quitó un poco del guiso y lo puso en su plato y en el de Nigel—. Después de esto llamaré a mi hijo como tú, aunque a lo mejor Aidan se molesta.

—Es un placer. Shawn es un genio.

—Creía que Trevor exageraba cuando hablaba de la destreza del nuevo artista de la cocina —Nigel volvió a comer una cucharada con cara de satisfacción—. Debí suponerlo, nunca se equivoca.

Lo que primero cautivó a Nigel fue la risa. Cálida, femenina y seductora. Se dio la vuelta y vio cómo Darcy, con una mano en el hombro del anciano, seguía el compás con el pie y empezaba a cantar.

Iba a las famosas montañas de Kerry/ cuando me encontré con el capitán Farrel contando las cuartos.

Nigel dejó la cuchara, se concentró en la voz y se aisló del ruido.

Primero saqué la pistola y luego la espada/ lárgate, le dije, porque me tienes harto.

Era una canción brillante y pegadiza con una letra vibrante. Nada demasiado exigente para la voz, excepto la velocidad. Sin embargo, se dio cuenta desde el principio.

Miró a Trevor y asintió con la cabeza.

—Nunca te equivocas.

Tocaron gigas, valses y baladas. Unas cantadas y otras no. Al final apareció Shawn. Nigel vio por primera vez a los tres Gallagher juntos.

—Unos genes excelentes —murmuró Nigel.

Jude sonrió orgullosa.

—Son muy guapos. Además, escucha —añadió ella mientras empezaban a cantar.

Jude captó la mirada que se cruzaron Trevor y Nigel. Estaba claro que querían comentar algo y que no lo harían mientras ella pudiera escucharlos. Cuando terminó la canción dio una palmada a Trevor en el brazo.

—Me voy a la cocina a beber una taza de té tranquilamente. Gracias por la compañía y por el rescate. Me ha encantado conocerte, Nigel. Disfruta tu estancia.

Intentó levantarse, pero no podía. Trevor la ayudó y ella le dio un beso en la mejilla.

—Buenas noches.

Los violinistas habían entablado un duelo y Nigel sólo esperó a que Jude se alejase un par de pasos.

—Son una mina de oro.

—Podrían serlo, pero ni Aidan ni Shawn dejarán el pub. Actuarán aquí y grabarán como una cuestión familiar, pero no se lo plantean a largo plazo.

—No has dicho nada de Darcy.

—Estoy viendo por dónde respira. Es fiel a este lugar y a sus hermanos, pero también le gusta otro tipo de vida. Tengo que convencerla de que puede tener las dos cosas.

Trevor seguía el ritmo golpeando con los dedos en la mesa. En ese momento, uno de los violinistas le dio el instrumento a Darcy y se levantó para servirse una cerveza.

—Con un rostro como ése, una voz como ésa y, además, tocando como toca, puede conseguir lo que quiera.

—Lo sé —Trevor dejó el vaso sin que le complaciera del todo la idea—. Y, créeme, ella lo sabe también.

—No es una irlandesa ingenua, ¿eh? Sé que nunca se te ha escapado algo que quieras conseguir. Firmará, Trevor —Nigel encendió un cigarrillo y miró a Trevor—. ¿Qué más quieres de ella?

Demasiado como para estar tranquilo, pensó Trevor.

—No lo he decidido.

—Si decides mantenerlo en el terreno profesional, no me importaría... —se calló al ver la mirada de Trevor—. Creo que será mejor no hablar del asunto. Iré a por un gintonic.

—Buena idea.

—Me parece que sí. No hemos competido por una mujer desde Oxford y esa vez ganaste tú —Nigel se levantó y señaló el vaso de Trevor—. ¿Quieres otra pinta?

—No, gracias. Quiero mantener la cabeza despejada y, por favor, que sea tu última copa. Vas a tener que irte solo a casa.

—Entiendo, eres un tío con suerte.

Para Trevor, la suerte era sólo una parte mínima de lo que necesitaba para tratar con Darcy.

La esperó en lo que ella llamaba sus habitaciones. La esperó inquieto y rodeado por todas las cosas de ella. Su esencia estaba presente en cada objeto, era como un recordatorio sutil que lo excitaba.

No quería recordatorios, la quería a ella.

Todo era femenino. No era recargado sino sencillo y elegante. Sobre el sofá había unos almohadones de seda que había hecho ella misma, aunque él no lo supiera, y sobre la mesa un jarrón alto y esbelto con flores rojas.

En la pared había un cuadro de una sirena que surgía del mar azul con el cuerpo arqueado y con la melena negra cayendo sobre la espalda y los pechos desnudos.

Era muy atractiva y sensual, pero tenía algo inocente.

Estaba maravillosamente representada. Cualquiera que lo viera podría identificar el óvalo de la cara y los labios carnosos. Se preguntó cuándo habría posado Darcy e inmediatamente quiso estrangular al pintor. Comprendió que esa sensación era peligrosa, tan peligrosa como el insoportable deseo que sentía hacia ella. Siempre había odiado los celos y las relaciones posesivas. No sólo eran devastadoras y perniciosas, eran... estériles.

Tenía que verlo con perspectiva, apartarse de esa enajenación sexual que lo tenía atrapado desde que la vio por primera vez en la ventana.

En ese momento entró ella y la enajenación se apoderó de él sin resistencia.

—¿Has mandado a Nigel solo a casa? —Darcy cerró la puerta y se apoyó en ella.

—Ya es mayorcito.

Ella echó el pestillo.

—Le habrás dicho que no te espere despierto.

Trevor se acercó a ella.

—Has estado de pie toda la noche.

—Sí, y empiezo a notarlo.

—Puedo intentar remediarlo —la tomó en brazos.

Ella se acurrucó entre risas.

—La verdad es que no está mal.

—No has visto nada, querida.

Quince

—Café.

No se podía esperar que un hombre sobreviviera sin café después de haber dormido tres horas. El sexo podía ser gratificante, la comida podía dar energía y el amor ser un sustento, pero nada tenía sentido sin café.

Sobre todo a las cinco y media de la madrugada.

Trevor se había duchado y puesto los vaqueros, pero no podía dar un paso más sin el verdadero combustible de la vida.

—Café —repitió en el oído de Darcy mientras ella remoloneaba entre las sábanas—. Por favor, dime dónde está.

—Mmm —se dio la vuelta perezosamente y lo agarró del cuello—. Es demasiado pronto.

—Nunca es ni pronto ni tarde para tomar café. Darcy, te lo suplico. Sólo dime dónde lo guardas.

Ella abrió los ojos y comprobó que la luz era todavía lo suficientemente tenue como para mantenerla flotando entre los recuerdos de la noche.

—Deberías afeitarte —le acarició una mejilla—. Estás tan rudo, tan viril y peligroso... Vuelve
a la cama.

Sexo con una mujer hermosa o café. Era una
de las elecciones más difíciles. El hombre que pudiera tener las dos cosas sería feliz. Pero lo primero era lo primero.

Deslizó las manos por debajo de las sábanas y
por debajo del cálido cuerpo de Darcy. La levantó
y la sacó de la cama.

—Puedes decirme dónde está.

Ella tardó un momento en comprender que la
estaba llevando a la cocina.

—¡Trevor! ¡Estoy completamente desnuda!

—¿De verdad? —la miró con deleite—. Piénsalo un segundo, Darcy. Un poco de café y el
mundo es tuyo.

Ella resopló.

—Esas promesas no se cumplen nunca —señaló un armario y protestó con un grito cuando él
la sentó bruscamente en la encimera—. ¡Canalla!

—No lo veo.

—Los hombres nunca veis lo que tenéis delante de las narices —se levantó mientras maldecía
y apartó un par de latas—. Ahí está, si llega a ser
un perro te muerde. Supongo que además querrás
que lo haga.

Era una idea fabulosa. La tomó de las caderas
y la besó en los labios.

—¿Lo harías?

Le habría tirado la lata de café a la cabeza si
no llega a estar tan insoportablemente guapo con

el pelo mojado, la mandíbula oscurecida por la barba y esos maravillosos ojos grises todavía somnolientos.

—Quita de en medio y déjame que me ponga una bata.

—¿Por qué?

Ella entrecerró los ojos.

—Porque tengo frío.

—Ya —Trevor asintió con la cabeza—. Lo entiendo. Te la traeré.

La besó en la frente y fue a buscar la bata.

Darcy puso el agua a calentar, midió el café, preparó el filtro y el puchero mientras bostezaba ruidosamente. Empezaba a tiritar cuando entró Trevor.

Él observó toda la ceremonia mientras le ponía la bata.

—Tendré que comprar una cafetera automática.

—No hago tanto café como para que me merezca la pena. Por la mañana suelo tomar té.

—Eso es... una perversión.

—Está muy bien eso de encontrar algún punto débil. Sólo tenemos que esperar a que se caliente el agua.

Darcy se puso de puntillas para sacar una taza del armario y él se quedó embobado al verla. Si sólo fuese embobado..., pensó Trevor.

—No te creas que voy a hacerte el desayuno.

Tenía que tocarla, aunque sólo fuese tocarla. La rodeó con los brazos, la besó en el cuello y la atrajo contra sí.

—Eres ruin.

A ella se le paró el corazón, que luego se puso a latir desbocadamente. Fue un gesto tan sencillo, tan cariñoso, tan lleno de dulzura que ni el sexo más desenfrenado alcanzaría nunca esa intimidad. Cerró los ojos.

—Vaya, eres cariñoso por la mañana...

No lo era, no como norma, pero tenía que abrazarla.

—Entrego mi cariño a cualquier mujer que me haga café; si me hace el desayuno, soy su esclavo.

—Las camareras de Nueva York se pelearán por servir tu mesa —posó las manos sobre las que él le había puesto en las caderas. Por un momento deseó ese momento de amor sereno.

—De momento no estoy en el mercado como esclavo, pero agradeceré cualquier alimento que me des.

Se preparó unas tostadas, no había mucho más en casa de Darcy y se apoyó sobre la encimera mientras ella vertía el agua hirviendo sobre el café molido.

—Fantástico —respiró profundamente—, ¿cómo puede vivir alguien sin oler este aroma por la mañana? —la miró con lástima—. Té...

—Vosotros los yanquis, que bebéis tanto café, no sabéis que no sabe ni la mitad de bien que huele.

—Blasfemia. A dos manzanas de mi casa hay una cafetería que hace un café que te hace llorar de placer.

—Echarás de menos las cafeterías y todo el barullo —bajó otra taza al oler el aroma—. ¿Qué otras cosas echas de menos de Nueva York?

Saltó la tostada.

—Las magdalenas.

—¿Las magdalenas? —sacó mantequilla y mermelada de la nevera y lo miró fijamente—. ¿Un hombre que puede tenerlo todo echa de menos el café y las magdalenas de Nueva York?

—En este preciso momento, pagaría cien dólares por una magdalena recién hecha. No quiero criticar vuestro pan irlandés de ginebra, pero la verdad...

—Bueno, eso es increíble.

Trevor iba a hacer una broma, pero el delicioso olor que llenaba la cocina le hizo cambiar de idea. Decidió que era un principio de día demasiado bueno como para estropearlo.

—Nueva York tiene otras muchas cosas además de café y magdalenas, aunque no conviene despreciarlos —puso la tostada en el plato que le acercó Darcy—. Restaurantes, teatros, museos y para los más materialistas: todo lo que se pueda comprar. Te encantaría.

—¿Porque soy materialista?

—Porque si sabes lo que quieres es casi imposible no encontrarlo. Gracias —recibió la taza de café con una gratitud profunda y sincera—. Tendrías que ir si firmaras por Celtic Records.

Se cierra la puerta de la intimidad y se abre la profesional, pensó ella. No tenía sentido lamentarlo.

—¿Por qué tendría que ir a Nueva York?

—Por el mismo motivo por el que tendrías que ir a Dublín, Londres, Chicago, Los Ángeles o Sydney. Conciertos, promoción...

Darcy puso leche y azúcar en su café.

—Son muchas promesas cuando no sabes ni cómo será el disco ni las actuaciones, ni cómo llevaré ese tipo de vida.

—Lo sé. Mi profesión es saberlo.

—Tienes muchas profesiones, Trevor, y estoy segura de que haces bien todas ellas, pero a mí me interesa ésta en concreto. Te creeré y cambiaré toda mi vida. Para mí significa correr un riesgo enorme sólo porque te parece que tengo una voz bonita —levantó una mano antes de que él pudiera hablar—. También es un riesgo para ti, lo sé. Vas a invertir en mí, pero tú te dedicas a eso, ¿no? Haces inversiones y si una no es rentable lo será otra, de forma que no pierdes mucho. Una decepción, un disgusto, pero no te va la vida en ello.

—Entendido —dijo él al cabo de un momento—. Vístete.

—¿Cómo dices?

—Que te vistas. Se me ocurre una forma de disipar algunas de tus dudas —miró el reloj de la cocina—. Date prisa, por favor.

—No te cortas, ¿eh? ¿Qué es eso de empezar a darme órdenes a las seis de la mañana?

Él empezó a preguntarse qué tendría que ver la hora con todo eso, pero comprendió que discutir sólo haría que ella se aferrara más a su postura.

—Perdona. ¿Te importaría acompañarme? No tardaremos mucho y te aclarará algunas cosas.

—Muy listo. Está bien, iré porque estoy levantada, pero quiero que tengas muy claro que no soy tu empleada y que no voy a hacer todo lo que se te ocurra.

Se dio la vuelta y entró en el dormitorio. Trevor, satisfecho, terminó de desayunar.

Por segunda vez esa mañana, Trevor sacó a alguien de la cama. En este caso el resultado no fue tan agradable.

—¡Pero qué coño pasa! —fue la reacción de Nigel—. Si tu amada te ha echado de la cama a estas horas, vete al sofá, yo no voy a compartir la mía.

—No quiero meterme en la cama, quiero que tú te levantes. Darcy está abajo.

Nigel consiguió abrir un ojo.

—¿Quieres decir que estás *generoso*?

—Recuérdame que luego te parta la cara. Ahora levántate, vístete y ponte presentable.

—Nadie puede estar presentable a..., ¡Dios mío!, ¡las seis y media!

—No tengo tiempo, Nigel —Trevor se dio la vuelta para salir—. Tienes cinco minutos.

—¡Por lo menos prepara café! —gritó Nigel.

—Yo no voy a hacerlo esta vez —dijo firmemente Darcy cuando Trevor bajó las escaleras.

Tenía los brazos cruzados y una mirada gélida. Había dejado muy claro que no le había hecho ninguna gracia que Trevor la sacara de casa deprisa y corriendo.

—No importa —la tomó de la mano y la llevó a la cocina—. ¿Quieres té esta vez?

—No me vas a calmar con una taza de té. No me has dado tiempo ni para pintarme los labios.

—No te hace falta.

Todavía no había puesto la tetera, de forma que el silbido que oyó Trevor debía provenir de Darcy.

—Sólo un hombre puede decir una estupidez así de grande y pensar que es un halago.

Puso el agua a hervir y se volvió hacia ella.

—Eres —dijo Trevor muy intencionadamente— la mujer más hermosa que he visto en mi vida. Y he visto unas cuantas.

Ella resopló y se sentó a la mesa.

—La adulación no te va a servir de nada.

Él se acercó a Darcy, le tomó la cara entre las manos y la levantó.

—Me cortas la respiración, Darcy. No es adulación, es la realidad.

Ella se derritió. No pudo evitarlo, como no pudo evitar que los ojos se le llenaran de lágrimas.

—Trevor —susurró ella atrayéndolo hacia sí y besándolo en los labios.

Había surgido de repente, como la luz. Eran el amor y la añoranza, los sentimientos no expresados. Por un instante, lo que dura el latido de un corazón anhelante, ella sintió que él le respondía y que el mundo brillaba como una piedra preciosa.

Habría jurado que escuchó música. Un arpa romántica, unas gaitas festivas y unos tambores apremiantes. El sonido que hizo ella, con su boca unida a la de él, fue como una canción. Una nota de felicidad.

—Siento interrumpir —dijo secamente Nigel desde la puerta—, pero me dijiste que me diera prisa.

Trevor se apartó tomándole el rostro entre las manos y con los ojos clavados en los de ella. Luego se separó y cesó la música.

—Sí.

Había algo que le retumbaba en la cabeza y en el corazón. Se frotó la mano en la camisa y le pareció que el disco de plata le quemaba el pecho.

La tetera soltó un silbido impertinente detrás de ellos y Trevor la apagó con una brusquedad improcedente.

—Buenos días, Darcy —Nigel tenía los nervios a flor de piel, pero conservó una expresión amable—. ¿Quieres tomar una taza de café cuando esté preparado?

—No, muchas gracias, ya tomé una cuando me sacaron de la cama esta mañana.

—Vaya —Nigel se sentó enfrente de ella—. Cuando nuestro querido Trevor está activo no se libra nadie. Es un maremoto.

—¿Lo es ahora?

—Puedes estar segura —Nigel encendió el primer cigarrillo del día—. O te arrastra con él o te ahoga. Naturalmente, es la forma de conseguir que se hagan las cosas cuando quiere y como quiere.

Darcy, divertida, se inclinó hacia delante.

—Cuéntame más cosas.

—Es un tipo de ideas fijas y pocas veces las varía, sólo si le conviene mucho. Algunos dirían que es despiadado, y tendrían razón —se detuvo y expulsó el humo—. Pero es un buen chico que quiere mucho a su mamá.

—Cierra el pico, Nigel —ordenó Trevor al oír las risas de Darcy.

—No lo haré hasta que me tome el café.

—¡Caray! ¿Y te atreves a enfurecerlo de esa forma?

—También me quiere a mí —Nigel miró burlonamente a Trevor—. ¿Quién no lo haría?

—Empiezas a caerme bien. ¿Qué más debería saber de este tipo despiadado que quiere a su mamá?

—Tiene un cerebro como la hoja de un cuchillo; brillante y afilado, y un corazón fiel, por no decir tozudo. Es un hombre generoso, pero del que no te puedes aprovechar. Admira la eficiencia, la honradez y la creatividad. Y su mano con las mujeres es conocida en el mundo entero.

—Ya has hablado bastante —dijo Trevor molesto pero imperturbable mientras dejaba una taza delante de Nigel.

—Pero si acaba de empezar —protestó Darcy—. Además, es un asunto que me parece fascinante.

—Tengo otro asunto que te parecerá más fascinante. Nigel dirige la sucursal en Londres de Celtic Records. Aunque en el terreno personal pueda ser insufrible, tiene un ojo increíble en el profesional.

—Cierto —Nigel dio un sorbo—. Demasiado cierto.

—Anoche oíste a Darcy en el pub. Sin micrófonos, sin filtros, sin arreglos ni ensayos. ¿Cuál es tu opinión?

—Que es muy buena.

—No estamos negociando, Nigel —dijo Trevor—. Nada de términos ambiguos. Dile tu opinión, sin rodeos.

—De acuerdo. Muy de vez en cuando, en mi profesión te encuentras con una joya, con un diamante, en tu caso con un zafiro porque es del color de tus ojos. Una joya única y sin descubrir. Eso es lo que oí anoche en Gallagher's. Me encantaría poder engarzar esa joya en la montura adecuada.

—Explícale cómo podría ser ese engarce. Tengo que irme a la obra, llego tarde —Trevor tomó las llaves del coche de Nigel—. Te dejaré mi coche para que vuelvas.

Ella sólo podía ver el brillo de las llaves en la mano de Trevor.

—Gracias, pero volveré andando. Tengo que aclarar algunas cosas en mi cabeza.

—Como quieras —se inclinó y puso las manos en los hombros de Darcy—. Tengo que irme.

—No te preocupes. Ven a comer al pub, ya que has tenido que conformarte con un desayuno tan miserable.

—Lo haré si tengo tiempo —le dio un beso y se dirigió a Nigel—. Pásate por la obra luego, un paseo le vendrá muy bien a esas piernas de urbanita.

—Muchas gracias —Nigel se terminó la taza mientras Trevor se marchaba—. ¿Seguro que no quieres una taza, Darcy?

—No, gracias.

Él se sirvió un poco más de café, volvió a sentarse y sonrió.

—Como íbamos diciendo...

Se detuvo cuando Darcy levantó una mano.

—Perdona, tengo una pregunta. ¿Habrías dicho lo que has dicho si no hubiese pasado la noche con Trevor? Sé sincero —Nigel parpadeó y ella continuó—. Te prometo que no le diré tu respuesta, pero para mí la verdad es muy importante.

—Entonces te diré la verdad. Para mí habría sido más fácil y más cómodo decirte lo que te he dicho si no hubieses pasado la noche con Trevor.

—Yo también lo habría preferido, pero es lo que hay. Espero que tú también me creas. No me acuesto con Trevor para que me haga un contrato fabuloso.

—Entendido —se detuvo y meditó—. ¿Tu relación personal es lo que frena tu relación profesional?

—No lo sé. No creo que tenga relaciones personales con sus artistas. No es su estilo.

—No, no lo es —muy interesante, pensó Nigel, mejor dicho, fascinante. O mucho me equivoco o esta mujer está enamorada—. Que yo sepa nunca ha tenido nada que ver con una artista que quisiera contratar. Yo diría que en este caso no caben las apuestas.

Para ella sí era una apuesta, la mayor de su vida.

—¿Qué se espera de mí si firmo un contrato con Celtic?

La sonrisa de Nigel fue encantadora.

—Bueno, Trevor espera todo, y lo consigue.

Ella se tranquilizó y se rió.

—Entonces, dime las ventajas y los inconvenientes.

—Tendrás que tratar con directores, productores, músicos, marketing, asesores, consultores. No queremos sólo tu voz, sino el conjunto y todos tendrán ideas y exigencias para presentarlo. Pero a mí me parece que eres una mujer inteligente que se conoce a sí misma, de forma que sabrás que el conjunto ya es todo lo perfecto que puede ser.

—¿Quieres decir que si fuera horrorosa o no pudiera decir dos frases seguidas encontrarías la forma de rehacer el producto?

—O de aprovechar los defectos. No sabes las cosas que puede hacer un publicista con los defectos de alguien. Tendrás mucho trabajo y no todo será de tu gusto. Te sentirás cansada, enfadada, impotente, desconcertada, tensa y... ¿tienes mucho genio?

—¿Yo? —parpadeó intencionadamente—. Claro que lo tengo.

—Entonces añade peleas, broncas y ataques de ira. Todo eso en la primera sesión de grabación.

Darcy apoyó la barbilla en el puño.

—Me caes bien, Nigel.

—Es recíproco, de modo que te diré algo que no te diría si no me cayeses bien: si Trevor y tú seguís así, la gente va a empezar a hacer comentarios y no todos van a ser favorables. Los habrá que dirán que el único motivo por el que conseguiste un contrato fue porque te acuestas con el jefe. Harán todo lo posible para que lo notes de la forma más desagradable. No te va a resultar fácil.

—Ni a él.

—No permitirán que él se entere, a no ser que sean muy, muy estúpidos.

Darcy levantó la cabeza, sus ojos echaban chispas.

—No lloro en el hombro de ningún hombre.

—Estoy seguro —dijo Nigel con calma—, pero si tienes que hacerlo puedes usar el mío.

Se alegraba de haber decidido volver al pueblo andando. Tenía demasiadas cosas que le daban vueltas en la cabeza. No sabía cuánto tiempo tardaría en poder analizarlas una a una. Sólo sabía que tenía que hacerlo.

Se preguntaba qué haría si entre ella y Trevor no hubiese nada más que la oferta. La respuesta llegó antes de lo esperado. La aceptaría, naturalmente. Sería una gran aventura y una oportunidad de conseguir más cosas. Si no lo lograba, tampoco había motivo de vergüenza. Mejor dicho, si triunfaba, tendría la vida que había soñado siempre.

Todo porque sabía cantar. ¿No era increíble?

El trabajo del que había hablado Nigel no le preocupaba demasiado. No le daba miedo trabajar mucho. Siempre había querido viajar. La única objeción era que no tenía una ambición excesiva por actuar. Aunque quizá fuese para bien. Quizá sin esa necesidad lo disfrutara más.

Tendría dinero para gastar en ella, en su familia y en sus amigos. No tendría problemas con el dinero. Pero todo era un círculo vicioso. Tenía algo muy especial con Trevor, y para ella era lo más importante del mundo.

Debía conseguir que él la amara y era desesperante no saber si avanzaba algo en ese terreno. Trevor era demasiado independiente y reservado como para que ella se sintiera tranquila.

Con un gesto de furia arrancó una fucsia y la deshizo en mil pedazos mientras caminaba por el camino.

¿Y si al final ella se enamoraba perdidamente de un hombre que no estaba deslumbrado por ella, que no estaba deseando agradarla constantemente como un perrito faldero? Un hombre que no le había ofrecido el mundo en una bandeja de plata cuando los que lo habían hecho no tenían ni bandeja de plata ni el mundo a sus pies.

Probablemente no se habría enamorado de él si hubiese hecho todo eso, pero no tenía nada que ver. Ella estaba enamorada, ¿por qué él no podía corresponderle para que todo fuese perfecto?

Maldito majadero.

293

¿No sentía nada cuando la besó en la cocina de la casa de Faerie Hill? ¿No se había dado cuenta de que a ella se le había derretido el corazón? Le espantaba no poder acabar con todo eso.

Todavía le espantaba más pensar que la primera vez, la única vez, que había querido que un hombre viese en su interior, él no estaba mirando.

Tendría que soportar eso. Tiró al aire el resto de la flor y vio como se la llevaba el viento como si fuesen confetis. Tenía muchas armas. Antes o después acabaría atrapándolo. Podía estar seguro. Sería rica y famosa y se casaría.

Dio la vuelta a la curva y el sol la deslumbró como si fuese un faro, penetrante, blanco y directo. Se puso la mano de visera y vio un brillo plateado.

—Buenos días, hermosa Darcy.

Bajó lentamente la mano casi sin pulso. No la había cegado el sol. Las nubes lo velaban y daban al cielo el color de los ojos de Trevor. Lo que la había deslumbrado era mágico y provenía del hombre que había junto al camino bajo la amenazante torre circular.

—Me han contado que sueles ir al pozo de San Declan.

—Bueno, voy de un lado a otro, depende. Es raro que tú vayas a esa colina.

—Yo también voy de un lado a otro. Depende.

Los ojos del hombre brillaron burlonamente. Como el jubón que llevaba puesto.

—Ya que tú y yo estamos aquí, ¿te importaría acompañarme?

La puerta de hierro se abrió sin que ella la tocara.

—Todos los hombres, mortales o inmortales, sois iguales. Os encanta alardear de vuestros poderes —dijo Darcy, siguiéndolo satisfecha al ver que él fruncía el ceño—. Me pregunto si tienes algún motivo para buscarme a mí —continuó.

—Tengo mejor concepto de ti del que mereces —Carrick pensó que le había devuelto la impertinencia cuando ella se volvió para mirarlo—. Estaba seguro de que una mujer con tus talentos conseguiría a cualquier hombre que se propusiera. Pero todavía tienes que pescar a Magee.

—No es un pez. ¿Y quién fue el que le metió en la cabeza la idea de que tenía que enamorarse de mí para que decidiera precisamente no hacerlo?

—El problema es que es un yanqui demasiado práctico y que tiene poco romanticismo irlandés —avanzó a grandes pasos, molesto porque Darcy tenía razón sobre su error de cálculo—. No consigo entender a ese hombre. Si no le hirvió la sangre en el momento en que te vio, yo soy Caperucita Roja. A estas alturas deberías tenerlo en el bote —se detuvo y la miró a los ojos—. Tú le deseas, ¿verdad?

—Si no lo hiciera no me habría tocado.

—¿Te ha tocado sólo el cuerpo o ha llegado al corazón?

Ella se dio la vuelta y miró hacia el pueblo.

—¿Tu magia no te permite ver en mi corazón?

—Quiero oírtelo decir. He aprendido, con mucho dolor, el valor de las palabras.

—Las mías son para él, no para ti. Las pronunciaré cuando yo decida, no cuando tú lo exijas.

—Sabía que me darías problemas.

Se quedó pensativo un momento mientras se frotaba la barbilla. Luego elevó los brazos con una sonrisa maliciosa. El aire sonó como el mar al golpear contra las rocas. Detrás de él se formaron unas sombras que tomaron cuerpo y color. Se oyó el bramido de cientos de sonidos que se mezclaban unos con otros.

—Mira —ordenó Carrick. Ella ya estaba mirando atónita a los edificios, calles y personas que había donde debía estar el pueblo—. Nueva York.

—Virgen santísima —Darcy había retrocedido temerosa de caer en ese mundo enorme y maravilloso—. Menudo sitio.

—Podría ser tuyo. Tiendas llenas de tesoros.

Por delante de los ojos de Darcy aparecieron escaparates llenos de joyas y de la ropa más sofisticada.

—Restaurantes elegantes.

Manteles blancos, flores exóticas, la tenue luz de las velas y el brillo del vino en copas del cristal más fino.

—Pisos lujosos.

Madera pulida, alfombras mullidas, la delicada curva de una escalera y un ventanal sobre las copas de unos árboles que parecían arder con la luz del atardecer.

—Es el ático de Trevor. Podría ser tuyo —Carrick pudo observar que en el rostro de Darcy se reflejaba el asombro, el placer y el deseo—. Tiene más. La casa familiar de fin de semana en los Hamptons; una villa la borde del mar en Italia; una casa en París y el piso de Londres.

Todo pasó ante sus ojos. Un edificio de madera blanca y cristal con el azul del mar al fondo; otro de color amarillo claro con tejado de teja roja al borde un acantilado; el encanto de la piedra y el hierro de París y la imponente casa de ladrillo que había conocido en Londres. La cabeza le daba vueltas.

De repente todo desapareció en un abrir y cerrar de ojos. Ardmore volvió a aparecer bajo las nubes.

—Todo podría ser tuyo.

—No puedo pensar —se sentó en el suelo con las piernas temblorosas—. Me duele la cabeza.

—¿Qué quieres? —Carrick la miró y volcó una bolsa de la que cayeron unas piedras azules y brillantes—. Se las ofrecí a Gwen, pero ella las rechazó. ¿Lo harías tú?

Ella sacudió la cabeza, pero no como una negación sino porque no podía pensar con claridad.

—Él te ha regalado joyas y tú las usas.

—Yo... —se tocó la pulsera que llevaba en la muñeca—. Sí, pero...

—Él te miró y te encontró hermosa.

—Lo sé —el brillo de las piedras hizo que se le llenaran los ojos de lágrimas. Tenía que ser el brillo de las piedras, no podía ser su corazón roto—, pero la belleza no dura siempre. Si eso es lo único que le interesa, ¿qué pasará cuando desaparezca? ¿Sólo me va a desear por lo que ve?

Sería suficiente si ella no estuviese enamorada. Suficiente si ese hombre no fuese Trevor.

—Él te ha escuchado cantar y te ha prometido fama, riqueza y una especie de inmortalidad. ¿Qué más quieres? ¿Qué más puedes pedir?

—No lo sé —se detuvo y sollozó. ¿Por qué le haría sollozar la visión de tantas maravillas?

—Tienes el poder, la elección está en tu mano, y aquí tienes un regalo.

Recogió una de las piedras y la dejó en la mano de Darcy.

—Puedes formularle un deseo, no tres como cuentan muchas historias; sólo uno. Lo que tu corazón desea está en tu mano. Si es riqueza, la tendrás; si es vanidad, tu belleza no desaparecerá nunca; si es fama, serás conocida en todo el mundo; si es amor, el hombre al que quieres será tuyo para siempre.

Carrick se alejó de ella; si los ojos de Darcy hubieran estado despejados habría podido ver la compasión que había en los de él.

—Elige bien, hermosa Darcy, porque tendrás que vivir con lo que elijas.

Carrick desapareció y todas las piedras, menos la que entregó a Darcy, se convirtieron en flores. En ese momento observó que cubrían una tumba que tenía tallado el nombre de John Magee.

Apoyó su cabeza en ella y lloró por los dos.

Dieciséis

Darcy tenía la intención de ir directa el pub y subir a sus habitaciones para arreglarse un poco. Sin embargo, Aidan ya estaba haciendo inventario. La miró y dejó el cuaderno.

—¿Qué te pasa?

—Nada. No pasa nada. Estoy un poco trompa, eso es todo.

Ella intentó seguir, pero él se interpuso, la rodeó con los brazos y la besó en el pelo.

—Venga, cariño, dime qué te pasa.

Lo que más temía era que le dijera que Trevor le había hecho daño porque tendría que matar a un hombre que se había convertido en su amigo.

—Vamos, Aidan, no empieces —pero ella se abrazó con fuerza—, sólo es un estado de ánimo.

—Desde luego tus estados de ánimo son bastante variables, pero no eres una llorona, Darcy. ¿Por qué has llorado?

—Creo que sobre todo por mí —era tan agradable que la abrazara alguien que nunca la había decepcionado—. Tengo demasiadas cosas en la cabeza y parece ser que la única forma de librarme de algunas ha sido llorando.

Aidan se preparó para lo peor.

—No te habrá hecho algo Magee...

—No, no lo ha hecho —y eso era parte del problema, pensó ella. Sólo había sido como él es—. Dime una cosa Aidan. Cuando estuviste de viaje hace años viste muchas cosas y muchos lugares, ¿fue maravilloso?

—Lo fue. Algunos sitios son grandiosos y otros espantosos, pero en general fue maravilloso —le acarició la cabeza pensativamente—. Supongo que se podría decir que yo también tenía muchas cosas en la cabeza y que la forma de liberarme de ellas fue viajando.

—Pero regresaste —se apartó un poco y estudió la cara de su hermano—. Volviste de todos los sitios donde estuviste.

—Aquí esta el hogar. La verdad es que... —secó una lágrima que rodaba por la mejilla de Darcy—. Cuando salí pensé que no volvería. Pensé que Aidan Gallagher se lanzaba a conocer el mundo y a encontrar su sitio en él. Pero mi sitio siempre había estado aquí. Tuve que marcharme y regresar.

—Mamá y papá no van a regresar —se le volvieron a llenar los ojos de lágrimas, aunque se había jurado que ya había llorado todo lo que podía llorar—. A veces les añoro tanto que apenas puedo soportarlo. No me pasa todos los días, pero de vez en cuando me doy cuenta de que están en Boston, a miles de kilómetros.

Darcy, nerviosa consigo misma, se pasó las manos por la cara para secarse las lágrimas.

—Ya sé que han venido a todas la bodas y que vendrán cuando nazca tu hijo, pero no es lo mismo.

—No lo es. Yo también les echo de menos.

Ella asintió con la cabeza. Oírlo le servía de ayuda.

—Sé que están felices, y eso es un consuelo. Cada vez que llaman o escriben nos cuentan cosas del Gallagher's Pub que han puesto en Boston y se les nota apasionados.

—Ahora somos una marca internacional —dijo Aidan haciéndola reír.

—Dentro de poco pondremos uno en Turquía o vete a saber dónde —Darcy dejó escapar un leve suspiro—. Están felices y sé que algún día iré a verlos, pero me hacen pensar que si alguna vez me marcho, podría no volver. Y por mucho que quiera ver sitios y hacer cosas, no quiero perder lo que tengo aquí.

—No es cuestión de perder sino de cambiar. Nunca sabrás los cambios que te esperan si no los conoces. Has necesitado salir de aquí desde que pudiste sostenerte de pie. Shawn es el único que está plantado aquí y que nunca se lo ha cuestionado.

—A veces me gustaría ser como él —miró a Aidan a los ojos—, pero si alguna vez le dices lo que acabas de oír, juraré que eres un mentiroso.

Él se rió y le acarició el pelo.

—Eso está mejor.

—Hay algo más —metió la mano en el bolsillo y tocó la piedra—. Tengo que decidir si Trevor

tiene razón y si firmar el contrato para convertir-
me en una cantante.

—Ya eres una cantante.

—Es diferente. Lo sabes.

—Lo es. ¿Me estás pidiendo mi opinión?

—Me gustaría tenerla en cuenta.

—Lo harías muy bien. No lo digo porque sea
tu hermano. He viajado y he tenido la oportunidad de escuchar muchas voces. La tuya es especial,
Darcy, y siempre lo ha sido.

—Podría conseguirlo —dijo ella tranquilamente—. Creo que podría y no voy a darle más vueltas.
Es más, creo que me gustaría. Cuidado —dijo con
un brillo en los ojos—, es mi sustento.

—De esa forma podrías darte un banquete,
¿no?

—Sí. Esta mañana, Trevor me llevó a hablar
con Nigel, su representante en Londres. No me
pintó un panorama de vino y rosas y se lo agrade-
cí. Tendré que trabajar mucho.

—Sabes hacerlo. Y lo que es más importante,
sabes poner buena cara cuando estás harta de trabajar.

Le quitó una preocupación más de encima.

—No tendría que poner buena cara si no fueras un negrero y me temo que Trevor está cortado
por el mismo patrón. Me presionará y no siempre
me gustará.

—Lo dices como si ya hubieses decidido.

—Creo que lo he hecho —esperó un momento y comprobó que sentía alivio en vez de emoción—. Todavía no he ordenado las ideas y no se

lo voy a decir a Trevor. Prefiero dejarle con la intriga un poco más y hacerme de rogar.

—Ésa es mi hermana.

—Es el estilo Gallagher. Todavía hay más —sacó la piedra del bolsillo.

Lo que leyó en los ojos de Aidan fue más reconocimiento que sorpresa; después, cierta resignación.

—Sabía que serías la tercera. No quería ni pensarlo.

—¿Por qué?

La miró a los ojos.

—Mi chica —murmuró él.

Lo dijo con tanto cariño que Darcy casi se derrumba.

—Vamos, Aidan, vas a conseguir que vuelva a llorar.

—Ni hablar —sacó dos botellas de agua de debajo de la barra—. Has estado en la tumba de la vieja Maude...

—No. En Tower Hill —dio un sorbo de agua al comprobar que tenía la garganta seca como el papel de lija—. Florecen las flores sobre la tumba de John Magee. Apenas me sorprendió verle, a Carrick, quiero decir. Pero me dio un vuelco al corazón —se puso el puño sobre el corazón con la piedra dentro—. Es increíble. Carrick parece listo y atrevido, pero en lo más profundo de sus ojos hay pena. El amor es un lío.

—¿Quieres a Trevor?

Retiró la piedra del pecho como si le estuviese quemando.

—Sí. No es como me imaginaba. No es delicado ni fácil y te aseguro que no hace que me sienta como una reina. Ha habido un cambio en mí desde el momento en que le vi desde la ventana. Debí haber sabido que ya era demasiado tarde para evitarlo.

Aidan conocía bien ese sentimiento y los nervios que provocaba.

—¿Lo harías si pudieras?

—Creo que lo haría. Por lo menos, serenarme un poco hasta que recuperara la respiración o que él se pusiera a mi altura. Siempre va un paso por detrás. Es un paso de distanciamiento. Lo entiendo porque yo misma lo he hecho muchas veces. Me desea —lo dijo pensativamente y observó el gesto de Aidan—. No te pongas en el papel de hermano mayor y machito después de lo bien que lo estabas haciendo.

—Soy hombre y tu hermano —dio un sorbo de agua—. Pero sigue.

—Hay pasión y el amor perdería fuerza sin ella. Hay un cariño que hace que sea algo más que puro deseo, pero está ese paso, ese distanciamiento que impide... la confianza y la aceptación.

—Uno de los dos debería dar un paso adelante y no atrás.

—Quiero que sea él.

Lo dijo con cierto tono de arrogancia. A Aidan le preocupó tanto como le divirtió. Darcy abrió la mano. La piedra latía como un corazón azul.

—Carrick me mostró cosas increíbles que, según él, yo podría conseguir. Sólo tenía que pedirlas. Riqueza, fama, gloria, amor y belleza. Formular un deseo, sólo uno, elegir.

—¿Qué quieres?

—Todo —ella rió, pero lo hizo con una fragilidad que conmovió a Aidan—. Soy egoísta y codiciosa, lo quiero todo. Quiero todo lo que pueda conseguir y luego volver a por más. ¿Por qué no quiero lo normal y lo sencillo, Aidan? ¿Por qué no puedo conformarme con sueños al alcance de la mano?

—Eres muy exigente contigo misma. Más exigente que cualquier otra persona. Hay quien quiere lo normal y lo sencillo, pero eso no significa que seas codiciosa y egoísta por querer lo complicado y extraordinario. Querer siempre es querer, sea cual sea el sueño.

Asombrada, lo miró fijamente.

—Vaya pensamiento —dijo al cabo de un momento—. Nunca me lo había planteado así.

—Piénsalo un momento —pasó un dedo sobre la piedra y cerró la mano de Darcy—. Y no te precipites con tu deseo.

—Eso ya lo había decidido yo por mi cuenta —se guardó la piedra en el bolsillo—. Es posible que Carrick tenga mucha prisa, pero yo pienso tomármelo con calma.

Dio un beso a Aidan en cada mejilla.

—Eras lo que necesitaba justo cuando lo necesitaba.

Efectivamente, Darcy se tomó su tiempo. La conversación con Aidan la tranquilizó y pudo disfrutar del tiempo. Los días se convirtieron en una semana y Darcy comprobó divertida que ni ella ni Trevor sacaron a relucir el posible aspecto profesional de su relación.

Darcy pensó que Trevor era un negociador tan astuto como ella. Uno de los dos daría su brazo a torcer, y no estaba dispuesta a ser ella.

Las obras del teatro avanzaban por fases y ella lo encontraba más interesante de lo que pudo haber imaginado. Se estaba produciendo un cambio justo al otro lado de su ventana. Un cambio monumental que tenía sus raíces en un sueño y que era algo más que ladrillos y hormigón.

Ella lo quería por cómo era. Suponía que eso era la esencia del amor. Querer intensamente que los sueños de tu amado se convirtieran en realidad.

Casi toda la cubierta estaba terminada y ya no podía ver a Trevor desde la ventana. Él estaba unas veces dentro del armazón del edificio y otras no, pero el ruido seguía siendo tan ensordecedor que no abría la ventana para poder oír su voz.

Con el verano, las playas de Ardmore atraían a mucha gente, y lo mismo el pub. El trabajo seguía manteniéndola ocupada y, por primera vez, pudo darse cuenta de lo que significaría el teatro. Ya no hablaban de él sólo los habitantes del pueblo, sino que también lo hacían los visitantes.

A veces se detenía a mirar alrededor del pub y a escuchar las voces y se imaginaba cómo sería el verano siguiente. También se preguntaba qué sería de ella.

Como ella y Trevor preferían dejar el trabajo a un lado, Darcy iba casi todas las noches a la casa de campo. Se acostumbró a ir andando siempre que lo permitía el tiempo, aunque él le ofrecía su coche cada vez. Le gustaban la calma que flotaba en el aire después de medianoche, la sensación balsámica de la brisa y el cielo lleno de estrellas.

Era curioso, pero no lo había apreciado hasta que comprendió que no se quedaría allí para siempre. Como la serenidad que emanaba del mar y el constante rumor de las olas en la noche.

Le gustaba más todavía cuando brillaba la luna y los acantilados proyectaban su sombra.

Se detenía al llegar a Tower Hill. Si el viento arrastraba las nubes, daba la impresión de que la torre se balanceaba sobre la piedras silenciosas e inmóviles que había a sus pies. Seguían floreciendo las flores en la tumba de John Magee, pero Carrick no aparecía.

Siguió avanzando y el camino se estrechó. A su espalda, las luces dispersas de Ardmore desaparecieron poco a poco. Podía oler el aroma de los campos y las plantas y en medio de la oscuridad vio las luces de la casa de Faerie Hill.

Él la esperaba y eso era lo que ella quería.

Como todos los días, sintió ganas de correr. Él la llamó en el momento en que entraba en la casa.

—Estoy en la cocina.

Era una sensación muy hogareña. La mujer que volvía del trabajo y el hombre que la espera-ba en la cocina. Era como jugar a las casitas. Intentó olvidar que ni la casa ni el juego durarían mucho.

Trevor estaba cocinando algo. Le pareció divertido. Ya le había demostrado que sabía cocinar cuando hizo el primer desayuno, pero no era de los que lo convertían en una costumbre.

—¿Quieres un poco de sopa? —revolvió en un puchero y lo olió—. Es de lata, pero es comida. He pasado toda la noche al teléfono y se me había olvidado la cena.

—No, gracias. He comido un poco de lasaña de Shawn, que estoy segura de que estaba mejor que eso. Si llegas a llamar te habría traído un poco.

—Ni me di cuenta —se dio la vuelta para sacar un cuenco del armario. Fue mirarla y desear tenerla—. Llegas más tarde que de costumbre —dijo él esforzándose por mantener un tono natural—. No sabía si vendrías.

—Ha habido más gente de lo habitual. Bueno, tampoco debería decir habitual —corrigió ella—. Esta semana ha estado lleno todas las noches. Aidan quiere que Shawn contrate a alguien para que le ayude en la cocina y se lo ha tomado como algo personal. Ha sido una buena bronca. Seguían discutiendo cuando me fui.

—Aidan también va a necesitar a alguien en la barra.

—No seré yo quien se lo diga, porque reaccionaría como Shawn.

Darcy llenó de agua la tetera, mientras Trevor se tomaba la sopa apoyado en la encimera.

—Tomaré un poco de té para hacerte compañía. Ya que estás comiendo, a lo mejor te apetece tomar un poco de lo que tengo en el bolso con tu sopa de lata.

—¿Qué es?

Darcy se limitó a sonreír. Trevor dejó el cuenco de sopa y revolvió en el bolso. Darcy se rió al ver que metía la mano con ansia, como un niño que busca un caramelo con premio.

—¿Magdalenas?

—Bueno, tampoco íbamos a dejarte con las ganas, ¿no? —Darcy, encantada con la reacción de Trevor, puso la tetera en el fuego—. Las ha hecho Shawn, porque me imagino que no ibas a creerte que me dedico a la repostería, y la verdad es que mejor que no lo haga. Hace un par de días no se quedó contento con la primera hornada, pero parece que está satisfecho con éstas.

Trevor sólo pudo permanecer de pie con las magdalenas en las manos, mientras Darcy encendía el fuego de la cocina. Algo se agitaba en su interior, era una locura, era ridículo, pero no podía evitarlo. Era cálido y adorable. Salió con una broma como defensa.

—Vaya, una docena, supongo que te debo mil doscientos dólares.

Ella lo miró. Al principió no lo entendió.

—Cien dólares la unidad. Se me había olvidado. ¡Maldita sea!, tendré que repartirlo con Shawn —le dio una palmada en la mejilla y se sirvió el té—. Está bien, esta vez no te cobraremos. Pensé que te gustaría un recuerdo del hogar.

—Gracias.

Lo dijo tan seriamente que se volvió para mirarlo. Tenía el rostro igualmente serio y el gesto de la boca, y sus ojos sombríos estaban clavados en ella. Se encogió de hombros para disimular la impresión.

—De nada. No es más que un poco de masa.

No, no lo era. Ella se había acordado. Había pensado en él sin darse cuenta de lo que significaba un gesto tan pequeño.

Trevor dejó la bolsa, se acercó a ella, la giró y posó su boca sobre la de Darcy.

Suave, lujuriosa y profundamente. Lo que se agitaba en él se convirtió en un torbellino.

Se apartó con la idea de que podría ver en el rostro de ella el significado de todo aquello. Pero tenía los ojos velados por una espesa nube de color humo azul.

—Bueno —ella se hundía, se hundía sin haber pretendido entrar en la ciénaga—. No puedo esperar a saber qué pasará después de que pruebes...

Él la calló. Otro beso anhelante y dulce. Trevor se dio cuenta de que ella temblaba. Era diferente de otras veces, lo era para los dos. El estruendo de otras veces era ahora un leve zumbido. La sangre que siempre corría a borbotones era espesa.

—Trevor —se escapó entre los labios de Darcy el nombre que la abrumaba—. Trevor.

Él apagó el fuego de la cocina que seguía encendido y la tomó en brazos.

—Quiero hacer el amor contigo.

En el momento de decirlo supo que sería la primera vez.

Ella lo besó en el cuello mientras él la tomaba en brazos. Era como dejarse arrastrar por un sueño. Un sueño que ella no sabía que podría soñar. Como si le concedieran un deseo que no sabía que tenía.

Se sintió... apreciada.

Él subió las escaleras con ella en brazos y a Darcy le parecía tan romántico que apenas podía respirar. Podía oír arpas y flautas que sonaban en su cabeza. Él se detuvo y la miró; ella pensó por un momento que también oía la música. Fueron unos instantes mágicos. La ventanas del dormitorio estaban abiertas y permitían la entrada de los aromas misteriosos y húmedos de la noche. En todo el ambiente flotaba el brillo plateado de la luna.

Él la dejó sentada en la cama y encendió las velas que había por si se necesitaban pero que nunca se habían utilizado. Las llamas ondulantes dibujaron sombras enigmáticas. Él tomó del jarrón que había en la mesilla una de las flores que ella había arrancado del jardín y se la ofreció. Luego se sentó junto a ella, la sentó en su regazo y la abrazó. Darcy se acurrucó como si lo hubiese estado deseando desde siempre y él se preguntó cómo habían podido saltarse ese paso. Por qué habían corrido siempre para alcanzar la cima sin detenerse en el camino.

Trevor se prometió que sería esa vez.

Le acarició una mejilla y ella levantó el rostro, levantó los labios para encontrarse con los de él.

El tiempo se desvaneció, perdió toda importancia ante una sensación nueva y embriagadora. El amor que yacía en el corazón de Darcy fluyó libre y siguió creciendo en su interior como en un pozo sin fin.

Se manifestó toda la sensibilidad que ninguno de los dos creía necesitar, la ternura que ambos habían dejado al margen y la paciencia que habían olvidado.

Él la besó en la palma de la mano. Pensó que tenía unas manos elegantes y sedosas. Podrían pertenecer a una princesa, aunque no eran demasiado fuertes como para ser de una princesa. Eran de reina que sabía gobernar, pensó mientras besaba todos sus dedos.

Rozó el interior de la muñeca de Darcy con los labios y pudo notar la sangre en ebullición.

La tumbó sobre la almohada. Ella elevó los brazos y le acarició el cabello. Ya no tenía los ojos velados, eran de una claridad cristalina.

—Esta noche es mágica —dijo ella atrayéndolo hacia sí.

Se acariciaron como si fuese la primera vez y también la última.

La inocencia en busca de la intimidad. Ella sabía que esa noche era sincero y se entregó a él. Se entregaron el uno al otro a la luz de las velas y bajo el resplandor de la luna.

Él recorrió el cuerpo de Darcy con los labios y ella susurró. Ella lo acarició y él gimió. Eran dos voces para un mismo coro de placer. Se desnudaron sin prisa y disfrutaron de la magia.

La piel de Trevor era más oscura que la de ella. ¿Se había dado cuenta él de ese detalle? ¿Había prestado atención a lo sedosa que era su piel? ¿Se había fijado en el leve tono rosa que adquiría esa piel cuando la dominaba la pasión?

Nada resultaba tan delicado como el sabor de sus pechos. Él podría vivir el resto de su vida sólo con eso.

Cuando ella se estremeció al notar la lengua de Trevor sobre su cuerpo, él comprendió que sin duda podría vivir sólo con eso.

No se apresuraron ni cuando el cariño se transformó en pasión ni cuando la respiración se entrecortó ni cuando los susurros se convirtieron en jadeos. Ella se arqueó como una ola larga y delicada. Se sentía plena de sensaciones. Eran dos, pero flotaban juntos en un mismo cuerpo.

El amor hacía que ella perdiera la noción de sí misma, la apremiaba para devolver todo el placer. Se colocó encima de él y acarició todo su cuerpo con los labios cálidos y carnosos. Pudo notar los poderosos músculos que se derretían bajo sus caricias.

Ya, pensó ella, antes de que el ansia les traicionara y les arrebatara ese momento. Lo agarró de las manos y lo introdujo dentro de ella.

Lenta y suavemente, en el filo de la premura, él la llenó, ella lo acogió.

Se sintió hechizado por el reflejo de la luz sobre la piel, el pelo y los ojos de Darcy. Recordó el cuadro de la sirena con su rostro. En ese momento le pertenecía aquel cuerpo fabuloso que se ten-

313

saba en un arco perfecto. Era realidad y fantasía. La habría seguido hasta el corazón del mar si ella se lo hubiese pedido.

No había sentido nada tan hermoso como el momento en que ella se entregó. Un escalofrío recorrió el cuerpo de Darcy y entró en el suyo. La sintió en cada uno de sus poros. La rodeó con sus brazos, presionando su cuello con los labios. Y fue en ese momento, cuando se tenían el uno al otro, que se premitieron olvidarse de todo lo demás, y se hundieron juntos en el abismo, hasta llegar a sus corazones.

En la oscuridad, cuando el sueño empezaba a apoderarse de ella, Darcy tomó entre los dedos el disco de plata de Trevor. Supuso que se lo habría regalado su madre y le conmovió que lo llevara puesto.

—¿Qué pone? —susurró ella.

—Amor eterno.

Cuando lo dijo, ella estaba medio dormida y lo oyó como si la voz flotase en un sueño.

Cuando se durmieron, él soñó con un mar azul en el que los reflejos del sol eran joyas brillantes y la espuma de las olas eran lágrimas. Se oía música bajo la superficie, donde debía reinar el silencio. Un sonido festivo que aceleraba el pulso y elevaba el ánimo.

Se dirigió hacia allá guiado por sombras y brillos. La arena dorada del fondo estaba sembrada de piedras preciosas, como si alguna mano generosa y desprendida las hubiese arrojado como migas de pan.

Entre la luz azul y una alfombra de flores se elevaba un castillo de plata con torres resplandecientes. La música seducía, atrapaba, se hacía femenina. Una mujer cantaba una canción. Era el irresistible canto de una sirena. Estaba junto al palacio, sentada sobre un promontorio azul que latía como un corazón. Cantaba y le sonreía como si lo llamara.

La pálida piel de sus pechos estaba cubierta por el pelo negro, como la noche más profunda. Los ojos, azules como la montaña, sonreían.

Él la deseaba más que a su propia vida. El deseo le debilitaba y eso le enfurecía, pero no podía evitar dirigirse hacia ella.

—Darcy.

—¿Has venido por mí, Trevor? —la voz tejía hilos mágicos cuando ella hablaba—. ¿Qué me vas a entregar?

—¿Qué quieres?

Ella rió y sacudió la cabeza.

—Tendrás que adivinarlo —alargó una mano invitándolo a sentarse con ella. En la muñeca brillaban unas joyas como lenguas de fuego—. ¿Qué me vas a entregar?

Trevor sintió impotencia.

—Más como éstas —dijo él tocando las joyas que tenía en la muñeca—. Tantas como quieras, si es lo que quieres.

Ella giró el brazo y las piedras se convirtieron en fuego.

—No puedo negar que me gustan pero no es suficiente. ¿Qué otra cosa tienes?

—Te llevaré a todos los sitios que quieras.

Ella hizo un gesto de disgusto y se peinó con un peine de oro.

—¿Eso es todo?

Él empezó a impacientarse.

—Te haré rica y famosa. Pondré todo el mundo a tus pies.

Ella bostezó.

—Ropa —chasqueó los dedos—. Sirvientes, casas. Serás la envidia y la admiración de todos. Tendrás lo que quieras.

—No es suficiente —se le llenaron los ojos de lágrimas—. ¿No te das cuenta de que no es suficiente?

—Entonces, ¿qué quieres?

Intentó agarrarla, levantarla para que contestara, pero antes de que pudiera tocarla ella se deslizó y empezó a caer.

—No conseguirás nada hasta que lo sepas y lo entregues. No empezará hasta que lo hagas —no era la voz de Darcy, era la de Gwen.

Trevor se despertó como si estuviese a punto de ahogarse, con la respiración entrecortada y el corazón desbocado. Incluso en ese momento, ya despierto, pudo oír un leve susurro.

—Mira lo que tienes de verdad. Entrega lo que sólo tú puedes entregar.

—¡Dios mío! —saltó de la cama.

Darcy se movió hasta el hueco que él había dejado y continuó durmiendo.

Pensó en ir al cuarto de baño para beber agua, pero en su lugar se puso los vaqueros y bajó las escaleras. Eran las tres de la mañana. Perfecto. Agarró la botella de whisky y se sirvió un vaso. ¿Qué le estaba pasando? Lo sabía. Apuró el whisky y dejó el vaso en la mesa. Estaba enamorado. Se tapó los ojos y sonrió. Se había enamorado por unas magdalenas.

Hasta entonces todo había marchado sobre ruedas, pensó. Se había dominado. La atracción, el cariño, el interés, el sexo. Todo eso estaba muy bien, era controlable. Hasta que ella aparece con una bolsa de magdalenas y él pierde el sentido. Estabas a punto de caer desde el primer minuto, pensó él, sólo te ha sorprendido el último resbalón.

Maldito resbalón.

No sabía que sería capaz. Había hecho todo lo posible por enamorarse desde que terminó con Sylvia y siempre había fracasado. Estaba seguro de que no podía sentir esa sensación hacia ninguna mujer.

Le había preocupado, desilusionado y enfadado. Hasta que decidió que sería para bien. Si un hombre carecía de algo, lo lógico, lo eficiente, era compensarlo de otra forma. El trabajo, sus padres, su hermana. El teatro.

Se había convencido de que era suficiente, casi suficiente. Se había convencido de que podría desear a Darcy, tener a Darcy, ocuparse de Darcy sin que significara nada más.

Sin embargo, significaba... todo. Sin proponérselo, sin esfuerzo.

Una parte de él estaba emocionada. Ya no era incapaz de amar, pero esa emoción estaba teñida de un temor que le impulsaba a ser prudente.

Abrió la puerta trasera para que el aire húmedo y la neblina le despejaran la cabeza. Tenía que tener las cosas claras para tratar con Darcy.

Mágica, había dicho ella. Esa noche era mágica. Empezaba a creer que tenía razón. Había magia en ella, en ese lugar. Quizá fuese el destino o la suerte. Tenía que saber si esa suerte era para bien o para mal. Amar a Darcy no iba a ser un camino de rosas, pero a él nunca le había gustado que todo fuese fácil.

No quería lo que tuvieron sus abuelos: la rígida formalidad de un matrimonio sin pasión, sin humor ni cariño. Con una mujer como Darcy nunca habría formalidad ni rigidez.

La quería y ya encontraría la forma de retenerla. Estaba seguro. Sólo tenía que calcular qué ofrecerle, cómo ofrecerlo y cuándo ofrecerlo para que ella no pudiera resistirse. Le retumbó en la cabeza el eco de las últimas palabras del sueño: «Entrega lo que sólo tú puedes entregar».

Cerró la puerta. Ya había tenido suficiente magia por esa noche.

Diecisiete

Había neblina. Darcy se despertó sola en la cama en medio de una luz grisácea. La niebla desaparecería y ella sabía que Trevor se levantaba siempre antes del amanecer. Era un robot cuando se trataba de esas cosas.

Se dio la vuelta y deseó que él estuviese allí para abrazarlo. También sabía que no se podría dormir pensando en qué era lo que estaría haciendo él. Suponía que ninguno de los dos había dormido bien desde que eran amantes, pero la energía sexual parecía un buen combustible.

Se encontraba maravillosamente.

Se levantó y se puso la bata. Tenía alguna ropa en la casa de Trevor. Era como si vivieran juntos, lo sabía, y había sido así durante todo el verano. Aunque ninguno de los dos lo mencionara. En realidad, hacían un esfuerzo por evitar el asunto, como si se tratase de política o de religión.

Él también tenía algo de ropa en las habitaciones de ella. Aunque para ella esa situación de tener cada uno ropa suya en la casa del otro era un primer paso, todo el proceso se había llevado a cabo sin darle importancia. Sin darle importancia, pensó ella mientras abría el grifo de la ducha, así lo habían hecho todo entre ellos.

Aunque la noche anterior había sido distinto. Se metió bajo el chorro, cerró los ojos e inclinó la cabeza hacia atrás. Había sido mucho más de lo que ella había conocido hasta ese momento, mucho más de lo que ella creía que podían alcanzar dos personas.

Para él tenía que haber sido igual. No podría haberla acariciado de esa forma ni ella podría haberlo acariciado a él, si no sintiese algo profundo y sincero.

Hacer el amor. Pensativamente, se pasó el jabón por todo el cuerpo mientras el vapor la rodeaba. No sabía lo que significaba eso hasta que conoció a Trevor. Ni sabía lo que podría significar. Vulnerabilidad. No se había dado cuenta de que ser vulnerable para alguien podía ser hermoso. Adorable, cálido y confortante. Era como saber que, en ese breve espacio de tiempo, en ese mundo de delicadeza, él también había sido vulnerable.

Era un hombre al que podía abrirse completamente, al que podía amar y en el que podía confiar. Estarían juntos e irían donde les llevara el destino. Se quedarían con lo que les ofreciera la vida y lo aumentarían. En días frenéticos y noches tranquilas; en soledad o entre multitudes. Criando hijos, construyendo hogares.

Se haría un sitio junto a él y abriría todas las puertas que siempre quiso cruzar. Pensó que, al fin y al cabo, era posible tenerlo todo. Sólo necesitaba el amor como primer paso.

Trevor la oyó cantar al amor y al deseo a través de la puerta entreabierta del dormitorio. Sintió una punzada. Esperó hasta que terminó la canción, hasta que la vio moverse por la habitación.

Había pasado parte de la noche en blanco pensando en ella y en qué hacer.

Llamó suavemente a la puerta y entró. Darcy se había puesto una toalla alrededor del cuerpo y estaba echándose una crema que guardaba en un frasco blanco. Pensó que olía a melocotones calientes y que le despertaba el apetito.

Tenía el pelo mojado, rizado y despeinado, como el de la sirena del cuadro. Le recordó el sueño.

—Te he traído un poco de té.

—Eres muy amable, gracias —tomó la taza sonriéndole. Tenía la mirada soñadora por la canción—. No sabía si te habías ido a trabajar. Me alegro de que sigas aquí.

Ella se acercó para besarlo en los labios. Sintió que se derretía por el deseo de llevarlo a la cama otra vez y de volver a hacer el amor como la noche anterior.

—Estaba a punto de venir para despertarte —el deseo de ella le nublaba el pensamiento, como el vapor empañaba el espejo del cuarto de baño. De modo que salió y dejó la puerta abierta—. Te has adelantado.

Ella dio un sorbo de té para combatir el aire frío del dormitorio.

—¿Qué pensabas hacer después de despertarme?

Cualquier hombre, por muy tonto que fuera y por muy apagada que tuviese la libido habría entendido la sugerencia. No me piques, se advirtió Trevor.

—Dar un paseo.

—¿Un paseo?

—Sí —Trevor cruzó la habitación y se sentó en el borde de la cama. No tenía la más mínima intención de tocarla ni de descentrarse, pero eso no quería decir que no pudiera ver cómo se vestía y torturarse un poco.

—Tú sueles ir al pueblo andando, así que daremos un paseo y luego te llevaré al pueblo.

Tenía la piel rosada y fragante de la ducha, sólo estaba cubierta por una toalla y lo que ese hombre quería era pasear entre la niebla. Una mujer con menos confianza pensaría que esa noche se había equivocado al valorar su atractivo sexual.

Lo cual no quería decir que no pudiera sentirse ofendida.

—¿No tienes que trabajar? —se volvió hacia el armario.

—Puedo tomarme la mañana libre. Mick va a venir para echar una ojeada. Entre él y Brenna me quitan mucho trabajo.

En realidad podría haberse tomado días. Incluso semanas. Habría sido más sensato volverse a Nueva York, ocuparse de cerca de los asuntos que tenía allí y no desde miles de kilómetros. Al ver cómo se ponía Darcy la ropa interior, comprendió

322

que no iría a ninguna parte en un futuro inmediato. Al menos no iría solo.

—El señor O'Toole debería seguir en casa, recuperándose.

—Estoy harto de tener mujeres a mi alrededor día y noche —la imitación del enfado de Mick hizo que Darcy sonriera.

—Aun así.

—¿Quieres que se quede quieto? Puedes intentarlo, yo no tengo fuerza.

—Esta bien —admitió mientras se ponía una camisa—. Siempre que no trabaje demasiado. No es que sea viejo, pero tampoco es tan joven. Es un hombre y querrá hacer más de lo que debiera.

—¿Quieres decir que a los hombres nos gusta alardear?

—Desde luego —le lanzó una mirada burlona y femenina por encima del hombro. Indulgente e insultante—. ¿No te gusta?

—Seguramente, pero Brenna no se lo permitirá. Ella no se impresiona, lo vigila como una loba vigila a sus cachorros. Creo que a él le gusta. A los hombres también nos gusta que nos mimen las mujeres. Aunque protestemos para que no se nos note.

—Como si no lo supiera con dos hermanos. Le llevaré a la cocina para que coma algo caliente y le diré lo guapo y fuerte que es —se terminó de abrochar la camisa—. A él también el gustan los halagos —se dio la vuelta sujetando los pantalones con un dedo y sólo con la camisa puesta—. Y puesto que me consta que tú también eres un hombre, ¿no querrías un poco de lo mismo? Podrías convencerme para que te preparara algo de comer en la cocina y decirte lo guapo y fuerte que eres.

La manzana que tentó a Adán no era nada comparada con la sonrisa de Darcy. Sin embargo, había prioridades.

—He comido una magdalena —le sonrió—. Estaba deliciosa.

—Entonces me doy por satisfecha —dijo Darcy, desconcertada pero satisfecha. Se puso los pantalones y los zapatos—. Me peino y estoy contigo.

—¿Qué tiene de malo tu pelo?

—Que está mojado, entre otras cosas.

—Fuera hay mucha humedad, así que tampoco importa —estaba impaciente y se levantó para tomarla de la mano—. Si dejo que entres en el cuarto de baño, tardarás una hora.

—Trevor —ella tiraba para soltarse y él la llevaba hacia las escaleras—. Estoy a medio arreglar.

—Estás guapísima —agarró la chaqueta de Darcy—. Siempre lo estás —no hizo caso de las quejas de Darcy y le puso la chaqueta.

—¿Por qué tienes tanta prisa? —decidió apaciguarse por el piropo y hacerle caso.

Eso era el toma y daca de una relación, pensó ella. Permitir que el hombre se saliera con la suya cuando no tenía importancia.

Fuera tampoco había tanta humedad, según la opinión de Darcy. La niebla era muy fina. Era un velo delicioso que convertía las formas corrientes en imágenes fantásticas. Los colores brillantes del jardín quedaban delicadamente apagados y las colinas del fondo resultaban misteriosas. Se veían claros entre las nubes. Eran como esperanzadores parches azules en un manto gris.

Todo estaba tan silencioso que parecían las únicas personas sobre la faz de la tierra. Darcy recuperó el cariño y la intimidad de la noche anterior cuando él la tomó de la mano.

Cruzaron el prado y ella permaneció un rato en silencio, perdida en el romanticismo del momento.

—¿Dónde vamos?

—A San Declan.

Un escalofrío le recorrió la columna vertebral. Serían nervios, superstición o premonición, no estaba segura.

—Si llego a saber que íbamos a la tumba de Maude, habría traído unas flores.

—Siempre tiene flores en la tumba.

Flores mágicas, pensó ella, plantadas por fuerzas sobrenaturales. Se veían la ruinas en la distancia a través de la niebla, parecían una persona que les esperaba.

Ella tembló.

—¿Tienes frío?

—No. Yo... —no le importó que le soltase la mano y la pasase el brazo por el hombro—. Es un sitio extraño para venir una mañana con niebla.

—Es pronto para los turistas y es un lugar precioso. La vista es maravillosa si se levanta la niebla.

—Es pronto para los turistas —admitió ella—, pero no para los espíritus —en un sitio como ése nunca podías saber qué te encontrarías detrás de un montículo de hierba o entre las sombras—. ¿Buscas a Carrick?

—No —dijo, aunque tampoco le extrañaría encontrarlo—. Quería venir aquí contigo.

Pasaron el pozo y las cruces y entraron en la iglesia sin tejado donde estaba la tumba de Maude. Las toscas piedras que señalaban el punto donde yacían los restos de los difuntos aparecían en desorden entre los jirones de niebla. Por el contrario, en la tumba de Maude crecían unas flores preciosas.

—Nadie corta las flores.

—¿Humm?

—La gente que viene por aquí —dijo Trevor—. Los turistas, los estudiantes o la gente del pueblo que viene aquí no corta sus flores.

—Sería una falta de respeto.

—La gente no es siempre respetuosa.

—Es tierra bendita.

—Es verdad —Trevor la rodeaba con el brazo y se inclinó un poco para besarle el pelo.

Un fogonazo, súbito y brillante, le recorrió el cuerpo. Estaban solos en el mundo y en tierra bendita la noche siguiente a que se hubieran amado y se hubieran descubierto el uno al otro. Él la había llevado al acantilado sobre el mar y el pueblo, en medio de la niebla y la magia.

Para decirle que la amaba. Cerró los ojos y se estremeció de placer ante la idea. Nada podía ser tan perfecto. Él había elegido ese sitio para abrir su corazón y pedirle que fuese su mujer.

¿Podía haber algo más romántico?, ¿más emocionante?, ¿más perfecto?

—Se está levantando la niebla —dijo él con un hilo de voz.

Juntos, en la colina barrida por el viento, miraban cómo se rasgaba delicadamente el velo de niebla, atravesado por los rayos del sol que daban un tono color perla al ambiente. Debajo estaba el pueblo, que era su hogar, y el mar que lo bañaba como si hubieran desplegado un manto transparente y ondulante.

Se le llenaron los ojos de lágrimas ante la belleza que veía con los ojos y el corazón. El hogar, pensó ella. Aidan tenía razón. Eso sería su hogar siempre, independientemente de dónde viajase con el hombre que tenía al lado. El amor hacia su lugar de nacimiento se apoderó de ella como los rayos del sol se abrían paso entre las nubes.

—Desde aquí parece perfecto —dijo ella en voz baja—. Como si estuviera sacado de un cuento. Me olvido de cuando estoy abajo y tengo que hacer las mismas cosas todos los días —emocionada, apoyó la cabeza en el hombro de Trevor—. Siempre me había preguntado por qué elegiría Maude un sitio como éste para el descanso eterno. Lejos de su familia y amigos y, sobre todo, lejos de Johnnie. Ahora lo entiendo. Éste era su sitio, y no está lejos de Johnnie, nunca lo estuvo.

—Esa forma de amar es un milagro —él también lo quería y estaba dispuesto a conseguirlo.

—El amor es un milagro siempre —dímelo, dímelo de una vez para poder contestarte.

—Por aquí parece estar a la orden del día —ahora, pensó ella, mientras se preguntaba si se moriría de felicidad—. Es precioso y tiene mucho encanto, Darcy, pero hay otros sitios en el mundo.

Ella frunció el ceño desconcertada y casi al instante volvió a sonreír. Naturalmente, quería prepararla y explicarle cuánto tendría que viajar antes de pedirle que lo acompañara.

—Siempre he querido conocer esos sitios —podía facilitarle las cosas—. Últimamente he comprendido que querer eso no significa que no ame y aprecie lo que tengo aquí. Querer partir sólo significa regresar.

—Puedes ir a todos esos sitios —se apartó de ella sujetándola de los hombros y con una mirada cargada de intención.

Darcy tuvo la impresión repentina de que por fin le iban a ofrecer lo que su corazón anhelaba y el único hombre al que había amado le iba a pedir matrimonio con el pelo mojado y sin maquillar.

La tontería de la idea le hizo reír y acercarse a él. La amaba como era y eso era una maravilla.

—¡Oh, Trevor!

—Será un trabajo, pero un trabajo apasionante. Gratificante y lucrativo.

—Claro, pero yo... —el romanticismo se desvaneció como la niebla sobre el mar y sólo quedó la última palabra flotando en su cabeza—. ¿Lucrativo?

—Mucho. Cuanto antes firmes, antes podremos ponernos manos a la obra. Pero tienes que dar el paso, Darcy, tomar la decisión.

—El paso —ella se sujetó la cabeza con una mano como si estuviese mareada y se dio la vuelta.

Como podía dar un paso si no se sostenía de pie. No tenía equilibrio. ¿Quién lo tendría después de ese mazazo?

Hablaba del contrato, no de amor ni de matrimonio, hablaba de negocios. Qué ingenua era, qué fantasías románticas había tejido y cómo había abandonado todas las defensas.

Lo peor de todo era que él no lo sabía.

—¿Hemos venido aquí a hablar de contratos?

Primer paso, pensó él. Hacer que firmara, tenerla firmemente atada a él. Le enseñaría el mundo y todo lo que deseaba. Una vez que le hubiese puesto la miel en los labios, le ofrecería un festín. Todo lo que ella quisiera.

—Quiero que consigas todo lo que buscas. Quiero colaborar para que lo tengas. Celtic Records se ocupará de tu carrera musical. Quiero ocuparme personalmente de ello. Ocuparme de ti.

—Del conjunto —Darcy intentó tragarse la amargura, pero se le atragantó cuando lo miró.

Ahí estaba todo lo que había querido, con el pelo azotado por el viento y unos ojos demasiado fríos como para que ella lo acariciara.

—Es lo que dijo Nigel. Así que te ocuparás personalmente del conjunto.

—Y de hacerte feliz. Te lo prometo.

Ella inclinó la cabeza.

—¿Qué crees que necesito para ser feliz?

—¿Para empezar? —dijo una cifra que le habría cortado la respiración si no llega a estar tan fría, tan descorazonada.

Ella recibió la oferta con un gesto displicente.

—¿Puedo preguntarte cuánto se debe a mis talentos y cuánto a que me acuesto contigo?

Trevor la miró con los ojos como ascuas.

—No pago a las mujeres para que se acuesten conmigo. Es una ofensa para los dos.

—Tienes razón —el dolor había podido con la frialdad y la debilitó—. Lo siento, no ha sido muy acertado. Otros lo pensarán y Nigel me lo advirtió.

Él no lo había pensado. Estaba tan involucrado con ella que no lo había pensado.

—Tú lo sabrás mejor. ¿Hay algo más que te importe?

Ella se alejó y se dirigió hacia la tumba de Maude, pero tampoco encontró consuelo entre las flores, en la magia o en la muerte.

—Para ti es más fácil, Trevor. Tú tienes la armadura de tu posición, de tu nombre y de tu poder. Yo me tendré que lanzar sin nada de eso.

—¿Y te detiene? —se acercó a ella y la giró hacia sí—. ¿Tienes miedo de lo que puedan decir algunos idiotas celosos? Tú eres más fuerte que todo eso.

—No, no tengo miedo. Sólo soy consciente de ello.

—El trabajo está al margen de nuestra vida

personal —aunque sabía que los estaba mezclando—. Tienes un don y puedo ayudarte a emplearlo. El resto sólo nos concierne a nosotros.

—¿Y si se apaga lo que hay entre nosotros? ¿Qué ocurriría si uno de los dos decide que quiere dejarlo?

Él se moriría. Sólo pensarlo era como una puñalada en el corazón.

—No afectaría al aspecto profesional.

—Quizá deberíamos tener otro contrato que lo previera —dijo ella sarcásticamente, incluso con cierta crueldad.

—De acuerdo.

La resignación de él la dejó atónita.

—Muy bien. De acuerdo.

Se le entrecortó la respiración y volvió a mirar hacia Ardmore. Así que ésa era la forma de hacer las cosas en ese mundo. Contratos, acuerdos y negociaciones. Perfecto, podía hacerlo. Lo haría. Pero que no se le ocurriera marcharse de allí sin ella. No sabía bien lo que era verla furiosa.

—Muy bien, Magee. Saca los documentos, llama a los abogados, que toque la banda, haz lo que haya que hacer —se dio la vuelta como un torbellino con una sonrisa gélida y radiante—. Firmaré, tendrás mi voz, tendrás este conjunto apasionante. Que Dios te ayude.

Que nos ayude a los dos, se dijo a sí misma.

Él sintió una oleada de alivio. Ya la tenía y empezaba a retenerla.

—No te arrepentirás.

—No pienso hacerlo —la mirada de Darcy

podría cortar un cristal. Él la tomó de las mano y se inclinó hacia ella.

—No lo hagas, no sello los acuerdos profesionales con un beso.

—Entendido —le dio la mano solemnemente—. ¿Asunto cerrado?

—Por el momento.

¿Quería una mujer, una amante? Perfecto, también haría que la inversión le mereciera la pena en ese aspecto.

Le acarició desde las caderas hasta los hombros y se arrimó a él provocativamente. Le dio pequeños besos hasta que notó el deseo en los ojos de él. Entonces echó la cabeza atrás y permitió que él la besara con ansia.

Disfrutaron el uno del otro sin la ternura y paciencia de la noche anterior. Era pasión pura, codiciosa y ardiente. Ella gozó aunque en su interior lamentaba la pérdida.

Él la deseaba, la desearía una y otra vez. Ella se ocuparía de eso. Mientras ella tuviese ese poder le tendría a él. Lo tendría atado, hechizado.

—Tócame —Darcy apartó los labios y le dio pequeños mordiscos en el cuello—. Pon tus manos sobre mí.

Él no se proponía hacerlo, no era ni el momento ni el lugar adecuado, pero ella ardía y le estaba quemando. Sus manos, posesivas y hambrientas, se llenaron de ella, pero cuando él estaba a punto de perder la razón, de tumbarla sobre la hierba, ella se apartó. El viento agitó su melena como si estuviera bajo el agua, el sol centelleó en sus ojos. Por un momento su belleza fue cruel.

—Más tarde —dijo ella mientras levantaba una mano para acariciarle la mejilla amablemente—. Podrás tenerme más tarde, cuando yo pueda tenerte.

Trevor estaba furioso, no sabía si con él o con ella.

—Es un juego peligroso, Darcy.

—¿Y qué gracia tendría si no lo fuera? Has conseguido lo que querías de mí en los dos aspectos. Deberías estar satisfecho de tener mi palabra en el primero y de que tenga buen gusto en el segundo.

Trevor estaba lo suficientemente fuera de sí como para arriesgarse a preguntar.

—¿Qué quieres de mí?

Ella ocultó su dolor bajando las pestañas.

—¿No me has traído aquí porque eso era lo que habías planeado?

—Supongo que sí —murmuró él.

—Muy bien —ella volvió a sonreír y alargó una mano—. Será mejor que volvamos o perderemos toda la mañana. Además, no terminé mi té —Darcy le dio un apretón en la mano. Veremos si puedes conmigo maldito cabezota sin ojos en la cara, pensó ella—. ¿Estarías dispuesto a compartir tus magdalenas conmigo?

Él se obligó a estar a la altura de Darcy.

—Seguramente dejaría que me convencieras.

Ninguno de los dos miró hacia atrás durante el camino de vuelta ni se dio cuenta de que empezaban a soplar ráfagas de viento.

—Estúpidos —dijo Carrick que había observado la escena desde encima del pozo—. Tozudos y estúpidos sin cerebro. Y mi suerte depende de ellos. Están a un paso de la felicidad y se alejan como si le vieran las orejas al lobo.

Saltó de su observatorio y se quedó flotando a un centímetro del suelo. Acto seguido estaba sentado sobre la tumba de Maude.

—Querida amiga, no acabo de entender a los mortales. Quizá sea que están acalorados y yo confundido —apoyó la barbilla en la mano pensativamente—. Maldito sea si lo estoy. Son dos estúpidos enamorados, y creo que ése es el problema. Ninguno de los dos sabe tratar con la estupidez. Lo que pasa es que tienen miedo. Miedo de dejarse llevar por la insensatez y permitir que les domine el amor.

Suspiró levemente y dio un mordisco a una manzana dorada que apareció al agitar la mano.

—Podrías decir que yo era igual y tendrías razón. Magee está haciendo lo mismo que hice yo. Le promete esto y le ofrece aquello. Le pone el mundo a sus pies porque es fácil hacerlo cuando tienes para dar y tomar, pero sólo tienes un corazón y eso ya es otro asunto. Yo no vi dentro de Gwen y él no ve dentro de Darcy. Él piensa que es sensatez, pero sólo es miedo.

Señaló hacia la lápida con la manzana como si la anciana estuviese sentada escuchándole. Quizá lo hiciera.

—Ella tampoco es mucho mejor. Es tan diferente de mi modesta y silenciosa Gwen como el sol de la luna, pero tienen algo en común. Ella también quiere que él le ofrezca su corazón, ¡podía decírselo de una vez! Pero no, no se lo dice. Mujeres, ¿quién las entiende?

Volvió a suspirar. Masticó la manzana y contempló el infinito. Estuvo a punto de perder la paciencia, de aparecer y ordenarles que se dejaran de tonterías. Estaban enamorados, que lo reconocieran y asunto terminado.

Sin embargo, no le estaba permitido. La elecciones, el ritmo y los pasos del baile lo tenían que decidir ellos mismos. Su... contribución (Carrick no quería llamarlo interferencia) sólo podía ser menor. Su destino, su felicidad, su vida entera, pensaba a veces, dependía del corazón de esos dos mortales.

Ya había tenido que lidiar con las otras dos parejas. Se podía pensar que debería de haber aprendido cómo apremiar a los últimos, pero sólo había aprendido que el amor es una piedra preciosa tallada con demasiadas facetas en la que la fuerza y la debilidad van de la mano y que nadie puede darlo ni tomarlo si no es desinteresadamente.

Se tumbó en la hierba y dibujo mentalmente el rostro de Gwen en las nubes.

—Te añoro. Tu cuerpo, tu corazón, tu mente. Lo daría todo por aspirar tu aroma, por volver a tocarte, por oír tu voz. Te lo juro, cuando vuelvas derramaré todo mi amor a tus pies, con toda su grandeza y humildad. Y las flores que florezcan no morirán jamás.

Cerró los ojos y se durmió cansado por la espera.

Cuando Trevor dejó a Darcy en el pub, ella estaba agotada de mostrarse animada, ingeniosa y seductora. Pero estaba dispuesta a ir hasta el final y dio la vuelta por la parte de atrás para poder mostrar su felicidad por los avances de la obra. Trevor la miró con los ojos entreabiertos y ella comprendió que a lo mejor se había excedido en sus manifestaciones de alegría. Así que le dio un beso breve pero cariñoso y se retiró.

Estaba llegando a la puerta de la cocina cuando apareció Brenna.

—¿Qué pasa? —preguntó Brenna inmediatamente.

Se conocían desde que nacieron y entendían el estado de ánimo de la otra mejor que el propio.

—¿Puedes subir un momento?

La amistad era tal que Darcy no tuvo que esperar una respuesta. Subió deprisa y corriendo. Iba despojándose de la alegría y el resplandor como si se quitase la ropa.

—Me duele la cabeza.

Entró en el cuarto de baño y sacó una aspirina del armario. La disolvió en agua y se bebió todo el vaso de un sorbo.

Se encontró con la mirada de Brenna en el espejo. Brenna sabía que esa mirada brillante e impecable ocultaba una herida muy profunda.

—¿Qué te ha hecho?

Era maravilloso tener amigos que sabían a quien culpar incluso antes de conocer la ofensa.

—Me ha ofrecido una fortuna, me imagino que es pequeña para lo que está acostumbrado, pero muy considerable para mí. Lo suficiente como para poder acomodarme en el camino que voy a iniciar y hacerlo desahogadamente.

—¿Y?

—Lo voy a aceptar —echó la cabeza hacia atrás y ese gesto desafiante preocupó a su amiga—. Voy a firmar el contrato de grabación.

—Es maravilloso, Darcy, de verdad, lo es, si es lo que tú quieres.

—Siempre he querido más de lo que tengo y ahora estoy a punto de conseguirlo. No lo firmaría si no me conviniera. Te prometo que lo hago en primer lugar por mí. Todavía no he perdido tanto la cabeza como para hacerlo por otro motivo.

—Entonces me alegro por ti y estoy orgullosa —Brenna posó una mano en el hombro de Darcy para aliviarle la tensión—. Ahora, dime qué te duele.

—Creí que iba a pedirme que me casara con él. Creí que iba a decirme que me amaba y que quería que fuese suya. ¿Te lo imaginas?

—Sí, perfectamente —también le dolió la respuesta de Brenna.

—Claro, pero él es más corto de vista que tú. No tiene ni idea —se agarró del lavabo y respiró profundamente—. No voy a llorar. No conseguirá que derrame una lágrima por él.

—Siéntate y cuéntamelo.

Cuando lo hizo, Brenna la tomó de la mano comprensivamente.

—¡Canalla!

—Gracias. Detesto tener parte de culpa. Es un trago amargo, pero yo me lo he buscado, nadie me ha engañado. Me he creado ilusiones como si fuese una niña con la cabeza llena de pájaros.

—¿Por qué no lo ibas a hacer? Tú le quieres.

—Sí, maldito sea, y voy a hacer que lo pague.

—¿Qué vas a hacer?

—Atraparlo, naturalmente. Cegarlo con el deseo, jugar con él, desconcertarle con mis estados de ánimo. Todo lo que sé hacer mejor cuando se trata de hombres.

—No voy a negar que seas una especialista en ese terreno —dijo Brenna cuidadosamente—, pero si te metes en esa batalla y ganas, nunca tendrás suficiente.

—Me conformaré. Muchas relaciones tienen sus raíces en el sexo. El amor y la lujuria no son tan distintos.

—Quizá no en el diccionario de la pasión, pero cuando una de las partes sólo busca lujuria y la otra amor, la distancia es abismal y puede hacer mucho daño.

—No puede dolerme tanto como esta mañana en San Declan, y he sobrevivido.

Fue a la ventana. Ahí fuera estaba Trevor construyendo su sueño, pero para hacerlo necesitaba algo que tenía ella. Ella podría construir su sueño y tomar algo de él.

—Voy a jugármela, Brenna. Puedo hacer que me necesite. La necesidad es el paso que separa el deseo del amor. Para mí será suficiente —sacudió la cabeza antes de que Brenna pudiese hablar—. Tengo que intentarlo.

—Claro que sí.

¿No lo había hecho ella?, pensó Brenna, ¿no lo habría hecho cualquiera que supiera lo que era el amor y el deseo?

—Pero por el momento tengo que quitarme este humor de perros. Shawn debe estar a punto de llegar. Bajaré y le volveré loco hasta que se me pase.

—En ese caso, yo me vuelvo a la obra y me mantendré alejada del fuego cruzado.

Dieciocho

Una tormenta se cernía sobre el pueblo. Avanzaba desde el nordeste y parecía que iba a detenerse como un ejército dispuesto al asedio. Las rachas de viento y lluvia, que actuaban como una avanzadilla, trajeron un frío muy desagradable e hicieron que la gente se fuera corriendo de las playas. El cielo encapotado, sombrío e inquietante, obligó a que los lugareños lo miraran con cierta preocupación.

Nunca se habían visto esas nubes con ribetes verdosos ni el aire había olido de forma tan extraña.

Iba a descargar, decía todo el mundo, y con fuerza.

Los que ya habían pasado por situaciones parecidas comprobaron sus existencias de velas, lámparas de aceite y pilas. Se aseguraron los barcos en el puerto como si Ardmore se preparara para una batalla.

Sin embargo, cuando la puerta del pub se abrió de golpe, el rostro de Jude estaba radiante.

—Ha llegado.

La emoción no le permitía hablar lo suficientemente alto como para que la oyera Aidan desde la barra. Fue Darcy quien la vio de pie con el pelo empapado y las mejillas coloradas. Y con un libro contra el pecho como si fuese un bebé.

Darcy dejó inmediatamente la bandeja sobre una mesa en la que cuatro estudiantes franceses miraban perplejos un bandeja de emparedados, ensaladas de col y patatas fritas que no habían pedido.

—¿El libro? ¿Tu libro? —Darcy, emocionada, intentó quitárselo de las manos.

—No. Primero tengo que enseñárselo a Aidan. Tiene que verlo él primero.

—Claro, de acuerdo. Vamos. Deja sitio, Jack, eres como un oso polar. Aparta un momento, Sharon, tenemos un asunto muy importante.

Darcy se abrió paso, levantó la trampilla y empujó a Jude para que pasase al otro lado de la barra.

—Date prisa —ordenó—. Me muero de ganas por verlo.

—De acuerdo —dijo Jude que seguía teniendo el libro apretado contra sí como si se lo fuesen a robar—. ¡Aidan!

Aidan sirvió un cerveza y la cobró.

—¡Jude! ¿Qué tal estás? ¿No tienes sitio?

—No, yo...

—Bueno descansa un rato, pero quiero que estés en casa antes de que descargue la tormenta. Dos pintas de Smithwick's. Son tres libras y veinte peniques.

—Aidan, quiero enseñarte algo.

341

—Ahora mismo estoy contigo. Ahí tiene, ochenta peniques.

—¡Un minuto, maldita sea! —Fuera de sus casillas, Darcy lo agarró del brazo—. Mírala, majadero.

—¿Qué pasa? No ves que hay clientes... —se detuvo y sonrió de oreja a oreja al ver lo que tenía su mujer entre los brazos—. ¡Tu libro!

—Acaba de llegar. Acaba de salir de la imprenta. Es real. Es maravilloso.

—Claro que lo es. ¿Me vas a dejar verlo?

—Sí. No puedo... moverme.

—Jude Frances —la ternura de esas palabras hizo un nudo en la garganta de Darcy—. Te quiero. Ahora, déjamelo.

Lo tomó con mimo y miró la tapa posterior donde había una foto de ella.

—¿A que mi Jude está guapísima con esa mirada tan solemne y encantadora?

—Dale la vuelta, Aidan. Esa parte no es importante.

—Para mí sí lo es. Todo el mundo podrá comprobar el gusto que tengo eligiendo esposa.

Le dio la vuelta y dejó escapar un «¡Oh!» de admiración.

JOYAS DEL SOL
y otras leyendas irlandesas
Jude Frances Gallagher

El título estaba en la parte superior de la cubierta y el nombre en la inferior. En medio, había una ilustración que representaba a un hombre con un jubón plateado y a una mujer con el pelo pálido, montados en un caballo blanco y alado a través de un cielo azul.

—Es precioso —dijo él sin apenas poder hablar—. Jude Frances, es precioso.

—Lo es, ¿verdad? —no le importó que unas lágrimas rodaran por sus mejillas—. No puedo dejar de mirarlo y de tocarlo. Creí que sabía lo que significaba para mí, pero no tenía ni idea.

—Estoy tan orgulloso de ti... —Aidan se inclinó y la besó en la frente—. Éste es para mí, para que pueda leerlo de cabo a rabo.

—Puedes empezar con la dedicatoria.

Aidan lo abrió y empezó a leer la solapa. Jude pasó las páginas.

—Eso ya lo leerás más tarde. Lee esto.

Él empezó a leer. Se le cambió la expresión y la miró. La mirada que se cruzaron fue vibrante. Esa vez la besó en la boca.

A ghra, fue todo lo que dijo cuando levantó la cara y la apoyó en la cabeza de Jude. Mi amor.

—Deja que Jude se siente —murmuró Darcy—. No debería estar de pie tanto tiempo. Quédate con ella, yo me ocupo de la barra.

—Gracias. La acomodo y hago un poco de té.

Todavía estaba emocionado cuando le dio el libro a Darcy.

—Cuídalo.

Darcy, sin hacer caso de los clientes, abrió el libro y leyó lo que había leído Aidan.

Para Aidan, que me mostró mi propio corazón
y me entregó el suyo.
Con él he aprendido que no hay magia
más poderosa que el amor.

—¿Puedo verlo?

Darcy miró al otro lado de la barra con los ojos empapados. Le dio el libro incapaz de decir nada y sirvió dos pintas de Guinness.

—Es impresionante.

—Claro que lo es. Es de Jude.

Sin decir nada, Trevor pasó al otro lado de la barra, dejó el libro en una estantería y sacó un pañuelo.

—Gracias —Darcy se secó las lágrimas.

—Los sentimientos te favorecen mucho.

—Pero no te sacan el trabajo. Ahora le toca a Aidan ponerse sentimental. A mí me toca más tarde.

Darcy se guardó el pañuelo en el bolsillo, por si acaso.

—¿No te parece maravilloso? —dio un paso de baile y sonrió al cliente que se acercaba—. Mi cuñada es una escritora famosa y éste es su libro —lo sacó de la estantería—. Lo podrá encontrar en las librerías dentro de un par de semanas. Debería comprarlo lo antes posible. ¿Qué desea?

—Darcy, ¿vas a servir los pedidos o tendré que hacerlo yo además de cocinar?

Shawn, evidentemente molesto, salió por la puerta de la cocina con una bandeja llena.

—Mira esto, sesos de mosquito —le puso el libro debajo de la nariz.

344

—¡Es el libro de Jude! —dejó la bandeja en la barra en medio de un estrépito y agarró el libro.

—Como lo manches con tus dedazos eres hombre muerto.

—Puedo tener cuidado —lo tomó como si fuese de porcelana—. Tiene que verlo Brenna —volvió a salir por la puerta de la cocina.

—Lo acabarán dejando hecho un asco entre todos, ya verás.

Se volvió y se sorprendió de ver a Trevor que estaba sirviendo y cobrando pintas.

—Míralo, haciéndose cargo de la barra.

—Puedo hacerlo hasta que vuelva Aidan y tú puedes servir esos pedidos antes de que se queden fríos.

—¿Sabes tirar una Guinness?

—He visto tirar unas cuantas.

—Hay gente que ha visto operaciones de cerebro, pero no por eso les vas a dar un bisturí —tomó la fuente—. Te agradecemos la ayuda.

—De nada —le daba la ocasión de verla trabajar y de pensar.

Los días pasados le habían tenido en un equilibrio inestable y delicioso. En la cama era una sirena y fuera de ella una provocadora. Era inagotable, enérgica, caprichosa y fascinante.

Y de algún modo, en medio de todo, él habría añadido despiadada.

Algo se había estropeado desde el día que hicieron el amor lenta y delicadamente. No podía decir qué, pero notaba un cambio. Lo notó en cuanto vio un brillo frío e implacable en sus ojos.

Aunque era una mujer que no ocultaba sus maniobras. Él lo aceptaba y, en muchos sentidos, admiraba esa falta de artificiosidad, pero la Darcy que acababa de ver no había sido calculadora, caprichosa o egoísta.

Se había emocionado lo suficiente como para llorar con el logro de Jude, con el orgullo de su hermano. Era curioso que en todas las semanas que la conocía sólo la había visto llorar por la alegría de otro.

Cuando amaba era vulnerable y generosa. Él quería esa vulnerabilidad y generosidad. Quería su amor y, aunque sabía que era un error, quería que derramara una lágrima por él.

Pensó que ya era hora de atraerla un poco más cerca.

Esperó hasta que terminó el turno y Aidan se llevó a Jude a casa.

—Está agotada —Darcy se quedó en la puerta para ver cómo se alejaban—. Demasiadas emociones. La convencerá para que se tumbe un rato. ¡Vaya!, el viento sopla con fuerza.

Cerró los ojos y disfrutó sintiéndolo sobre su cuerpo.

—La tormenta va a descargar antes de que anochezca. Será mejor que protejas las ventanas, Magee, porque se acerca un vendaval.

—Me voy a ir a casa enseguida. Tengo trabajo. Te estás mojando.

—Es agradable, después de tanto lío —entró y cerró la puerta—. Te apuesto diez libras a cinco a que esta noche trabajas a la luz de las velas.

—Es una apuesta de aficionados y yo no soy un aficionado.

—Es una pena. Siempre puedo subir otras cinco —empezó a recoger vasos y platos vacíos—. Esta noche estaremos a tope. A la gente le gusta la compañía cuando el mundo se desata. Vuelve si puedes, habrá música para calmar los nervios.

—Lo haré. ¿Puedes dejar eso un minuto? Quiero hablar contigo.

Darcy se sentó en una mesa con gusto y apoyó los pies en las silla que había al lado.

—En los días como éste me gustaría tener tres brazos y el doble de pies.

—Te apetece dejar de servir pintas...

Asintió con la cabeza, aunque no le apetecía tanto como había supuesto.

—¿A quién no? Cada vez que llame al servicio de habitaciones de un hotel será una fiesta para mí.

—Puedes contar con hacer muchas fiestas —se sentó enfrente de ella. Era el momento de mostrar las cartas y seguir el juego—. Hoy me van a mandar un fax con el borrador de tu contrato. Espero que haya llegado cuando vuelva a casa.

Ella sintió un cosquilleo en el estómago. Emoción, expectación, nervios.

—Os habéis dado prisa.

—En su mayor parte es un contrato estándar. Querrás echarle una ojeada y que lo vea tu abogado. Comentaremos cualquier duda o cambios que queráis hacer.

—Me parece muy bien.

—Tengo que ir a Nueva York un par de días.

Ella se alegró de estar sentada porque notó que la piernas le flaqueaban.

—¿Sí? No habías dicho nada.

—Lo digo ahora. Lo acabo de decidir. Ven conmigo.

Realmente era una suerte estar sentada. Tenía todos los músculos en tensión.

—¿Que vaya contigo a Nueva York?

—Puedes firmar allí los documentos definitivos —él quería que conociese a su familia, que viese su casa y su forma de vida—. Además, te enseñaré la ciudad.

Y mostrarle una parte de lo que podía ofrecerle.

Trevor y Nueva York. Era apasionante la idea de estar con él en un sitio que ella veía en sueños.

—La verdad es que no se me ocurre nada que me apetezca más.

—Entonces, haré los preparativos.

—No puedo, Trevor. No puedo ir ahora.

—¿Por qué?

—Es temporada alta. Has visto que no se puede llevar el pub si falta alguien. No puedo dejar solos a Aidan y Shawn en pleno verano.

¡Maldita sea! No era el momento para ser responsable y sensata.

—Puedes encontrar a alguien que te sustituya. Sólo son unos días.

—Podría y solucionaría parte del problema, pero no puedo irme ahora, por mucho que me apetezca. Jude está a punto. Ella y Aidan necesitan a la familia. ¿Qué hermana sería si me largo en un momento como ése?

—Creía que le quedaba una semana por lo menos.

—Hombres... —sonrió afectadamente—. Los bebés llegan cuando quieren y los primeros son los más caprichosos, eso me han dicho. Es maravilloso pensar en irme contigo ahora, pero no podría aguantar el remordimiento.

—Iremos en Concorde, eso hace que el tiempo de vuelo sea insignificante.

El Concorde. Darcy se levantó y tomó un refresco de detrás de la barra. Como una estrella de cine. Poder ir donde te apeteciera ese día y llegar casi antes de despegar.

Trevor sabía que le apasionaría.

—Lo siento, no puedo.

Darcy tenía razón y él lo sabía, pero quería apremiarla. Tenía la necesidad de que las cosas volvieran a su cauce. No, eso era mentira. Quería que las cosas volvieran a estar de su lado, recuperar la ventaja.

—Tienes razón, es mal momento.

—Te aseguro que me gustaría que no lo fuese. Un viaje en Concorde y unos días en Nueva York... En cualquier otro momento ya estaría haciendo la maleta —haría todo lo que fuese necesario para resultar natural, alegre y sofisticada—. Entonces, ¿cuándo te marchas?

¿Marcharme? Se había quedado en blanco por un momento. Nunca pensó en irse sin ella. Había caído en su propia trampa. Dio un sorbo de la botella de Darcy cuando volvió a la mesa.

—Primero quiero que veas el borrador y si no

tienes objeciones haré que redacten el documento definitivo. Será un par de días. Entonces iré a hacer lo que tengo que hacer y volveré con el contrato.

—Eso es eficiencia.

—Sí —dejó la botella. El refresco estaba malísimo—. Soy famoso por eso.

—Cuando hayas hecho los planes, cuéntamelo —le pasó un dedo por el dorso de la mano—. Te haré una despedida que te servirá hasta la bienvenida cuando vuelvas.

Trevor decidió que ella no colaboraba, esa mujer no estaba siguiendo las reglas. Estaba sentado en su despacho mirando la noche tormentosa en vez de trabajar. ¿Por qué no le había pedido que pospusiera el viaje aunque fuera unas semanas? Le habría dado la oportunidad de plegarse ante ella, de mostrarle que estaba dispuesto a hacer concesiones para que estuviese contenta.

¿Y por qué él no lo había pensado un poco mejor antes de lanzarse? Cualquier idiota se habría dado cuenta de que ella no podía irse en ese momento. Lo cual demostraba que el amor hacía que los hombres se comportaran peor que idiotas. Era penoso.

El relámpago que atravesó el cielo, con un resplandor cegador, se parecía mucho a su estado de ánimo. Nervioso, eléctrico. ¿Por qué no había jugado limpio con ella? Bueno no *limpio*, pensó Trevor, más directo. Habría sido más sencillo y más productivo decirle a Darcy que quería que fuese con él a Nueva York. Con la excusa del trabajo, claro, pero le habría dado otro tono a todo el asunto. Se había aferrado a la idea antes de pensarlo y luego cayó en su propia trampa al empezar la conversación diciendo que él iría.

Ya sólo le quedaba ir o tener que empezar a poner excusas.

Detestaba poner excusas.

El trueno retumbó como una carcajada y la lluvia, barrida por el viento ululante, golpeaba contra los cristales en una danza vertiginosa.

El problema era que no sabía cómo salir de ésa, y *siempre* había sabido encontrar el camino más constructivo para resolver un problema. Pero en el amor existían más obstáculos y giros imprevistos de los que él había imaginado. Sin embargo, nunca se había encontrado con un muro que no pudiera escalar, atravesar o socavar.

Ése no sería el primero.

Tenía que dejar que las cosas reposaran, que maduraran lo suficiente para que se le presentara una solución. Lo mejor era concentrarse en otra cosa.

Empezó por los faxes que habían llegado durante todo el día. Puesto que ya había leído el borrador del contrato de Darcy, lo guardó en una carpeta. Lo único que estaba claro era que ella era un descubrimiento fabuloso para Celtic Records y que Celtic Records se ocuparía de ella. Ninguno de los dos tenía que preocuparse por ese aspecto de la relación.

Quería que sus padres oyeran esa voz. La solución era grabarla en una cinta, ¿cómo no se le había ocurrido antes? Grabaría su voz antes de salir hacia Nueva York. Así podría presentar una parte de la mujer que amaba a sus padres.

Llevaría los documentos al pub en cuanto resolviera los asuntos que tenía sobre la mesa, los repasaría con ella y respondería a sus preguntas. Seguro que haría muchas preguntas. Luego le diría que necesitaba una cinta.

Trevor, contento con la idea, dejó la carpeta a un lado y siguió despachando asuntos.

Pensó bajar a la cocina para hacer más café y comer alguna cosa, pero le espantaba comer solo, aunque hasta entonces nunca le había importado. En realidad, lo que quería era dejar de trabajar y marcharse al pub, donde había gente. Donde estaba Darcy.

A pesar del riesgo de tormenta, encendió el correo electrónico. Sabía que en esos casos había que apagar el ordenador, pero tenía que hacer algo que le mantuviese ocupado, que le impidiese dejar su casa para ir al pub.

Sentía una satisfacción perversa al imaginársela mirando la puerta y preguntándose cuándo llegaría, si es que llegaba.

No le importaba que resultara estúpido, era un principio elemental.

Lo primero era el trabajo y eso era otro principio. Respondió los correos electrónicos, los imprimió o los grabó y pasó a la correspondencia personal.

Una carta de su madre hizo que sonriera por primera vez en horas.

Ni llamas ni escribes. Bueno, no lo suficiente. Creo que he convencido a tu padre de que necesitamos un buen viaje. A Irlanda. La verdad es que me ha costado muy poco convencerlo. Te echa de menos tanto como yo y creo que quiere dejar su huella en el teatro. Espero que vaya sobre ruedas, seguro que lo hace bajo tu dirección. Ya ha empezado a quitarse de encima trabajo y citas, aunque cree que no lo sé. Yo he hecho lo mismo. Si todo marcha bien, iremos el mes que viene. Cuando hayamos concretado todo, te lo diré.

Me imagino que tú estás bien porque no has dicho lo contrario y que estarás muy ocupado porque siempre lo estás. Espero que también disfrutes un poco. Trabajaste demasiado antes de marcharte para castigarte por lo de Sylvia. No diré nada más porque veo un gesto de enfado en tus ojos. Bueno, sólo diré otra cosa, date un respiro. Nadie, ni siquiera tú, puede vivir a ese ritmo.

He terminado. Te quiero. Prepárate para una invasión.

Tu madre.

¿Tenía un gesto de enfado en los ojos? Se vio reflejado en el cristal y decidió que sí. Era un consuelo que le conociera tan bien y a la vez le desconcertaba.

Pulsó la tecla de Responder.

Siempre riñéndome.

Sabía que eso le haría gracia.

Daos prisa en venir para que puedas reñirme a la cara. Lo echo de menos.

Sí, el teatro va sobre ruedas, aunque hoy hemos tenido que dejar de trabajar pronto. Se prepara una tormenta de mil diablos. Dentro de un minuto tendré que apagar el ordenador.

He pensado que os gustaría saber el nombre que voy a ponerle: Duachais. *Es gaélico. Bueno, me imagino que ya lo sabréis, pero yo he tenido que aprender cómo se escribía. Significa las raíces de un sitio, sus tradiciones. Una mujer muy inteligente me dijo que era lo que yo buscaba para el teatro y tenía razón. Desde luego, un nombre así les dará muchos quebraderos de cabeza a los de publicidad.*

No te preocupes, tengo tiempo para mí. Aquí es imposible no tenerlo. Sólo tienes que dejarte arrastrar para buscar algo más.

Estoy a punto de contratar a Darcy Gallagher para que grabe con Celtic Records. Tiene un talento asombroso. Tenéis que oírla. Dentro de un año su nombre y su cara estarán en todos lados. Es una cara impresionante.

Tiene ambición, talento, energía, temperamento, cerebro y encanto. No es tímida. Os gustará.

Estoy enamorado de ella. ¿Debo sentirme como un idiota por eso?

Se detuvo y miró la última frase. No quería haber escrito eso. Sacudió la cabeza y empezó a borrarlo. Un rayo iluminó de azul toda la habitación y se oyó un trueno ensordecedor.

Las luces se apagaron.

Mierda, fue lo primero que pensó cuando el corazón dejó de retumbarle en la cabeza. Probablemente hubiera quemado el ordenador.

Era su culpa, lo sabía perfectamente.

Puesto que la pantalla estaba tan negra como el resto del mundo, volvió a lanzar un improperio y buscó la linterna que había dejado junto al aparato.

Intentó encenderla, pero no funcionaba. ¿Qué demonios estaba pasando?, se preguntó mientras la agitaba furiosamente. La había comprobado antes de ponerse a trabajar y daba una luz potente y clara.

Se levantó, más furioso que preocupado, fue a la mesilla y buscó las cerillas y las velas que tenía en el cajón.

El siguiente rayo lo dejó temblando y tiró la mitad de las cerillas que había en la caja.

—Mantén la clama —se dijo en voz alta. El sonido de su voz en la oscuridad le pareció aterrador—. No es la primera tormenta que pasas ni el primer apagón.

Sin embargo, había algo que era... distinto. Algo que llamaría deliberado si se dejaba llevar por la fantasía. Era como si la rabia de la lluvia y el viento fuera algo personal contra él.

Era ridículo, pensó entre risas mientras encendía una cerilla. La tenue luz hizo que se sintiera más tranquilo. Se le escapó un silbido de alivio

cuando encendió la vela que le serviría para encender otras.

La vio iluminada por el siguiente resplandor.

—Carrick está de mal humor.

La llama de la vela osciló por el temblor de la
mano. Por lo menos no se cayó e incendió la
casa.

—La gente suele ponerse nerviosa con las tormentas —Gwen le sonrió amablemente—. No
hay por qué avergonzarse. Él también lo sabe y se
está permitiendo una pequeña rabieta.

Trevor, más tranquilo, dejó la vela.

—Parece un poco excesivo.

—Mi querido Carrick es un poco exagerado.
Y está sufriendo. La espera agota el espíritu, y
cuando parece que ves el final resulta más difícil
todavía. ¿Puedo hacerte una pregunta personal?

Él sacudió la cabeza. Hablar con un fantasma
en una casa de campo era demasiado extraño y, sin
embargo, también tenía algo de normal.

—¿Por qué no?

—Espero que no te ofenda, pero no puedo
evitar preguntarme qué es lo que te impide decirle a la mujer que amas cuáles son tus sentimientos.

—No es tan sencillo.

—Ya sé que piensas así —lo dijo con un tono
un poco apremiante, aunque mantuvo las manos
cruzadas sobre la cintura—. Lo que pregunto es
por qué no es tan sencillo.

—Si no preparas el terreno, cometes errores.
Cuánto más importante es, más imprescindible
resulta no cometer errores.

—¿Preparar el terreno? —preguntó ella desconcertada—. ¿A qué te refieres exactamente?

—Con Darcy es mostrarle lo que puede tener, la vida que puede disfrutar.

—¿Te refieres a todas esas maravillas? ¿A las riquezas y los lujos?

—Sí. Una vez que lo haya visto...

Se calló, asustado de verdad, cuando el suelo tembló bajo sus pies. Gwen lo detuvo con una mano en alto antes de que pudiera moverse.

—Perdona, pero yo también tengo mi genio —seguía con la mano en alto y los ojos cerrados. Cuando los abrió estaban tensos y sombríos—. ¿Qué me ofreció Carrick? Lo mismo. Joyas, palacios e inmortalidad. ¿No puedes darte cuenta del error? Un error que nos costó el triple de cien años.

—Darcy no es como tú.

—Trevor, mira más de cerca. ¿Por qué podéis pisar el mismo suelo y no veros? —bajó la mano—. Bueno, tu trabajo no ha terminado todavía por esta noche. Tienes que ir al pueblo, te necesitan.

—¿Darcy? —avanzó asustado—. ¿Está bien?

—Sí... está perfectamente, pero te necesitan. Ésta es una noche especial, Trevor Magee. Ve ahora y forma parte de ella.

No lo dudó. Gwen apenas se había desvanecido cuando él ya estaba en medio de la tormenta.

Diecinueve

El viento rugía con furia y golpeaba con fuerza. Llovía, las gotas eran como pequeñas agujas de cristal que se le clavaban en el rostro. El granizo destrozaba las flores y hacía que el suelo fuese resbaladizo.

Y los rayos seguían partiendo el cielo para que los truenos pudieran bramar libremente.

Trevor estaba empapado y aterrado antes de poder llegar al coche. Su parte racional le decía que era un disparate salir en medio de una noche como esa, pero ya estaba poniendo en marcha el motor.

El viento aullaba como si le hubieran partido el alma y sacudía los setos arrancando las hojas que volaban por todos lados como insectos enloquecidos. Los faros del coche iluminaron el muro de lluvia con dos círculos gemelos y reflejaron la furia que descargaba. Condujo a duras penas por el camino que empezaba a ser un barrizal y al dar la vuelta a la curva, el cielo explotó y grabó en sus ojos un destello sobrenatural al que siguieron unos truenos como trenes de carga.

En medio, se oía el lamento desesperado de una mujer.

Aceleró y derrapó en la siguiente curva. En la distancia se podían ver las luces trémulas de Ardmore.

Velas y luces eléctricas. Pensó que alguien tendría generadores. El pub tenía uno. Darcy estaría bien, seca, con calor y segura. No había ningún motivo para conducir como un loco si no pasaba nada. Pero seguía sintiendo la urgencia, una necesidad enorme de darse prisa. Giró hacia Tower Hill y el coche se paró.

—¿Qué está pasando?

Frenético y fuera de sí, pisó el acelerador y giró la llave, pero sólo recibió un chasquido por respuesta. Entre juramentos, abrió la guantera y sacó la linterna que guardaba ahí, por lo menos se encendió.

El viento estuvo a punto de tumbarle cuando salió del coche. Parecía como si se lo propusiese. Consiguió abrir la verja mientras la lluvia le azotaba y el granizo le golpeaba. Atajaría y llegaría antes.

El suelo se deshacía bajo sus pies y lo frenaba cuando lo que quería era correr como una liebre. La lápidas se asomaban como dientes sobre un manto de niebla que le llegaba por la rodilla y que sólo había ahí.

Carrick, pensó Trevor furioso, mientras juraba en arameo. Desplegando todos sus recursos.

El resplandor de otro rayo bañó de azul la tumba de John Magee.

¿Flores? Trevor, jadeante, se paró dando un resbalón y miró la alfombra de flores de todos los colores. La hierba estaba aplastada por la tormenta, pero esos delicados pétalos estaban abiertos y perfectos. El viento que le impedía andar mecía a las flores suavemente y la niebla ni siquiera las rozaba.

Magia, pensó. Miró hacia el mar donde las gigantescas olas, coronadas de blanco, golpeaban la costa sin misericordia. La magia no era siempre hermosa. Esa noche estaba cargada de ira.

Se dio la vuelta para seguir su camino.

Resbaló y cayó por la ladera. Se golpeó contra un tronco que surgía de la nada. El hombro le dolía casi tanto como el corazón. Consiguió alcanzar la carretera sin más percances, lo cual podía considerarse como un milagro, y pudo correr. Dio la vuelta a una curva y vio el pub. A través de las ventanas se veía un resplandor cálido y acogedor. No lo perdía de vista. De repente algo le llamó la atención, ¿un susurro en medio del viento? Un lamento. En la ventana del piso de arriba de la casa de los Gallagher había una mujer. El pelo casi blanco destacaba contra el fondo oscuro y tenía los ojos verdes clavados en él. Pasaba algo, pensó, y ella despareció en el preciso momento de pensarlo. No quedó el más leve rastro tras la ventana.

Algo iba mal. Dejó atrás el pub y llegó a la puerta de la casa. La abrió y entró un torbellino de viento y lluvia. Antes de poder decir nada, vio a Jude sentada en lo alto de la escalera. Tenía la cara blanca como la cera, el pelo enmarañado y el camisón empapado de sudor.

—Gracias a Dios. ¡Oh!, gracias a Dios. No puedo bajar la escaleras —se agarró del vientre—. El bebé. Está llegando.

Trevor se tranquilizó, aunque subió las escaleras de dos en dos, después la tomó de la mano. Ella casi le machaca los huesos.

—Inspira y expira. Mírame y respira.

—Sí, de acuerdo —ella lo miró a los ojos con un gesto de dolor creciente a medida que aumentaban las contracciones—. ¡Dios mío, Dios mío; es muy *fuerte*!

—Lo sé. Lo sé. Sigue respirando. Ya ha pasado.

—Sí. Está pasando, pero... nunca lo esperé... ha sido tan rápido —suspiró aliviada y levantó una mano temblorosa para arreglarse el pelo—. Estaba en la cama tomando un té. Hablé con Aidan y le dije que me iba a dormir. En ese momento se fue la luz y empezó todo.

—Te llevaremos al hospital. Todo va bien.

—Trevor, es demasiado tarde. No llegaré.

El pánico estuvo a punto de apoderarse de él, pero lo reprimió antes de que Jude lo notara.

—Esto suele llevar su tiempo. ¿Cada cuánto tienes las contracciones?

—No he podido contar las últimas. El teléfono no funciona. No he podido llamar ni al pub ni al médico. Pensé que sí podía bajar las escaleras... pero no pude. Antes las tenía cada dos minutos, pero ahora van más rápido y son más fuertes.

La Madre de Dios.

—¿Has roto aguas?

—Sí. No debería ser tan rápido. En las clases y en los libros dicen que se tarda horas. Llama a Aidan. Por favor, llama a... ¡Oh!, ¡Dios mío, está saliendo!

La intentó calmar con la voz mientras pensaba a toda velocidad. Estaba demasiado cerca. Ya había pasado por esa situación tres veces y sabía que Jude estaba bien, pero no llegaría al hospital.

—Te llevaré a la cama. Agárrate de mi cuello.

—Necesito a Aidan —Jude quería llorar y gritar.

—Lo sé. Iré a buscarlo. Tú tranquilízate.

La tumbó en la cama y miró alrededor. Encendió unas velas. Tendría que conformarse con eso.

—Cuando llegue la siguiente contracción respira hondo. Vuelvo enseguida.

—Estaré bien —apoyó la cabeza sobre los almohadones. Todo dependía de ella—. Las mujeres han hecho esto siempre. Sin médicos ni hospitales —intentó sonreír—. Aunque, maldita sea, yo no era ninguna de ellas. Corre.

Trevor no quiso pensar cuántas contracciones tendría que pasar y lo asustada que estaría allí sola con la única luz de las velas.

Bajó corriendo. El viento había cambiado de dirección y lo empujaba como si quisiera llevarlo volando. Aun así, le pareció que había corrido durante horas antes de alcanzar la puerta del pub.

Irrumpió en medio de las risas y los cánticos.

Darcy se dio la vuelta, radiante.

—¡Eh!, ¡mirad lo que nos trae la tormenta!

—fue lo único que dijo antes de darse cuenta de la expresión de Trevor—. ¿Qué pasa? ¿Estás herido?

Negó con la cabeza y la agarró del hombro mientras se dirigía a Aidan.

—Es Jude.

—¿Jude? —Trevor no había visto palidecer a nadie de esa forma— ¿Qué pasa? —Aidan levantó la trampilla y salió como una bala.

—El bebé está naciendo. En este momento.

—¡Llamad al médico! —gritó Aidan mientras salía a la calle.

—En este momento —repitió Trevor a Darcy—. Está naciendo en este momento. No hay tiempo para llamar al médico y los teléfonos no funcionan.

—¡La Madre de Dios! —Darcy contuvo el miedo—. ¡Vamos! Jack, Jack Brennan, ocúpate de la barra. Que alguien avise a Shawn y Brenna. Tim Riley, ve a buscar a Mollie O'Toole. Ella tiene experiencia.

Se lanzó a la tormenta sin siquiera ponerse la chaqueta.

—¿Cómo la has encontrado?

Darcy gritaba, pero el viento y el rugido de las olas apagaban su voz.

—Venía hacia aquí, pero la casa estaba oscura y me pareció que pasaba algo.

—No, no, me refería a qué tal está. ¿Aguanta?

—Estaba sola —Trevor no olvidaría jamás la expresión de Jude ni que había tenido que abandonarla—. Estaba asustada y le dolía mucho.

Darcy sintió un escalofrío en la espalda.

—Nuestra querida Jude es muy dura. Podrá con ello. Los demás tendremos que pensar qué hacer.

Darcy se apartó el pelo de la cara mientras entraban en la casa.

—No hace falta que subas. Tiene que ser un trago para un hombre.

—Yo voy.

Jude estaba sentada en la cama y agarraba a Aidan de las manos mientras jadeaba. Él tenía los ojos desorbitados, pero la voz era melodiosa.

—Así, querida, muy bien, sigue así. Ya está casi.

Jude se tumbó bañada en sudor.

—Cada vez son más fuertes.

—Lo está teniendo —Aidan se levantó sin soltarle la mano—. Dice que lo tendrá aquí. No puede tener el bebé aquí, pero no escucha.

—Claro que puede tenerlo aquí —Darcy lo dijo con un tono desenfadado, disimulando el miedo. Si Aidan se dejaba llevar por el pánico todo sería imposible—. ¿No te parece maravilloso? Menuda noche has elegido para traer un Gallagher al mundo, Jude Frances. Va a ser un bárbaro.

Mientras hablaba, se colocó al lado de la cama y secó el rostro de Jude con una esquina de la sábana. ¿Qué había que hacer? No podía pensar. Tenía que pensar.

—Muy bien. Has ido a clases. ¿Por qué no nos dices qué tenemos que hacer para ayudarte?

—No lo sé. Al parecer es así. Tengo mucha sed.

—Te traeré un poco de agua.

—Hielo —Trevor dio un paso—. Puede tomar trozos de hielo. Aidan, estará más cómoda si te metes en la cama y te pones detrás de ella. Es mejor que esté un poco incorporada. He ayudado tres veces a mi hermana.

Claro que eso había sido como un juego de niños. Ocurrió en una preciosa y limpia habitación de una maternidad con su cuñado al mando, un médico y una enfermera.

—Fantástico —Darcy sonrió—. Un hombre con experiencia, justo lo que necesitábamos. Te traeré un trapo frío y húmedo y un poco de hielo picado.

Jude soltó un gruñido y levantó una mano buscando el brazo de Darcy.

—¡Ya! ¡Está saliendo!

—No, todavía no —orden, prioridades, se dijo Trevor mientras apartaba la sábana—. Está golpeando con la cabeza. No empujes todavía. Sopla. Respira. Aidan...

—Así es, cariño. Jadea —la rodeó con un brazo y le acarició el vientre en círculos—. Aguanta y jadea. Te olvidarás del dolor.

—¡Olvidarme, por el forro! —Jude le agarró del pelo al sentir una contracción tremenda—. ¿Qué sabrás tú? ¿Qué coño sabrás tú, majadero?

—Puedes hacerlo mucho mejor —Darcy estaba segura de que acabaría arrancándole el brazo—. Le puedes llamar cosas mucho mejores en este momento.

—¡Idiota, mamarracho, *cabrón*! —gritó ella.

—Todo eso y más, querida —susurró él, mientras seguía acariciándola—. Soy todo eso y más. Muy bien, muy bien. Está pasando, pero podrías soltarme el pelo antes de que me lo arranques todo de raíz.

—Manos a la obra —dijo Trevor.

Apenas quedaba tiempo. Oyó un portazo y unos pasos que subían las escaleras de dos en dos.

—Shawn —empezó a dar órdenes en el momento en que Shawn y Brenna entraron en la habitación—. Enciende un fuego. Necesitamos un poco de calor. Brenna, baja y pica un poco de hielo para que Jude pueda masticarlo. Trae unas tijeras afiladas y un cordel. Darcy, toallas y sábanas limpias.

Trevor miró a Jude.

—Voy a lavarme. A mi hermana le gustaba la música durante el parto, decía que le aliviaba.

—Íbamos a escuchar música.

Trevor asintió con la cabeza.

—Canta —le ordenó a Aidan antes de salir de la habitación.

Todos trabajaron rápida y eficientemente. A los diez minutos había un fuego en la chimenea que daba calor e iluminaba la habitación. Fuera, la tormenta era como un alarido triunfal; en la habitación, todos cantaban a coro.

En la cama, Jude se apoyaba en Aidan intentando recuperar la respiración que las contracciones le robaban. Toda su voluntad estaba concentrada en la criatura que había decidido nacer. Tanta concentración y voluntad dejaban poco lugar al pudor. Sólo podía agradecer a Trevor que se hubiera arrodillado y hubiese metido la cabeza entre sus rodillas.

—Tengo que empujar. *Tengo* que hacerlo.

—Espera un minuto —eso se lo decía a sí mismo, mientras intentaba hacerse sitio con las manos—. Tienes que dejar de empujar cuando te lo diga para que pueda girarlo y sacar la cabeza y los hombros —lo había visto hacer y le había fascinado. Podía hacerlo—. De acuerdo, empuja con la siguiente contracción y cuando te lo diga, para y resopla —se secó el sudor con la manga y tomó aire.

—Ya sale. Tengo...

—¡Empuja! —en ese momento un rayo lo iluminó todo como con un millón de brillantes.

Para sorpresa de Trevor, el bebé salió disparado y cayó en sus brazos llorando.

—¡Caray! —miraba atontado al ser vivo que sostenía—. Tenía prisa. Es una niña.

Levantó la mirada y se encontró con los ojos de Darcy llenos de lágrimas.

—Jude —Aidan apoyó su rostro en la cabeza de Jude—. Mírala. Es preciosa.

—Quiero... —se le cortó la voz y estiró los brazos.

Se rió cuando Trevor le dejó la niña sobre el vientre y la tocó.

—Es perfecta, ¿verdad? Ya tiene pelo. Miradla, tiene un pelo negro precioso.

—Y buena voz —Shawn dio la vuelta a la cama y dio un beso en la mejilla a Jude—. Tiene tu nariz, Jude Frances.

—¿En serio? Creo que tienes razón —se dio la vuelta y besó a Aidan en los labios—. Gracias.

Él sólo pudo repetir el nombre de Jude y apoyó la cabeza en su hombro.

—¿Cómo vamos a llamarla? —Darcy pasó el paño mojado por la cara de Jude. Quería llorar y reír, pero se contuvo—. ¿Qué nombre habéis elegido?

—Ailish —dejó de contar los dedos de su hija y miró a Trevor—. ¿Cómo se llama tu madre?

—¿Cómo dices? —no se había movido y sacudió la cabeza como si tuviera que despejarse—. ¿Mi madre? Se llama Carolyn.

—Se llamará Ailish Carolyn y todos vosotros seréis sus padrinos.

Nadie se había dado cuenta de que la tormenta había cesado.

Trevor se sintió raro al sentir que las piernas apenas le sujetaban cuando bajaba las escaleras. Se sentía lleno de energía, como si pudiese correr quince kilómetros sin darse cuenta, pero le flaqueaban las piernas.

Brenna y Shawn ya estaban en la cocina y le habían servido un vaso de whisky. Sin decir una palabra lo agarró y se lo bebió de un trago.

—Muy bien, pero ahora tendrás que tomarte otro —Brenna le llenó el vaso hasta arriba—. Para brindar por Ailish Carolyn.

Chocaron los vasos y Trevor volvió a beber.

—Menuda noche.

—Desde luego —Shawn le dio una palmada en la espalda—. Dios te bendiga, Trevor. Te has portado.

—Sin desmerecer a Trev, yo daría el primer premio a Jude. Espero ser la mitad de fuerte cuando me llegue el momento.

Trevor levantó el vaso y se dio cuenta del brillo que tenían todos en los ojos.

—¿Estás embarazada?

—Lo hemos anunciado esta noche en el pub. Por eso tomo té en vez de whisky. Pero no te preocupes, no lo espero hasta febrero y ya habremos terminado el teatro.

—Deberías tenerlo en casa, Brenna. Ha sido maravilloso —dijo Shawn.

—Lo haremos cuando sepas lo que es dar a luz.

—En cualquier caso, enhorabuena —dijo Trevor mientras chocaba su vaso con el de Brenna y el de Shawn—. Sólo hacedme un favor y no os deis tanta prisa como vuestra cuñada. Resolver todo el asunto en menos de dos horas te destroza los nervios.

—El resultado ha sido fabuloso. Lo has hecho de maravilla.

—Desde luego —corroboró Shawn—. Ahora lo mejor será volver al pub y contárselo a todo el mundo. Si te animas acércate y únete a la celebración. Te prometo que no volverás a pagar una bebida en Gallagher en lo que te queda de vida.

Shawn lo agarró de los hombros y le dio un entusiasta beso ante la infinita sorpresa de Trevor.

—Que Dios te bendiga. Vamos, Brenna.

Trevor se reía sólo en la cocina.

—Una noche muy feliz —dijo Darcy al entrar en la cocina.

—Shawn me ha besado en la boca.

—Bueno, no puedo permitir que me supere mi hermano —se acercó y lo besó larga y profundamente—. Creo que con eso bastará —suavizó la mirada y le acarició la mejilla—. Eres un héroe. No, no empieces a sacudir la cabeza. Sin ti podría haber sido un desastre, pero no quiero pensarlo.

—Tú mantuviste la cabeza fría.

—Quería salir corriendo.

—Y yo.

Darcy parpadeó y bajó la cabeza.

—¿De verdad? Parecías tan competente y tranquilo. Dabas órdenes y te hiciste cargo de todo como si tu afición fuese traer niños al mundo todos los sábados.

—Estaba aterrado.

—Entonces eres más héroe todavía.

—No fue heroísmo, fue auténtico pánico —ya podía reconocerlo—. No tuvo nada que ver con lo de mi hermana. Con ella sólo tenía que estar allí, sujetarle la mano, oír como insultaba a mi cuñado y, a veces, respirar con ella. Había médicos, monitores... de todo. Esto ha sido... primitivo. Ha sido fantástico —terminó lo que quedaba de whisky—. Todo estaba en contra. La tormenta, la electricidad, Jude que iba a toda velocidad. Todo iba al revés.

—Todos nosotros juntos en esta casa —le puso una mano en el brazo—. Sí, eso era lo que estaba bien. Me he sentido como parte de un milagro. El bebé, Ailish, está sana, ¿verdad?

—Perfectamente, no te preocupes.

—Tienes razón. Con los gritos que ha dado nada más salir. Es lo mejor. Y Jude tiene un color buenísimo. Vamos a brindar por nuestro pequeño milagro.

Darcy miró la botella.

—Ya he tomado dos. Con Shawn y Brenna.

—¿Por qué brindamos? —preguntó ella mientras llenaba los vasos.

—No sé. No sé en qué estaba pensando. Por nuestro milagro, por el último Gallagher.

—*Slainte* —Darcy se llevó el vaso a los labios, inclinó la cabeza hacia atrás y se lo bebió de una forma que obligó a Trevor a hacer lo mismo—. Voy a hacer un té para la nueva madre y a recoger un poco. ¿Estarás en el pub?

—Te estaré esperando.

—Sería maravilloso —se dio la vuelta para poner la tetera al fuego—. Seguro que aparte de los besos Shawn también hace esto mejor que yo. Siéntate y quítate un peso de encima —le propuso mientras ponía las tazas—. Dejando a un lado los milagros, asistir a un parto es agotador.

—A mí me lo vas a contar.

Se iba a sentar cuando Darcy salió, pero se sintió culpable. Debería subir para ver si necesitaban algo más. Además, no podía sentarse. Estaba cargado de energía.

En ese momento, oyó que se abría la puerta delantera y que Darcy recibía alegremente a Mollie O'Toole.

Gracias, Dios mío, pensó Trevor con fervor. Por primera vez en su vida estaba deseando dejarle las riendas a otra persona. Merodeaba por la cocina en busca de café cuando entró Aidan al que sólo le faltaba bailar.

—El hombre del momento.

Esta vez Trevor estaba preparado, pero no pudo evitar un beso emocionado.

—Van tres de tres —dijo en voz alta—. Empiezo a acostumbrarme. ¿Qué tal está Jude?

—Está radiante. Está sentada en la cama tomando té mientras Darcy acuna a la niña en sus brazos.

—¿Darcy?

—Me ha echado de la habitación —dijo Aidan mientras se servía un vaso—. Me ha dicho que viniera a beber como un buen padre y le dejara el privilegio de mimarla como una buena tía.

—¿Tía? —por mucho que lo intentara no podía imaginarse a Darcy como tía.

—Mollie O'Toole está enredando y dice que se quedará esta noche. Ya han vestido a Ailish con un mantón con encaje, está... —se inclinó y apoyó las manos en la encimera—. ¡Dios mío!, en lo que se convierte un hombre. Estoy emocionado, te lo juro. Nunca pude imaginar que se podía sentir algo más que lo que ya había sentido. Que, de repente, podría amar tanto. Ahí la tienes, no lleva viva ni una hora y mataría por ella. Moriría por

372

ella. Cuando pienso que podría habérmelo perdido si el destino no llega a abrirme sus puertas...

Trevor no dijo nada, no podía decir nada.

—Te debo mi vida por lo de esta noche.

—No.

—Sí. Si alguna vez tienes un hijo, comprenderás la deuda que tengo —Aidan, emocionado, se dio la vuelta. Sería mejor no seguir o le haría sentirse violento—. Los irlandeses somos muy sentimentales. Bebamos un poco a ver si recupero mis piernas.

Trevor pensó que si seguía brindando a ese ritmo, no sólo perdería las piernas sino que se caería de bruces. Levantó el vaso y brindó con Aidan por la nueva madre y luego por la hija.

Aidan subió y Darcy volvió a bajar. Trevor creía estar viendo una puerta giratoria a través del ámbar de la botella. Y le parecía perfecto.

Ella se dio cuenta con sólo echarle un vistazo: tenía una sonrisa amplia y adorable como la de un niño con el pelo revuelto y estaba medio tumbado en la silla.

La visión hizo que quisiera acunarlo en sus brazos como había hecho con su sobrina, pero se acercó y le dio una palmada en la mejilla.

—Estás a punto de caerte redondo, ¿verdad, querido?

—Nunca bebo más de dos. Se desenfoca todo.

—Desde luego, es una norma muy aceptable para romperla en una noche como ésta.

—Habría sido una grosería no brindar por el bebé.

—Imperdonable.

—¿Vamos a brindar otra vez? —había un tono de esperanza en la pregunta que hizo reír a Darcy.

—Creo que es hora de que nos vayamos al pub. Luego ya veremos. A ver si puedes levantarte. Apóyate en mí.

—Puedo levantarme —levemente ofendido empujó la mesa. En el instante en que se puso de pie, la habitación empezó a dar vueltas lentamente— ¡Caray! —alargó un brazo—. Estoy bien, sólo busco el equilibrio.

—Bueno, cuando lo hayas encontrado avísame —miró la botella. No se había dado cuenta de lo que le habían obligado a beber—. Te hemos maltratado. Después de tu comportamiento heroico —le rodeó la cintura con un brazo—. Será mejor que comas algo. Seguro que algo caliente te sienta bien para el estómago.

—Tú. Te tengo a ti ahí, y en mi cabeza. En todos lados. Aidan también me ha besado, te toca otra vez.

—Todo a su debido tiempo.

Salieron al vestíbulo agarrados el uno al otro.

—Vamos a ver al bebé. Los bebés me vuelven loco —intentó dirigirse a las escaleras, pero Darcy lo llevó a la puerta.

—¿Ah sí? –menudo descubrimiento—. Iremos mañana por la mañana. Ailish está durmiendo como un ángel y Jude se merece un poco de descanso —abrió la puerta y lo arrastró fuera.

El viento le pasó por encima como una ola e hizo que se tambaleara.

—¡Menuda noche!

—Te lo aviso, si te desmayas te abandonaré donde caigas —lo sujetó más fuerte a pesar de la amenaza.

—No voy a desmayarme. Me encuentro perfectamente.

Podían ver las estrellas. Eran miles que brillaban, tintineaban y resplandecían contra el cielo negro y transparente como un cristal. Era como si no hubiese habido una tormenta.

—Escucha. Se puede oír la música del pub —la estrechó contra su costado—. ¿Qué canción es ésa? Yo la conozco.

Se concentró hasta que la recordó y para deleite de Darcy se puso a cantar.

Los dos cantaban a coro bajo las estrellas y barridos por la brisa marina.

Sus ojos brillaban como diamantes
Parecía la reina del lugar
El pelo le colgaba radiante
Sobre los hombros de alabastro

Trevor le sonrió y la rodeó con los brazos.

—Me recuerda a ti.

—Dadas las circunstancias, lo tomaré como un halago. No sabía que supieras cantar con una voz tan potente y afinada, Trevor Magee. ¿Qué más cosas me ocultas?

—Todo a su debido tiempo.

Se rió y volvieron a ponerse en marcha.

—Cuento con ello.

Veinte

Todo era borroso. Las caras, las voces, el movimiento. Había perdido la cuenta de las pintas que pasaron por sus manos, de las palmadas que le dieron en la espalda y de los besos que le dieron en la boca.

Muchos lloraron y estaba aterrado de haber sido uno de ellos. Sabía que habían cantado y que él había cantado un solo. Recordaba vagamente haber bailado con su jefe de electricistas, un hombre fornido con un tatuaje. Y creía haber dicho unas palabras en un momento dado.

En otro momento, en medio del caos, Darcy lo había llevado a la cocina y le había arrojado sopa por encima, o le había metido la cabeza en la sopera, no estaba seguro. Sin embargo, recordaba haber intentado tirarla al suelo, lo cual no habría sido mala idea si no llega a ser porque Shawn estaba en la habitación. Y si no hubiese perdido el combate con una mujer que pesaba veintitantos kilos menos que él.

Tenía una borrachera de muerte.

No era su primera juerga, había pasado por la universidad. Sabía correrse una juerga si quería.

El asunto era que ésa le había caído encima sin enterarse, y no le hacía gracia no acordarse de todos los detalles de su comportamiento.

Sin embargo, había algo que recordaba con toda claridad. Como cristal de Bohemia.

Que Darcy lo llevó a la cama. Él se tambaleaba y cantaban una versión sentimentaloide de *La Rosa de Tralee*. Durante el trayecto se detuvo lo suficiente como para contarle que la hija de la prima de una tía de su madre había sido la Rosa de Chicago en mil novecientos ochenta y algo. Una vez tumbado hizo una sugerencia tan inapropiadamente obscena que imaginó que cualquier otra mujer le tiraría escaleras abajo de una patada. Pero Darcy sólo se rió y señaló que los hombres en su estado no valían para eso ni la mitad de lo que ellos se creían y que sería mejor que se durmiera.

Él se lo agradeció y se durmió, o se desmayó, y se ahorró la humillación.

Sin embargo, en ese momento estaba despierto en medio de la oscuridad con aproximadamente la mitad de la arena de la bahía de Ardmore en la boca y todos los coros y danzas de Riverdance dando saltos en su cabeza.

Se quedó tumbado con la esperanza de que todo pasara.

Al no cumplirse su deseo, se imaginó el placer que sería cortarse la cabeza y dejarla a un lado para que el resto del cuerpo pudiera descansar. Pero para hacerlo necesitaba una sierra, ¿no?

Se tranquilizó cuando decidió que, probablemente, un cubo de aspirinas sería más sensato.

Moverse un centímetro era una tortura, pero consiguió contener un gruñido hasta que se sentó en el borde de la cama.

Aunque apenas podía abrir los ojos, vio la esfera luminosa del despertador. Las cuatro menos cuarto. Bueno, las cosas sólo podían mejorar. Se dio la vuelta y vio que Darcy dormía como un tronco.

Un sabor amargo de resentimiento se mezcló con la arena de la boca. ¿Cómo podía dormir una mujer cuando había un hombre a su lado que se estaba muriendo? ¿No tenía sentimientos? ¿No tenía compasión? ¿Ni siquiera tenía resaca?

Tuvo que reprimir el deseo de darle un empujón para sentirse acompañado en la desgracia.

Se levantó y apretó los dientes cuando la habitación empezó a balancearse. El estómago se le subió a la garganta en lo que parecía un motín de las vísceras que iban de un lado a otro hasta la náusea.

Nunca más, se juró. Nunca más se emborracharía. Ni aunque asitiera a un parto de trillizos en medio de un huracán. La idea hizo que quisiera sonreír, la idea de tener esas vidas entre sus manos, pero sólo consiguió esbozar una mueca mientras se apoyaba en la pared para ir al cuarto de baño.

Encendió la luz sin pensarlo y oyó un grito lastimero que procedía de su propia garganta. Ciego y abrumado, golpeó el interruptor y estuvo a punto de echarse a llorar cuando se volvió a hacer la bendita oscuridad.

Lo único que podía hacer era mantenerse de pie, apoyado en la pared, e intentar recuperar el resuello.

—¿Trevor? —la voz de Darcy era todo delicadeza, y la mano suavidad cuando se apoyó en su hombro—. ¿Te pasa algo?

—No, estoy a estrenar. Gracias. ¿Y tú?

Las palabras le salieron de la boca como si las hubiese escupido una hormigonera.

—Pobrecito. Si no te doliera la cabeza después de anoche, no serías humano. Vamos, túmbate y deja que Darcy se ocupe de ti.

Cuando ella estaba despierta y dispuesta a aliviarlo, el enfado se unió perversamente a todo el revoltijo que le hervía las entrañas.

—Tú y esa horda de sádicos me habéis dejado para el arrastre.

—¡Oh!, es terrible.

Habría entrecerrado los ojos para fulminarla con la mirada, pero lo cierto era que ya estaban entrecerrados y no fulminaban nada.

—¿Te ríes?

—Desde luego —lo tomó del brazo y lo condujo al dormitorio—. A ver si aciertas, eso es, siéntate.

Lo hacía a la perfección. ¿Cuántos hombres borrachos habría acostado la mañana siguiente? Era un pensamiento ruin e impropio, pero no podía evitar tenerlo.

—¿Tienes mucha práctica?

Hubo algo en el tono que le sentó muy mal a Darcy, pero no lo tuvo en cuenta dada la situación.

—No puedes llevar un pub sin tener cierta experiencia con los que se pasan un poco. Sólo necesitas tomar una cosa.

—Si crees que voy a tomar una gota más de whisky, estás loca.

—No, no, tengo algo que es mano de santo —le ahuecó las almohadas con la amabilidad y eficiencia de una enfermera—. Tardo un minuto. Debería haber hecho un poco anoche, pero se me olvidó con las emociones.

—Sólo quiero una maldita aspirina.

—Lo sé —le dio un beso en su maltrecha cabeza—. Vuelvo enseguida.

¿A qué estaba jugando? Se preguntó. ¿Por qué estaba tan amable y cariñosa? La había despertado a las cuatro de la madrugada y le había gruñido. ¿Por qué no le gruñía ella? ¿Por qué no sufría las consecuencias de anoche?

Receloso, se obligó a levantarse otra vez y se puso los vaqueros. La encontró en la cocina y la vio mezclando algo en una jarra, una vez que sus pobres ojos se acostumbraron a la luz penetrante como un rayo láser.

—Te mantuviste sobria.

Dejó lo que estaba haciendo y lo miró. Ese hombre tenía un aspecto lamentable y seguía estando guapo.

—Sí.

—¿Por qué?

—Estaba claro, incluso antes de ir al pub, que tú te emborracharías por los dos. Y tenías todo el derecho. Cariño, ¿por qué no te sientas? No

380

hace falta que te castigues más de lo necesario. Esta mañana debes de tener la cabeza como un bombo.

—No estoy acostumbrado a emborracharme.

Lo dijo con un tono digno, pero se encontraba fatal y se fue al salón para sentarse en el brazo de una butaca.

—Estoy segura de ello —dijo Darcy, suponiendo que era ésa la razón por la que esa mañana se sentía enfermo y humillado. Estaba adorable—, pero era una noche para excepciones, y te lo pasaste de maravilla. Seguramente sea la mejor fiesta que hemos tenido por aquí desde la boda de Shawn y Brenna que duró un día y media noche.

Salió con la bata revoloteando entre las piernas y un vaso con un líquido marrón bastante sospechoso.

—Había muchos motivos de celebración. Jude y su niña, el teatro...

—¿Qué pasa con el teatro? —preguntó él.

—El nombre que le has puesto. Seguramente la cerveza te lo ha borrado de la cabeza. Anunciaste el nombre. *Duachais.* Nunca me había sentido tan contenta, Trevor. Y la gente que había en el pub, que eran ciento y la madre, estaba entusiasmada. Es un nombre muy bueno, el nombre adecuado. Y significa algo para todos nosotros.

Le molestaba no acordarse del momento, haberlo anunciado cuando había perdido el control. Era indigno.

—Se te ocurrió a ti.

—Yo te dije la palabra y tú la pusiste en el lugar preciso. Ahora, tómate la aspirina con esto y enseguida estarás fresco como una lechuga.

—¿Qué es?

—El brebaje de los Gallagher. Una receta que se pasa de padres a hijos en mi familia. Vamos, sé buen chico.

La miró con el ceño fruncido, tomó la aspirina que le entregaba y luego el vaso. Estaba espléndida, descansada, perfecta. El pelo suelto y sedoso, los ojos transparentes y divertidos, los labios con un gesto que podía ser de compasión. Quería desesperadamente poner la cabeza en sus pechos y morir en paz.

—No me gusta.

—Vamos..., tampoco sabe tan mal.

—No —bebió, ya que no tenía nada más a mano—. No me gusta todo el asunto.

Esa necesidad, pensó mientras ella esperaba pacientemente a que acabase el vaso, era demasiado grande, demasiado punzante. Incluso en ese momento, cuando se sentía todo lo despreciable que puede sentirse un hombre, se consumía por la necesidad que tenía de ella. Era lamentable.

—Gracias —le devolvió el vaso.

—De nada —Darcy notó que empezaba a cambiarle el humor, pero se contuvo y recordó que merecía un poco de indulgencia y paciencia.

Había traído al mundo a su sobrina y se lo debería toda la vida. Había llamado al teatro con una palabra que le había dicho ella. Era un honor que no iba a desairar haciendo leña del árbol caído.

Así que se tragó el mal humor y se dispuso a mimarle un poco.

—Lo que necesitas ahora es un buen desayuno para asentar el cuerpo y tu café. De modo que haré de madre amantísima y me ocuparé de todo.

Se volvió hacia la cocina, se detuvo y sacudió la cabeza.

—¡Por amor de Dios! ¿Dónde tendré la cabeza? Hablando de madres. La tuya llamó ayer al pub.

—¿Cómo? ¿Mi madre?

—Fue cuando estabas en la calle cantando una serenata a los Duffy. Shawn habló con ella y dijo que te diéramos un mensaje.

Trevor se había levantado.

—¿Pasa algo?

—No, nada. Shawn dijo que parecía muy contenta y nos felicitó por Ailish. Dijo que te dijéramos que sí, que por supuesto, que no podía estar más encantada. Dijo que la llamaras hoy para contárselo todo.

—Por supuesto, ¿qué? ¿Todo de qué?

—No lo sé —se fue a la cocina.

—No sé de que... —se detuvo y se agarró al respaldo de la butaca.

Estoy enamorado de ella. ¿Debo sentirme como un idiota por eso?

Pero no había mandado el correo electrónico. Estaba a punto de borrar esa frase cuando se fue la corriente y se apagó el ordenador. Era imposible que hubiese recibido un mensaje que no había mandado.

Se frotó la cara con las manos. ¿No se había dado cuenta todavía que allí lo imposible se convertía en lo habitual?

¿Qué pasaría? Que su madre estaba encantada de que se sintiera como un idiota. Mejor, porque cada vez se sentía más idota.

La mujer que estaba en la habitación de al lado le hacía sentirse débil, insensato y estúpido. Y una parte de él estaba encantada de saber que podía estar enamorado insensata y estúpidamente. Eso le preocupaba.

Se quedó mirando el cuadro de la sirena y se puso de peor humor. ¿De quién estaba enamorado? ¿Quién era ella en realidad? ¿Cuánto tenía de esa sirena y cuánto de la mujer cariñosa que le preparaba el desayuno? Quizá todo fuese un sortilegio, una especie de magia que alguien había tramado para arrebatarle el control de los sentimientos y satisfacer los de otro, las necesidades de otro.

Quizá ella lo supiera.

Duachais. La tradición de un lugar, pensó sombríamente. Ella conocía la tradición de ese lugar. A Gwen le habían ofrecido joyas del sol, la luna y el mar, y ella las había rechazado. ¿Qué había contestado Darcy cuando le preguntó si vendería su orgullo por unas piedras preciosas? Que encontraría la forma de conservar ambas cosas.

Podía apostar que lo haría.

Había conservado el cuadro, ¿no? Seguía colgado de la pared mucho después de acabar con el artista.

—No tengo ni beicon ni salchichas —dijo

Darcy mientras salía de la cocina—. Bajaré para quitarle algo a Shawn. ¿Qué prefieres?

—¿Te acostaste con él? —le salieron las palabras de la boca antes de que pudiera hacer algo por evitarlo.

—¿Cómo dices?

—El artista, el que pintó esto —Trevor se dio la vuelta—. ¿Te acostaste con él?

Darcy intentó no dejarse llevar por la sangre que le subía a la cabeza.

—Trevor, estás poniendo a prueba mi paciencia y es algo que no se me da muy bien. Sólo diré que no es de tu incumbencia.

¡Claro que lo era!

—¿Cómo que no? ¿Estaba enamorado de ti? ¿Disfrutaste siendo su fantasía antes de darle una patada en el culo?

No permitiría que la ofendiera. Miró a los furiosos ojos de Trevor.

—Tienes una opinión estupenda de mí y no te equivocas mucho. He conocido hombres y no me excuso por ello. He aprovechado lo que me convenía, ¿y bien?

Trevor se metió las manos en los bolsillos.

—¿Qué te conviene, Darcy?

—Tú durante algún tiempo, pero al parecer eso terminó. Vete, Trevor, antes de que nos digamos algo que haga imposible seguir tratándonos.

—¿Tratarnos? —respondío Trevor. Darcy estaba siendo fría. No perdía la compostura y él quería guerra—. Siempre queda el trato, ¿verdad?

Los contratos, los pagos, los beneficios. No te olvidas del precio.

Los ojos azules de Darcy contrastaban poderosamente con el blanco del rostro.

—Sal. Sal de mi casa. No me acuesto con un hombre que me mira y ve a una puta.

Trevor sintió una bofetada que le devolvió la cordura y la vergüenza.

—No he querido decir eso. No lo pienso.

—¿No? Lárgate, infeliz —dijo Darcy temblando—. Antes de que te vayas te diré una cosa. Me lo pintó Jude por mi cumpleaños.

Se dio la vuelta y entró en el dormitorio.

—¡Espera!, ¡Darcy! —consiguió parar la puerta antes de que ella la cerrara en sus narices—. Perdóname, escucha... —fue todo lo que consiguió decir antes de que algo se estrellara contra la puerta a un centímetro de su cara—. ¡Dios mío!

—He dicho que salgas de mi casa.

Ya no estaba pálida. Estaba roja de ira y tenía una caja de porcelana en la mano. Contaba con un segundo para decidir si avanzar o retroceder. Un segundo demasiado largo ya que la caja le pasó volando por encima del hombro.

—Perdóname —repitió mientras la agarraba de los brazos antes de que pudiera hacerse con más munición—. Me he equivocado por completo. No tengo disculpa. Por favor, escúchame.

—Suéltame, Trevor.

—Tira lo que quieras, pero luego escúchame.

Ella vibraba como un arco en plena tensión.

—¿Por qué tendría que hacerlo?

—No hay ningún motivo, pero escucha.

—De acuerdo. Suéltame, y aléjate. No quiero que me toques.

Trevor apretó aún más las manos, una reacción estúpida. Luego asintió con la cabeza y la soltó. Pensó que se lo tenía merecido. Eso y más, porque se temía que ella le tuviera preparado más. Que lo apartara de su vida. Estaba dispuesto a suplicar.

—Créeme, no había estado celoso jamás y no me gusta más que a ti. Es despreciable.

—Tú también has estado con mujeres. ¿Te lo arrojo a la cara y te rebajo?

—No —se dio cuenta de que la herida había sido profunda y que ambos sangraban—. No tenía derecho ni motivo. En realidad no pensaba en el cuadro. Mis sentimientos hacia ti están descontrolados y yo estoy descontrolado —ella lo miró asombrada cuando le acarició el pelo—. Hacen que me comporte como un estúpido.

A ella el corazón se le salía del pecho.

—No he pensado en otro hombre desde que te conocí. ¿Te parece suficiente?

—Debería —bajó las manos—, pero no —se alejó un poco. Los planes ya no tenían sentido, tenía que actuar—. Necesito algo más de ti y, por mi parte, estoy deseando darte todo lo que tú quieras.

Los acelerados latidos del corazón se convirtieron en una punzada de dolor.

—¿Qué quieres decir?

—Digamos que quiero los derechos exclusivos para eso, sobre ti —se dio la vuelta—. No tienes más que pedirlo. Tengo un piso en Nueva York. Si no te gusta buscaremos otro. Tengo casas en distintos países, a mi nombre o al de la empresa. Si quieres puedo hacer una casa aquí como te apetezca. Puesto que tendremos que viajar, supongo que querrás tener tu base aquí.

—Entiendo —tenía la voz tranquila, pero bajó los ojos—. Es muy amable de tu parte. ¿Tendría acceso a las cuentas, las tarjetas de crédito y esas cosas?

Trevor volvió a meterse las manos en los bolsillos con los puños cerrados.

—Naturalmente.

—Y por todo eso —pasó un dedo por encima de la pulsera que llevaba en la muñeca desde que él se la puso; primero le había gustado por su belleza y luego porque se la había regalado él— yo tendría que ser sólo tuya.

—Es una forma de decirlo, pero yo...

Ni siquiera lo vio. Un pequeño florero de porcelana se estrelló entre los ojos de Trevor. Consiguió ver el rostro de Darcy a pesar de las estrellas que daban vueltas delante de él. Estaba pálida otra vez y rígida de ira.

—Maldito y rastrero gusano. ¿Qué diferencia hay entre una puta y una mantenida salvo la diferencia en la forma de pago?

—¿Mantenida? —se tocó la frente y sus dedos se manchaban de sangre mientras esquivaba la loza—. ¿Quién ha dicho...? ¡Para de una vez!

—¡Cucaracha! —tiró todas las cosas maravillosas que había acumulado durante años—. No me interesa tenerte en esa bandeja de plata en la que naciste. Métete por donde te quepan tus casas, tus cuentas y tus líneas de crédito. Ahórcate con ellas.

Las lágrimas le restaban puntería, pero los objetos volaban y rebotaban por todos lados. Trevor consiguió parar la lámpara que había arrancado de la pared, pero pisó unos cristales.

—No quiero una mantenida.

—Vete al infierno —era lo mejor que quedaba y como lo sabía, cogió una caja tallada y se fue corriendo con ella.

—Por el amor de Dios —Trevor había tenido que sentarse en la cama para quitarse los cristales de los pies.

Tenía la espantosa sensación de que podía estar buscando un cuchillo u otro objeto afilado, cuando oyó un portazo.

—¡Darcy! ¡Maldita sea! —se levantó de un salto y salió corriendo detrás de ella y dejando un reguero de sangre.

Pensó que podría haber tratado el asunto con un poco más de delicadeza. Había sido un auténtico animal. Corrió escaleras abajo y lanzó un juramento cuando oyó que se cerraba la puerta del pub con un estruendo. Era lo que faltaba. Los dos estaban medio desnudos y ella tenía que sacar la crisis a la calle. Cualquier hombre sensato habría echado a correr en dirección contraria.

Trevor atravesó la cocina y salió detrás de ella.

Darcy corría con la caja en una mano y una piedra en la otra. Malditos deseos. Maldito amor.

Maldito Trevor. Iba a tirarlos a todos al mar. Se olvidaría de todo, de las esperanzas, de los sueños y de las promesas. Si el amor era enterrar todo lo que ella significaba para un hombre que la despreciaba de esa forma, se olvidaría de eso también.

Corría por el rompeolas con el cabello agitado por el viento bajo un cielo que se suavizaba al amanecer. El sonido de las olas no le dejaba oír sus propios sollozos ni la llamada implorante de Trevor.

Bajó a la playa y tropezó, habría caído si Trevor no llega a sujetarla.

—Darcy, espera. No lo hagas —le temblaban los brazos mientras la abrazaba. Pensó que iba a arrojarse al agua.

Ella se revolvió como un gato salvaje. Lo mordió y arañó. Asustado y como defensa la tumbó sobre la arena y se puso encima de ella para inmovilizarla.

Comprobó que una resaca no era nada comparada con el daño que podía hacer Darcy Gallagher de mal humor.

—Tranquila —dijo él entre jadeos—. Tranquilízate.

—Te mataré en cuanto pueda.

—Te creo —la miró. Tenía el rostro bañado en lágrimas que seguían cayendo a pesar de la furia de los ojos. Era la primera vez que la veía llorar por ella y lo había provocado él—. Lo merezco por haber llevado tan mal todo este asunto. Darcy, no te estaba proponiendo que fueses mi mantenida, que es una palabra ridícula y completamente inaplicable a ti. Intentaba pedirte que te casaras conmigo.

Darcy se quedó sin respiración, como si le hubiese dado un puñetazo en la boca del estómago.

—¿Qué?

—Te estoy pidiendo que te cases conmigo.

—¿Casarme? ¿Marido y mujer? ¿Anillos? ¿Hasta que la muerte nos separe?

—Eso es —aventuró una sonrisa— Darcy yo...

—¿Te importaría levantarte? Me haces daño.

—Perdona —se levantó y le ayudó a levantarse a ella—. Si pudiera volver a empezar...

—No. Volvamos donde lo dejaste. Cuando me ofrecías casas y cuentas corrientes. ¿Así te declaras a las mujeres como yo?

Su voz era como azúcar, cada cristal afilado como una hoja de afeitar.

—Ah...

—¿Crees que me casaría contigo por lo que tienes? ¿Por lo que podrías ofrecerme? —lo empujó obligándole a retroceder unos pasos—. ¿Crees que puedes comprarme como a una de tus empresas?

—Pero tú dijiste...

—Me da igual lo que haya dicho. Cualquier idiota se daría cuenta de que era pura palabrería si se preocupara un poco por escuchar, por mirar. Te diré lo que puedes hacer con tus casas y tus cuentas corrientes, Magee. Por mí, puedes quemarlas hasta que no queden ni las cenizas. Yo compraré la jodida antorcha y la encenderé.

—Lo has dejado claro...

—No dejé nada claro porque no tenía nada claro. Pero lo haré ahora. Te acepté por nada y ahora te rechazo.

Se dio la vuelta y levantó el brazo. Él lo agarró por puro instinto y le abrió la mano.

—¿Qué es esto?

—Es mío. Un zafiro, me lo dio Carrick —se apartó porque la voz se le entrecortaba—. El corazón del mar. Me dijo que podía formularle un deseo, sólo uno. El deseo de mi corazón. Pero no lo usé y no voy a hacerlo. ¿Sabes por qué?

—No, pero no llores. No puedo soportarlo.

—¿Sabes por qué? —elevó la voz entre los sollozos.

—No, no sé por qué.

—Porque quería que me quisieras sin necesitarlo. Ése era mi deseo. Así que no podía usarlo y conseguir el deseo.

Magia, pensó él. Se había preocupado por la magia y ella la tenía en la mano. Él le había ofrecido cosas y ella lo quería a él. Lo suficiente como para arrojar al mar la fortuna que él había creído que era lo que ella deseaba.

—Te he querido sin utilizar la piedra. Te quiero —le volvió a tomar la mano y la cerró sobre el zafiro—. No la tires. No lo tires todo por la borda porque haya sido un estúpido. Te lo juro, nunca había llevado tan mal ningún asunto. Déjame que lo arregle.

—Estoy cansada —cerró los ojos y se giró hacia el mar—. Sencillamente, estoy muy cansada.

—Hace mucho tiempo, me parece que ha pasado mucho tiempo, te dije que no podía enamorarme y lo decía en serio. Lo creía. No había nadie... No he sentido la magia con nadie más.

Ella miró la piedra que tenía en la mano.

—No la he usado.

—No te hacía falta. Sólo tenías que ser tú misma. No he vuelto a ser el mismo desde que te conocí. Intenté compensarte por aquello. Mantenerme centrado. No vine aquí buscándote, Darcy, ni buscando esto. Es lo que me decía todos los días. Estaba equivocado y lo sabía. De alguna manera te he buscado siempre, siempre he buscado esto.

—¿Crees que soy tan dura, que tengo un corazón tan pequeño que no puedo amar si no tengo una compensación?

—Creo que tienes infinitos aspectos. Cada vez que descubro uno, me enamoro más de ti. Quería que fueses mía y me resultaba más fácil pensar que podría retenerte si te ofrecía cosas.

A pesar del cansancio sentía suficiente vergüenza como para ser sincera.

—Es lo que quise una vez. Antes de ti.

—Lo que quisiéramos antes no cuenta ahora.

—¿Lo dices en serio?

—En serio.

—Entonces estoy de acuerdo.

—Ahora, lo que más quiero es que me mires y que me digas que me quieres.

Ella temblaba barrida por el viento, con los brazos cruzados sobre el pecho y mirando el mar. Darcy pensó que había llegado el momento en el que su vida iba a cambiar, en el que sus sueños vibraban y los sortilegios se rompían.

—Maldita sea, Darcy —el tono impaciente de la voz hizo que desaparecieran las imágenes románticas—. ¿Quieres que me arrastre?

Lo miró con un brillo burlón que iluminaba los ojos todavía húmedos por las lágrimas.

—Sí.

Trevor abrió la boca y estaba a punto de hincarse de rodillas, cuando decidió que era lo único que le faltaba hacer esa mañana.

—No. Ni loco.

El corazón de Darcy sencillamente se echó a volar. Soltó una carcajada y se arrojó en los brazos de Trevor.

—Ése es el canalla arrogante que quiero —lo besó en la boca cálida y acogedora—. Y el deseo de mi corazón.

—Dilo sólo una vez —susurró él sin separar los labios de los de Darcy—. Sin insultarme.

—Te quiero. Tal y como eres —se apartó e hizo un sonido como de lástima—. ¡Estás sangrando!

—No me digas...

—Bueno, te lo vendaré luego. Ahora vuelve a pedírmelo como Dios manda. Aquí ante el sol, la luna y el mar. Hay magia y quiero nuestra porción.

Él sintió, como ella, la temblorosa y contenida tensión del poder. No tenía anillo ni símbolo para sellar el momento. Se acordó el disco de plata y se lo colgó a ella del cuello.

Se acordó de las palabras que llevaba grabado como si vinieran de un sueño. *Amor eterno*.

—Un amuleto —dijo él—. Una promesa. Cásate conmigo, Darcy. Vive junto a mí. Crea un hogar y una familia conmigo.

—Lo haré. Encantada. Toma —le dio el zafiro—. Un amuleto y una promesa.

—Me humillas.

—No, nunca —le pasó los dedos por la mejilla—. Te habría aceptado fueses un príncipe o un mendigo, pero ya que tú también me quieres, comprenderás que prefiera que te parezcas a un príncipe.

—Eres perfecta.

—Lo soy, sin duda —suspiró y apoyó la cabeza en el hombro de Trevor—. ¿Oyes eso? Por encima del rumor del mar.

—Sí, lo oigo.

Era música alegre y festiva. Gaitas y trompetas.

—Mira, Darcy. Allá, sobre el mar.

Ella giró la cabeza sin dejar de abrazarlo y miró. El caballo blanco emprendió el vuelo con un batir de alas, cuando el sol salía por el este y derramaba todo su esplendor sobre el mar tiñendo el cielo del color de las conchas marinas.

Sobre el caballo iba Carrick, con su jubón plateado y su melena negra al viento. Llevaba en brazos a su amada con la cabeza sobre el corazón de Carrick y los verdes ojos rebosantes de amor.

Sobrevolaron las verdes colinas que brillaban por el rocío y dejaron tras de sí un arco iris de piedras preciosas.

—Por fin están juntos —susurró Darcy— y felices para siempre. El sortilegio se ha roto.

—Ése sí. Ahora éste... —la tomó de la barbilla y le volvió la cara hacia él— acaba de empezar. ¿Podrás aguantar para siempre, Darcy?

—Claro que puedo, Trevor Magee —selló la promesa con un beso—. Puedo aguantar eso y puedo aguantarte a ti.

Mientras el sol cobraba fuerza, los dos se alejaron del mar. La música se diluyó en el silencio del amanecer, bajo un arco iris que se extendía desde los principios hasta el para siempre jamás.

Biografía

Nora Roberts nació en Silverspring (Maryland) y es la menor de cinco hermanos. Después de estudiar algunos años en un colegio de monjas, se casó muy joven y fue a vivir en Keedysville, donde trabajó un tiempo como secretaria. Tras nacer sus dos hijos, decidió dedicarse a su familia.

Empezó a escribir al quedarse sola con sus hijos de seis y tres años, y en 1981 la editorial Silhouette publicó su novela *Irish Soroughbred*.

En 1985 se casó con Bruce Wilder, a quién había conocido al encargarle unas estanterías para sus libros. Después de viajar por el mundo abrieron juntos una librería.

Durante todo este tiempo Nora Roberts ha seguido escribiendo, cada vez con más éxito.

En veinte años ha escrito 130 libros y se han vendido ya más de 85 millones de copias.

Es autora de numerosos *bestsellers* con gran éxito en Estados Unidos, Inglaterra, Francia y Alemania.

"Una narradora hechicera"
Publishers Weekly